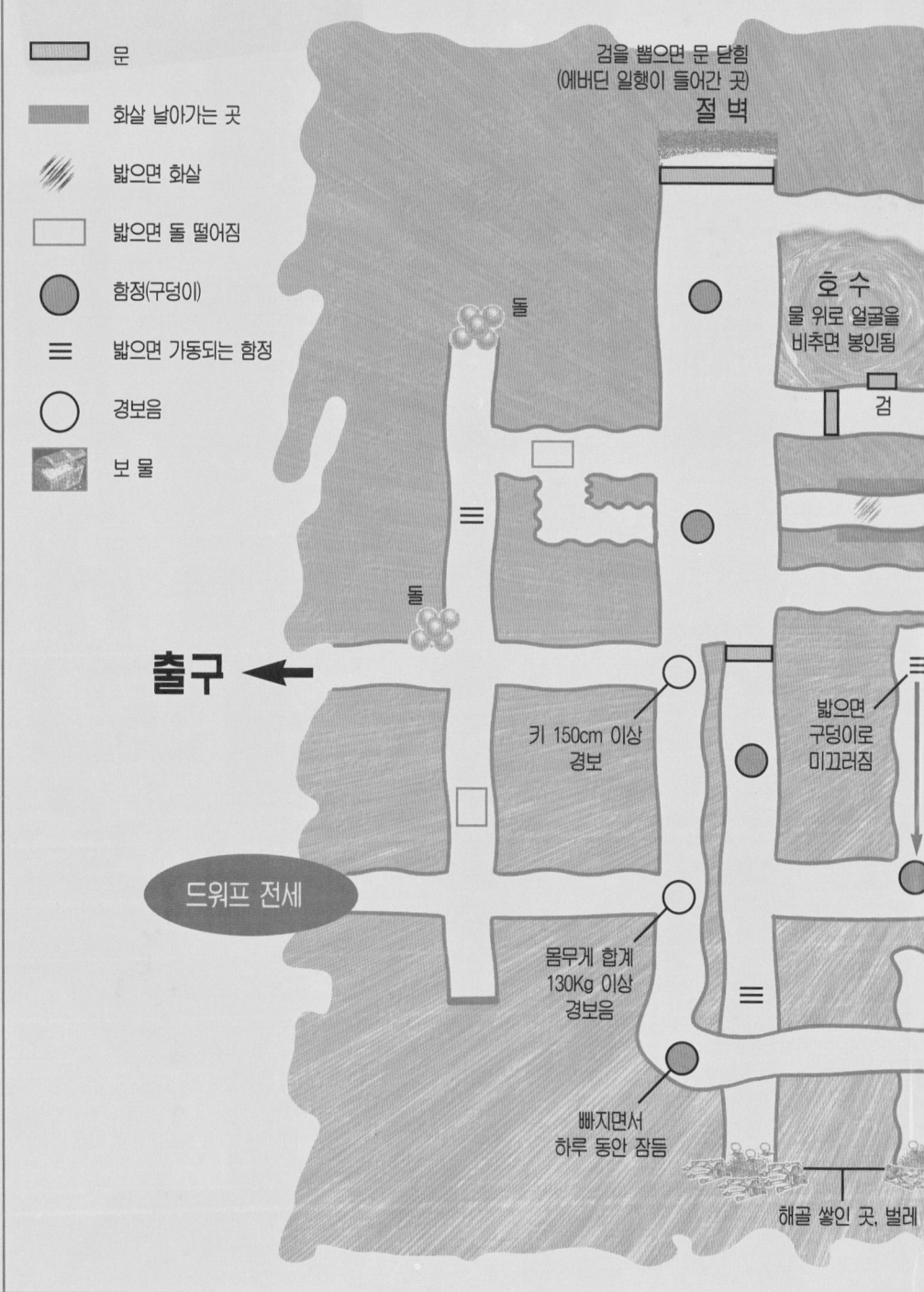

커틀러스 던전

- 문
- 화살 날아가는 곳
- 밟으면 화살
- 밟으면 돌 떨어짐
- 함정(구덩이)
- 밟으면 가동되는 함정
- 경보음
- 보 물

검을 뽑으면 문 닫힘
(에버딘 일행이 들어간 곳)
절 벽

호 수
물 위로 얼굴을
비추면 봉인됨

검

돌

돌

출구 ←

키 150cm 이상
경보

드워프 전세

몸무게 합계
130Kg 이상
경보음

밟으면
구덩이로
미끄러짐

빠지면서
하루 동안 잠듬

해골 쌓인 곳, 벌레

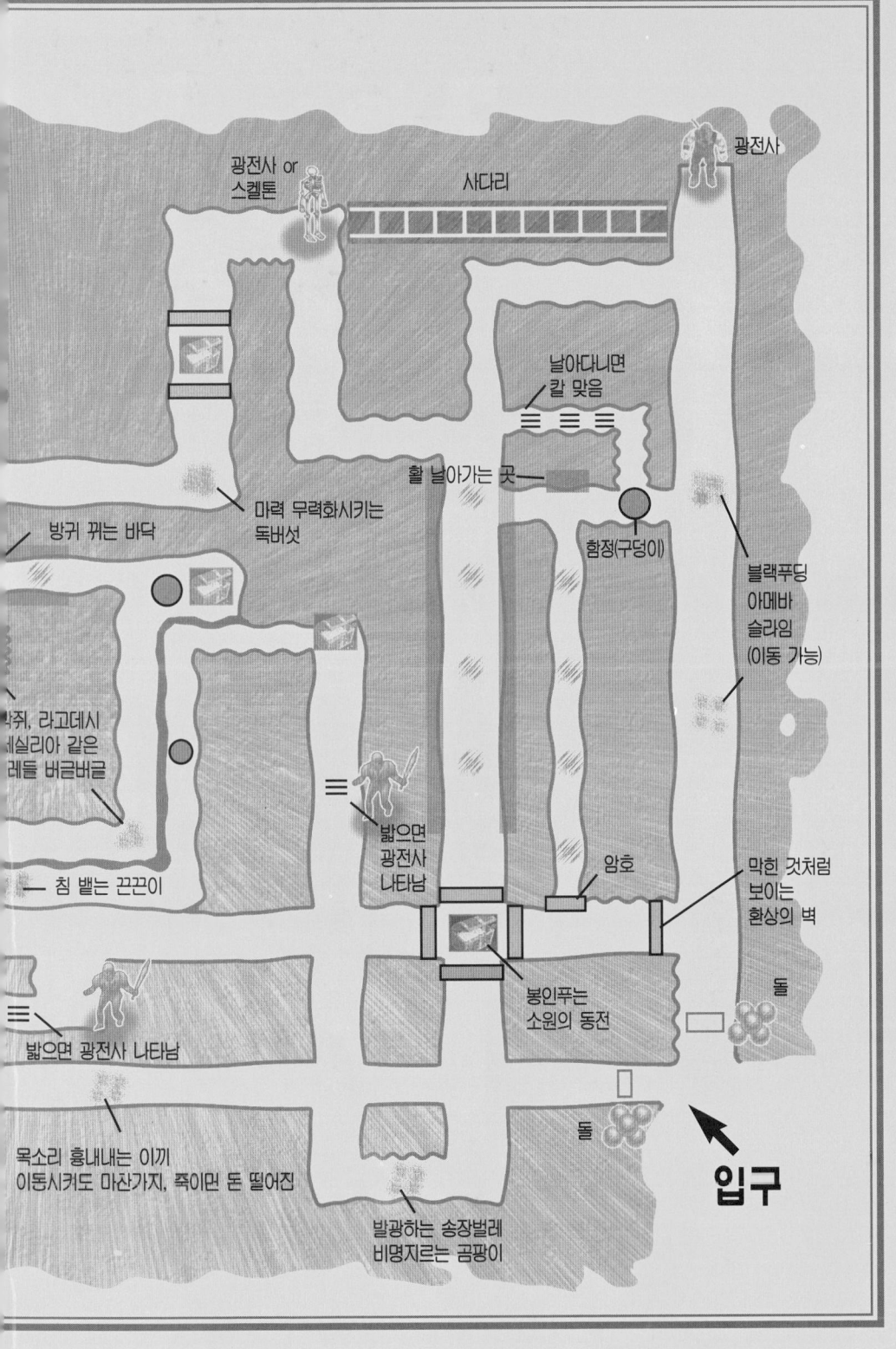

광전사 or
스켈톤

광전사

사다리

날아다니면
칼 맞음

활 날아가는 곳

함정(구덩이)

블랙푸딩
아메바
슬라임
(이동 가능)

방귀 뀌는 바닥

마력 무력화시키는
독버섯

막힌 것처럼
보이는
환상의 벽

박쥐, 라고데시
체실리아 같은
레들 버글버글

암호

돌

침 뱉는 끈끈이

밟으면
광전사
나타남

봉인푸는
소원의 동전

돌

밟으면 광전사 나타남

목소리 흉내내는 이끼
이동시켜도 마산가지, 쭉이면 돈 떨어진

발광하는 송장벌레
비명지르는 곰팡이

입구

Ades

아데스

4
완 결

아데스 4

김성희 판타지 장편 소설

초판 1쇄 찍은 날 § 2001년 4월 20일
초판 1쇄 펴낸 날 § 2001년 4월 30일

지은이 § 김성희
펴낸이 § 서경석
펴낸곳 § 도서출판 청어람
편집 § 문혜영 · 허경란 · 박영주 · 김희정 · 권민정
마케팅 § 정필 · 강양원

등록번호 § 제1081-1-89호
등록일자 § 1999. 5. 31
어람번호 § 제1-0096호

주소 § 경기도 부천시 원미구 심곡1동 350-1 남성B/D 3F ㈜420-011
전화 § 032-656-4452 팩스 § 032-656-4453
e-mail § eoram99@chollian.net

값 7,500원

ISBN 89-5505-040-2 (SET) / ISBN 89-5505-090-9 04810

아데스

Ades

4
완 결

김성희 판타지 장편 소설

도서출판
청어람

목차

제7장
비상을 꿈꾸며

리도스, 고뇌하다

"그럼 쉬어라."

"리도스, 잠깐만!"

방문 앞까지 데려다 주며 작별 인사를 하고 뒤돌아서는 리도스에게 다가간 훼이나는 슬쩍 그의 팔짱을 끼며 그가 돌아가지 못하게 붙잡았다.

"저기… 지금 내가 리도스한테 '무사히 다녀와라', '조심해라', 뭐 그런 말들 해버리면… 그거 잔소리가 되는 거겠지?"

"잘 아네."

무덤덤한 그의 대답에 그녀는 그답다는 생각이 들었는지 미소를 지어 보이며 애교를 부려댔다.

"…믿고 있어. 대신 돌아오면 제일 먼저 나한테 와야 해. 알지? 내가 자기를 얼마나 걱정하는지."

훼이나가 처량한 강아지 같은 눈빛을 보내자 리도스는 피식 미소를 지으며 장난기 가득한 얼굴로 심술을 부렸다.

"어쩌지… 곤란한데."

리도스의 말이 끝나기가 무섭게 강아지 같던 처량한 표정은 온데간데없이 사라지고, 그녀 특유의 얼음장 같은 싸늘한 눈초리로 매섭게 리도스를 노려보더니 팔짱을 끼던 손을 풀어버렸다.

"역시 리도스, 넌 변한 게 하나도 없어. 언제나 나 같은 건 생각도 안 하잖아! 바보, 어디 네 마음대로 해봐. 꼴도 보기 싫어!"

"흠… 그래? 꼴도 보기 싫어? 진짜?"

반쯤 약을 올리는 듯한 태도로 되묻는 리도스에게 훼이나는 입을 꼭 다물어 버렸다.

"어? 진짜 내가 싫은 모양이네. 흠… 그럼 나 좀 다치고 와도 되는 거지?"

"바보! 그런 말이 어딨어!"

"훼이나에게도 버림받고, 이제 아무도 좋아해 주는 녀석이 없으니… 에휴~ 나 같은 건 그냥 돌아가야겠다."

"아, 아니, 저기, 그런 게 아니라……."

훼이나는 얼른 그가 돌아가지 못하도록 팔짱을 끼고 매달렸다.

"왜 그렇게 심술 맞은 거야? 내 마음 다 알잖아."

눈물이 글썽글썽해진 그녀를 보며 이번엔 리도스가 진땀을 흘려야 했다.

"이… 이봐, 울지 마. 내가 잘못했어. 응?"

훼이나는 기어이 눈물을 펑펑 쏟아내며 리도스를 원망 어린 눈초리로 노려보고야 말았다. 리도스는 그런 그녀에게 손수건을 내밀며 미안함이 담긴 미소를 지었고 그녀는 눈물을 닦아내며 다시 한 번 되묻는다.

"정말… 나한테… 제일 먼저 훌쩍, 안… 안 올 거야?"

"미안, 난 제일 먼저 너한테 가고 싶지만……."

그녀는 순간 뿌루퉁한 표정으로 입술을 삐죽거렸다.

"뭐야, 뭐… 나… 나한테 딸꾹! 오고 싶으면… 오면… 딸꾹! 오면 되잖아. 뭐가… 딸꾹! 문제야?"

"너… 취했냐?"

"나 안 취했어. 울… 딸꾹! 울어서 그렇잖아. 네가 울렸잖아!"

"…취했네. 이런, 몰랐었는데… 들어가서 자라."

"뭐어~!? 하던 얘기 마저 하고 가."

"아마 떼떼 때문에 위트에게 제일 먼저 가야 할 것 같아."

미안한 기색이지만 망설임은 없었다. 언제나 리도스에겐 떼떼가 최우선인 법. 서운해할 수도 없을 만큼 이미 당연한 일이 되어버린 이야기지만 훼이나는 한숨이 저절로 나왔다.

"하아~ 그래, 떼떼는 데려가면 안 되지. 그런데 왜 위트에게 맡기는 건데? 나도 있는데……."

"그게… 아무래도 형이라고 따르니까. 세일 밀씽 부리기도 힘든 곳이고……."

"하긴 물속에서 난동 부려봤자 육지보단 낫겠지 그래……."

씁쓸한 표정으로 서운하다는 말 한마디하지 않는 그녀를 리도스는 와락 껴안았다.

"에? 왜 그래?"

"…백 년만 기다려. 그럼 언제나 훼이나, 네가 나에게 있어 최우선이 될 테니까. 염치없지만 기다릴 수 있지?"

"까짓 백 년이 아니라 천 년이라도 기다려 줄 수 있어. 그러니까 떼떼 다음엔 곧장 나한테 와야 해. 알았지?"

"집요하긴. 그래, 알았어."

그는 피식 미소 지으며 그녀에게서 떨어졌다.

"작별 인사 안 해도 되지? 금방 올 거니까."

"밋밋하긴… 겨우 포옹 한번 하고 끝이야?"

"뭐?"

"쳇! 대신 오늘 밤 내 꿈꿔."

리도스는 말없이 미소 지으며 프로소로 가는 고대 문자가 쓰여진 바닥을 찾아 뒤돌아 섰다. 훼이나가 얼마나 뻔질나게 드나들면 그녀의 방에서 채 열 걸음도 되지 않는 곳에 만들어진 건지……. 훼이나는 뒤돌아 선 그를 바라보며 쓸쓸한 표정을 지었다. 그는 언제나 뒤돌아봐 주지 않는다. 곧장 자신의 길로만, 항상 앞만을 바라보며 앞을 향해 나간다. 이렇게 가까이, 조금만 뒤를 돌아봐도 그녀 자신이 서 있는데…….

"좋은 꿈꿔."

"에?"

황급히 고개를 들어보니 그가 자신을 향해 미소를 짓는다. 처음으로 자신을 향해 돌아보며 그녀가 있음을 알아봐 준 것이다. 비록 빛과 함께 사라지긴 했지만 말이다.

"헷! 이래서 내가 리도스를 미워할 수 없다니까."

그녀는 밝게 미소 지으며 오랫동안 그가 사라진 워프 게이트를 향해 미소를 보냈다.

먼발치에서 애버딘과 떼떼의 웃음소리가 들려왔다. 아마도 애버딘의 방에 다들 모여 있는 모양이다. 드래곤들에게조차 낯을 가리던 떼떼를 저렇게 웃을 수 있게 만들다니… 도대체 그들에겐 어떤 신비한 힘이 있는 걸까.

'카시우스님을 거스르는 것 같긴 하지만, 아무래도 내키지 않는 걸.'

리도스는 아랫입술을 질끈 깨물었다. 카시우스의 예지력을 믿지 못하는 것은 아니지만 손 놓고 누가 시키는 대로 움직이는 건 그의 체질에 맞지 않는 일이었다. 뭐, 꼭 그런 이유가 아니더라도 리도스는 이미—비록 짧은 시간이긴 하지만—인간이라는 마약 같은 종족에 중독이 되어버린지도 모르겠다.

애버딘을, 자신의 일행들을 아무렇지 않게 죽인다는 건 자신의 긍지에 있어서도 흠이 되는 일이거니와 마음이 움직이지 않는 일이었기에 계속해서 카시우스의 글이 머리 속에서 지워지지 않는 것이었다.

'만일 그분이 지금의 내 입장이라면… 자신의 말처럼 그렇게 쉽게 자신의 일행들을 처리할 수 있을까? 쳇! 쓸데없는 생각이군. 만일 그럴 수 있었다면 그렇게 허무하게 돌아가시지도 않았겠지. 정말이지, 속마음을 알 수 없는 분이란 말이야…… 이제 봤더니 순 엉터리였어. 그렇지 않고서야 어떻게 자기도 하지 못한 일을 나보고 하라고 할 수가 있는 거냐구.'

한참을 투덜거리던 리도스는 불현듯 카시우스의 아이가 태어났다는 소리를 듣고 찾아간 그때 '아이를 어떻게 키우고 싶냐'는 자신의 질문에 뜻 모를 미소를 지으며 자신이 이해하기 힘든 소리만 해대던 그가 떠올랐다.

드래곤은 하늘을 날 때 참새 같은 하찮은 작은 새처럼 필사적으로 날갯짓을 하지 않습니다. 뭐… 그들처럼 날개를 파닥거리며 구부렸다 폈다 수도 없이 날갯짓을 했다가는 다른 종족들에게 커다란 해를 끼치게 되니까 애초부터 이렇게 생겨먹었을 수도 있겠지만, 드래곤이란 종족은—날개를 펴고 난 뒤—하늘을 날 때는 언제나 균형을 잡고, 그 균형을 유지해야만 떨어지지 않고 날 수 있는 것이죠. 떼떼는 하늘을 자유롭게 날 수 있을 정도의 드래곤만 되어도 저보다 잘 큰 게 아닌가 싶군요. 하하.

쑥스러운 듯한 표정으로 미소를 지었지만, 어렸기 때문일까? 그냥 평범한 녀석으로 기르려나 보다 했었는데 지금에 와서 생각해 보니 잘 키워도 보통 잘 키우겠다는 소리가 아니다. 모든 것으로부터 완벽한 조화를 이루는 아이로 키우겠다는 말이니, 해츨링일 때부터 떼떼의 고생을 예고하는 것이었다. 행동의 제약, 그러면서도 자신의 생각을 전달할 수 있는 대범함도 있어야 하다 보니 모르긴 몰라도 스트레스 꽤나 쌓였으리라.
그는 떼떼를 카시우스처럼 살도록 키울 마음은 없었지만, 카시우스가 키운 것처럼 그의 마음같이 떼떼를 키우고 싶었다. 그리고 자신도 그렇게 살았으면 좋겠다고 생각하며 행동하지만, 카시우스의 마음을 지니기에는 그는 너무나도 자유스런 바람 같은 성격이었다.
'아, 이런, 너무 감상적이었나?'
정신을 차리며 옛 생각을 떨쳐 내려 했지만 모처럼의 옛 추억은 늪처럼 점점 더 깊은 생각 속으로 빠져들게 만들었다.
'현재 나와 떼떼가 균형을 잡아 하늘을 날고 있는 건 애버딘들이 있기에 가능한 일인지도 몰라. 말하자면 그들이 내 날개인 셈

이지. 그런데… 그 날개가 볼품없고, 다른 날개들에 비해 불편하다고 뽑아버리라는 건가?'

다친 날개로 하늘을 날 수 있던가?

갈기갈기 찢어지고 피가 뚝뚝 흐르는 날개로… 날 수 있는 건가?

날개가 달린 모든 것은 하늘을 꿈꾼다.

'날 것인가, 날개를 찢을 것인가라면… 우선은 날아야겠지. 정할 수 없으면 그때 카시우스님의 말을 따라도 늦지 않잖아.'

그는 일기장에 쓰여진 것들을 준비하며 우선은 그 나름대로의 해결책을 찾아봐야겠다고 결심했다. 수틀리면 그때 애버딘 일행의 손을…… 적어도 지금은 그 때가 아닌 것이다. 웃음소리 안으로… 행복해 보이는 저곳으로 들어가도 되는… 아직은 리도스에겐 꿈을 꿀 수 있는 시기인 것이다.

"어? 리도스, 왔으면 인기척이라도 낼 것이지. 데이트 잘했어?"

여자보다 더 예쁜 얼굴이 그를 향해 환한 미소를 지어 보였다.

'이런이런, 무심코 들어와 버렸군.'

리도스는 자신을 바라보는 장난꾸러기 소년, 소녀들의 짓궂은 표정을 살피며 마음이 평안해짐을 느꼈다.

"하하, 다들 여기서 뭘 해?"

"리도스, 너 오길 기다렸지 뭐. 데이트한 거 말해 주기로 했잖아."

리즈가 호기심이 듬뿍 담긴 눈초리로 자신을 바라보자 그는 피식 웃음을 흘렸다.

'훼이나와 사귄다는 건 아무래도 비밀로 해둬야겠는데… 두고두고 놀림거리가 되고 싶진 않아. 게다가 저 녀석들, 좀 끈질겨야

말이지.'

"뭘 그렇게 실실 웃어? 뭐가 그렇게 재밌었는데? 같이 좀 웃자. 말해 봐."

"웃는 거 보면 잘된 거 아니야?"

"아저씨, 아줌마는 바래다 주고 오는 거죠? 응? 술 마셨어요? 아휴, 이 술 냄새~ 우~"

쉴 새 없이 쏟아지는 질문 공세에 그는 한결같은 얼굴로 어리 버리하게 그들을 바라보며 한 사람씩 물으라는 눈빛을 해 보였다.

"아유! 알았어, 알았어. 나부터 할게… 라고 해도 리도스, 너도 구태여 말하지 않아도 내가 무슨 질문할지 알지?"

리즈가 제일 먼저 끈덕지게 데이트의 성과를 물어왔다.

"아, 아… 즐거웠어. 또?"

"어? 그게 다야? 어디 갔다, 뭐 했다… 뭐, 그런 말은 왜 안 하는 건데?"

리즈가 뿌루퉁한 얼굴로 불만을 터뜨리자 리도스는 짓궂은 표정으로 오히려 그녀에게 반문했다.

"무슨 대답을 원하는데? 우리가 뭘 했길 바래?"

"꺄~ 리도스님, 저질~"

피스가 얼굴이 붉어져선 리도스의 등을 퍽퍽—말 그대로 퍽퍽— 치자 리도스는 아프다는 듯 양미간을 찌푸려 댔다.

"도대체 무슨 상상을 했길래 그래? 안됐지만 훼이나랑은 이번 일이 끝나고 나서 데이트하기로 미뤄 버렸어. 할 일 많은데 너무 내 생각만 하기엔 시간이 없잖아."

이제까지의 흥미롭다는 얼굴들은 모두 '왜 그랬냐'는 비난의 눈초리로 바뀌어 버렸지만 리도스는 그저 뜻 모를 미소를 지으며 일행들을 바라볼 뿐이었다.

"흠… 진짜로 괜찮은 거야?"

"뭐가?"

"데이트 말이야, 데이트! 도대체 뭣 때문에 굴러 들어온 복을 발로 차버리는 거야? 혹시 너, 훼이나 누나가 네 상대로 부족하다는 말도 안 되는 생각 하고 있는 거 아니야?"

신랄한 애버딘의 말에 리즈 역시 공감한다는 듯 험악하게 인상을 찌푸렸지만 리도스는 여전히 빙그레 웃고 있을 뿐 아무런 대꾸도 하지 않았다.

"그러게 말이야. 일주일이라고 했으면 지켜야지. 안 한다고 한 것도 아니고, 괜히 훼이나 언니만 실망하게 미뤄 버리는 게 어딨어?"

"뭐… 할 일은 많고, 시간은 한정되어 있으니 어쩔 수 없잖아."

"지금 그걸 말이라고 해?!"

"그 정도만 하고 이제 그만 하면 안 되겠어? 얼마나 시끄럽게 굴었으면 머리가 다 욱씬거린다구."

웬만한 소동에는 눈 하나 깜짝하지 않는 카디프가 인상까지 찌푸리며 싫은 기색을 보이자 리즈는 이 시끄러운 소동이 데이트는 어땠냐는 자신들의 질문에 그가 '아! 이제 끝났어. 내일은 위트에게 가볼까?'라는 말로 대답하며 자신들의 시선을 회피해 버린 리도스 때문이라는 생각에 더 더욱 언성을 높이며 짜증 섞인 목소리로 그를 질책해 댔다.

"미안하지만, 카디프. 참은 김에 조금만 더 참아줘. 리도스 말이 너무 괘씸하잖아! 뭐가 어쩔 수 없다는 거야?! 분명 데이트는 일주일 풀 코스라고 들었다구. 내 말이 틀렸어? 너도 나중에 리도스에게 똑똑히 들었잖아. 그런데 달랑 이틀하고는 땡! 이라니…….
누가 리도스, 너보고 시간이나 날짜 지나가는 거 걱정해 달라고
했니? 게다가 드래곤의 입에서 시간이 한정되어 있다는 소리가
나온다는 게 말이나 돼? 내가 너라면 지금 당장 훼이나 언니에게
돌아가서 다시 제대로 된 데이트 신청을 할 거야. 그래도 앉아 있
어?!"

아예 리도스의 등을 떠다밀면서 반박할 틈도 없이 자기 하고
싶은 말만 연거푸 쏟아낸 리즈는 도끼눈을 치켜뜨며 애버딘을 노
려보았다. 아마도 자신을 거들라는 의미가 듬뿍 담긴 것이리라.

"리즈 말이 맞아. 있을 때 잘해야지. 훼이나 누나가 아니면 요즘
누가 너처럼 싫다고 면박 주는 녀석을 좋다고 그렇게 열심히 쫓
아다니겠어?"

애버딘이 자신의 말에 맞장구를 쳐주자 리즈는 흥분한 듯 얼굴
까지 새빨개져서는 더욱 큰 목소리로 리도스를 나무랐다.

"대리 만족 좀 하자는데 그게 그렇게 싫어? 아니면 애버딘 말대
로 훼이나 언니가 싫다는 거야? 만일 진짜 언니가 싫어서 그런 거
라면 리도스, 넌 양심도 없는 거야. 솔직히 훼이나 언니는 너에게
과분한 상대라구! 드래곤 로드니까 지위 빵빵하지, 보는 사람 눈
이 툭 튀어나올 만큼 미인이지. 거기다 리도스, 너밖에 모르는 일
편단심이잖아. 더 이상 뭘 바라는 거야?"

그녀의 말에 리도스는 입맛을 쩝쩝 다셨다.

"이봐, 리즈. 너, 뭔가 잘못 알고 있는 모양인데… 대리 만족이라
는 건 연애할 가능성이 전혀 없는 자들이 누리는 거라구. 그러니
까 주변에 그럴듯한 상대가 없어서 연애를 못하는 사람들이 자신
을 위로하는 차원으로 하는 게 대리 만족이라구. 그러니까 넌 연

애로 대리 만족을 느낄 필요가 전혀 없다구. 내 말 알아듣겠어?"

리즈는 가벼운 미소를 지으며 리도스를 정면으로 응시했다(즉, 하나도 못 알아들었다는 이야기다).

"어째서?"

"응? 어째서라니?"

"어째서 내가 대리 만족을 하면 안 된다는 거야?"

리즈의 말에 그는 답답하다는 듯 긴 한숨을 내쉬었다.

"하아~ 네 주변에 깔린 게 꽃돌이 꽃미남이야. 연애 대상으로 부족해서 그래? 그게 아니라면 혹시 네 취향이 독특해서 아저씨 같이 생긴 녀석들만 좋다는 거야? 그런 거라면 말만 해, 말만. 내가 연애할 만한 녀석을 얼마든지 소개시켜 줄 테니까."

그의 말에 그녀는 단호히 고개를 저었다.

"네 소개라면 상대는 드래곤이라는 거잖아. 싫어! 난 인간이라구. 드래곤이랑 사귄다면 그건 간더러 너 필요없어졌으니까 배 밖으로 나가란 소리밖에 더 돼? 그게 어디 생각이 제대로 박힌 인간이 할 짓이냐구."

떡히 드래곤과 인간의 차이가 아니라고 해도 절대적인 것과 나약한 자신의 힘의 차이를 뼈저리게 느낀 리즈는 진심이 담긴 눈으로 단호하게 거절 의사를 밝혔다. 리도스는 묘하게 어두워져 버리다 못해 비장해 보이기까지 하는 어정쩡한 분위기를 바꿀 생각에서인지 접대용의 가벼운 미소를 지으며 곁에 있던 애버딘을 잡아 그녀의 코앞에 들이댔다.

"그럼, 이 녀석은 어때? 타고난 미소년… 아니, 미소녀 쪽에 더 가까운 게 흠이라면 흠이지만, 뭐 어때? 황금으로 실을 짜도 이 녀석 머리카락만큼 반짝일 순 없겠다. 게다가 이 눈! 하늘빛에 가까운 푸른 이 신비한 눈동자를 보라구. 보고 있으면 빨려들 것 같지 않아? 뽀사시한 피부도 웬만한 사람은 얼굴도 못 내민다구. 거기다 한마디만 더하자면 이 입술, 보고 있으면 꽉 깨물어주고 싶다니까. 아무것도 안 바른 상태에서 이런 매끄러운 핑크 빛이 돌 수 있다니… 정말 사랑스럽지 않나?"

분위기를 띄우기 위해 지나치게 오버를 한 탓인지—애버딘의 살인적인(?) 미모에 대해 열변을 토하는—그에게 돌아오는 것은 무서우리만치 고요한 침묵이었다. 그것도 모르고 자신의 평을 스스로 흡족한 표정으로 미소를 짓고 있던 그는 아무도 대꾸를 하지 않는다는 생각에 의아해졌다. 그 시끄러운 애버딘조차 입을 다물고 있다는 것이 뭔가 이상했던 것이다.

'이거… 뭔가 분위기가 이상해도 단단히 이상한데… 설마……'

아니나 다를까, 일행들을 힐끔힐끔 곁눈질해 보니 표정들이 가관이다. 왠지 쭈뼛쭈뼛대고 있는 듯한 애버딘과 얼었다는 표정으로 자신을 바라보는 떼떼, 게다가 피스는 뭔가 말로 설명하기 힘든 미묘한 눈빛으로 자신을 바라보고 있으니 말이다.

게다가 땍땍거리던 리즈마저 아무 말 없이 자신을 쳐다만 보고 있으니, 분위기를 수습할 엄두조차 나지 않았지만 뭔가 변명을 하지 않으면 변태로 몰릴 판이었다. 필사적으로 입을 열었지만 나오는 것은 긴 한숨뿐, 붕어처럼 입만 뻐끔뻐끔거리고 있는 리도스에게 카디프가 치명타를 날렸다.

"너, 변태지?"

옆에서 피스가 자신도 할 말이 있다는 듯 카디프를 거들고 나선다.

"분명히 말씀드리죠. 애버딘님은 남.자.예요."

리도스는 할 말이 없어 진땀만 흘릴 뿐이었고, 이에 리즈는 안 됐다는 듯 혀까지 차며 그를 동정하고 나섰다.

"쯧쯧쯧, 그 심정 이해는 가. 나도 종종 애버딘을 여자라고 착각할 때가 있으니까 말야. 그치만 애버딘은……."

리즈가 흘낏 자신에게 곁눈질을 하자 왠지 울컥한 애버딘은 그녀의 말을 재촉했다.

"내가 왜? 뭐?!"

"입만 열면 그 외모에 대한 환상을 깨게 된다구."

그녀의 냉정한 말에 일행 모두는 수긍하는 듯한 눈빛으로 고개를 끄덕여 댔다.

"에? 애버딘님은 말씀하시는 것도 너무 예쁘잖아요. 다들 왜 그러시는 거죠? 다들 어디 가서 그렇게 말씀하지 마세요. 꼭 사람 보는 눈이 없는 것 같으니까요."

뭐… 핑계라고 할 수는 있겠지만 광신도는 정상인 취급을 마시라.

애버딘 광신도 피스 덕분에 위기를 모변한 리노스는 자신의 옆에 있는 카디프의 어깨에 손을 턱하니 올리고는 자신의 말을 이어 나갔다.

"흠! 흠! 그래, 애버딘이 연애 상대로 별로라면 카디프는 어때? 일단 엘프니까 외모는 기본으로 먹고 들어가잖아. 뭐… 엘프들이라면 나도 질리게 봤다고 자부하는 편이지만, 카디프만큼 잘생긴 녀석은 보기 드물다구. 게다가 애버딘처럼 동안도 아니고……."

"흐음… 인간의 나이라는 측면에서 본다면 카디프는 대단히 동안 아닌가?"

리도스의 말을 뚝 끊으며 리즈가 토를 달자 그는 살짝 인상을 찌푸리며 말을 끝까지 들어보라는 듯 자신의 말을 이었다.

"뭐, 아무튼 미청년이긴 하잖아. 아니면 드워프 중에 참한 녀석으로 골라주리?"

아예 리즈부터 치우고 보자는 심보였는지 그는 끓어오르는 화를 삼키며 재밌다는 듯 싱글벙글 웃고 있는 카디프의 어깨를 주무르며 열심히 그녀의 비위를 맞추어댔다.

"카디프? 엘프라… 뭐, 외모 면으로 따진다면 굳이 못할 것도 없지. 구리구리하게 생긴 드워프랑 연애하라는 것도 아니고. 그치만 그 대상이 카디프라면 문제가 될 것 같은데… 그치, 피스?"

리즈의 말이 의외라고 생각했는지 피스는 고개를 갸웃거렸다.

"어째서요? 언니께서 엘프가 싫어서 그런 거라면 그건 인간과 엘프 사이에 주어진 시간들이 언니가 감당하기엔 벅찰 정도로 많은 차이라서 싫어하는 거라고 이해할 수 있겠지만, 엘프는 괜찮은데 카디프님은 왜 안 된다는 거예요?"

그녀는 피스의 바로 그 질문을 기다렸다는 듯 장난꾸러기 소년 같은 짓궂은 얼굴로 카디프를 놀리는 듯한 미소를 지으며 얼른 피스의 말을 이어 나갔다.

"어머, 애 좀 봐! 피스, 너 벌써 잊어버렸어? 카디프에겐 시에라님이라는 어여쁜 님이 계신다는 것 말이야. 난 임자 있는 몸은 아무리 잘생겨도 싫어. 게다가 모르긴 몰라도 그 시에라님의 미모 역시 보통이 아니라던데, 카디프의 눈에 평범한 내가 들어오기나 하겠어? 안 그래, 카디프?"

순간 카디프의 얼굴이 빨갛게 달아오르며 기침이 터져 나왔다.

"그, 그게 무슨… 콜록! 콜록!"

"쯧쯧, 뭐 잘못 먹었니? 아니면 사레들렸어?"

"그, 그만! 콜록! 콜록! 콜록!"

그녀는 카디프의 반응이 재밌는지 미소를 지었고, 리즈의 표적이 자신에게서 카디프에게로 옮겨지자 리도스는 안도의 한숨을 내쉬며 살짝 떼떼에게 곁눈질을 해 보였다.

'잠시 나 좀 보자'라는 듯한 그의 눈빛에 떼떼 역시 그의 말이 무슨 뜻인지 알아들었다는 듯 고개를 끄덕이고는 능청스럽게 졸리다는 듯 긴 하품을 하며 기지개를 켰다.

"후암~ 왠지 졸리는데요. 떼떼 먼저 잘 테니까 다들 좋은 꿈꾸세요."

떼떼의 말에 애버딘은 흘낏 테이블 위에 놓인 커다란 다목적용 빛을 바라보며 고개를 끄덕였다.

"아, 벌써 잘 시간이 됐나? 그래, 졸리면 가서 자야지. 좋은 꿈 꿔라."

그의 말이 끝나기가 무섭게 떼떼는 또다시 긴 하품을 하며 리도스의 손을 잡아끌며 귀엽게 응석을 부렸다.

"아저씨가 옛날이야기라도 해주시면 좋을 것 같은데, 안 돼요?"

"어? 그래, 그러지 뭐. 그럼, 오랜만에 난 떼떼랑 잘 테니까 다들 내일 보자구. 좋은 꿈들 많이 꿔라. 꿈은 공짜니까 말이지. 하하하."

"에? 뭐야, 시시하게 그냥 가버리는 거야?"

리즈의 말에 애버딘은 피씩 미소를 지으며 2차전을 준비하는 그녀를 말렸다.

"시간이 늦었잖아. 다들 자야 한다구. 게다가 리도스 몸에서 나는 술 냄새 좀 맡아봐. 이 정도로 마셔댔으면 자기가 아무리 드래곤 통뼈라도 피곤해 죽을 지경일 텐데… 놀리는 거라면 내일 놀려도 충분하지 않겠어?"

리도스는 짐짓 그들의 대화를 못 들은 체하며 슬금슬금 뒷걸음질치듯 툴툴거리는 리즈에게서 벗어나 떼떼와 함께 방으로 들어가 버렸다. '탁' 하는 소리와 함께 문 닫히는 소리가 들리자 졸음이 쏟아지는 눈으로 연신 하품을 하던 떼떼의 얼굴이 언제 그랬냐는 듯 초롱초롱하게 눈동자를 빛내며 호기심 어린 표정으로 변했다.

"아저씨, 뭔가 하실 말씀이라도 있으세요?"

왜 불렀는지 궁금해 죽겠다는 듯한 초롱초롱한 눈으로 자신을 바라보는 떼떼에게 그는 피식 미소를 지어 보이며 고개를 끄덕였다.

"역시 눈치 한번 빨라서 좋구나. 뭐… 이번에는 애버딘에게 감사해야겠는걸? 좀처럼 리즈가 풀어줄 기세가 아니었거든. 도대체 연애랑은 별 상관 없는 것처럼 굴어대던 녀석이 왜 그러는지 모르겠지만, 당분간 피해 다니는 게 좋을 것 같군. 에휴~ 지금 내가 애 데리고 뭔 소리를 하고 있는 건지. 아아, 정신 좀 차리자."

리도스는 자신의 머리를 툭툭 치더니 정색을 하며 떼떼를 바라보았다.

"이봐, 떼떼. 내가 뭐라고 하기 전에 너, 나에게 뭔가 할 말 없어?"

"…아무거나 이야기해도 되는 거예요?"

조심스럽게 자신의 눈치를 살피는 떼떼에게 그는 호탕하게 웃어 보였다.

"하하핫! 이봐이봐, 내 눈치 같은 거 보지 말고 하고 싶은 이야기 있으면 얼마든지 해. 언제부터 네가 내 눈치 같은 거 보는 녀석이었다고 그러냐?"

"좋아요. 그럼… 아버지의 일기장을 보여주실 수 있어요? 사실 발견했을 때부터 물어보고 싶었는데 말을 꺼낼 기회가 없어서 못했거든요……."

"안 그래도 네가 그런 얘기를 할 것 같았지. 그게 뭐 어려운 거라고 눈치나 보고 그래?"

"그럼, 보여주시겠다는 거죠?"

"아, 물론 그건 네 거니까 당연한 말이지. 아무래도 네 성장을 기록해 둔 것이니만큼 나도 네게 주려고 생각하고 있었단다."

리도스의 말에 떼떼의 얼굴이 환해졌다.

"그럼 언제 주실 거예요?"

"녀석, 성격도 급하긴……. 자고로 말이란 끝까지 들어야 하는 거라고 몇 번을 이야기했냐?"

살짝 머리를 쥐어박으며 자신에게 면박을 주는 리도스를 바라보는 떼떼의 얼굴에는 온통 실망한 기색이 역력했다. 저런 식으로 이야기하는 것은 리도스식 '크면 주마', 또는 '다 크면 해라' 라는 고정 레퍼토리의 초반부였기 때문이다.

"일기는 네게 주겠지만 지금 당장은 곤란해."

그럴 줄 알았다는 듯 떼떼는 한숨을 내쉬며 그를 올려다보았다.

"하아~ 그렇겠죠. 얼마나 기다릴까요? 백 년? 이백 년? 아니면 해츨링으로서의 시간은 백 년도 채 남지 않았으니까 그만큼 기다리라는 말씀이신가요?

"그 나쁜 버릇 또 시작이지? 한동안 잠잠하다 했다. 그 땅 파는 버릇 언제 고칠래? 말리지 않고 가만히 두면 완전히 어두운 기로 친친 감고 땅으로 푹 꺼져 들어갈 기세니 원… 네가 도대체 골드 드래곤이냐, 두더지냐?"

"리도스 아저씨!"

"나 귀 안 먹었다. 떼떼야, 내가 말이라는 건 끝까지 들어야 하는 거라고 누누이 말했었지? 이번 일이 완전히 끝나고 나서 줄게. 아직 참고할 점이 많아서 그래."

"이번 일이라면… 지금 하고 있는 거 말이에요?"

"그래, 아무래도 카시우스님은 앞날을 내다보는 데 탁월한 능력이 있으셨으니까……."

"그런 거라면 당연히 제가 기다려야죠."

떼떼가 애교 넘치는 표정으로 자신의 말에 싱긋 웃으며 고분고분하게 대답하자 리도스는 귀엽다는 듯 떼떼의 머리를 쓰다듬으며 조심스럽게 또 다른 이야기를 꺼냈다.

"그리고… 이런 말하기 좀 미안하지만 네게 다른 부탁이 있는데… 아저씨 부탁 좀 들어줄 수 있겠니?"

"뭔데요?"

"당분간만 물도마뱀네 집에 가 있으면 안 되겠니?"

리도스의 조심스런 말에 순간 떼떼의 얼굴에 그림자가 드리워졌다.

"당분간이면 얼마나요?"

"아마… 일주일 정도……. 뭐, 일이 잘 풀린다면 이틀만 있어도 될 거고."

떼떼는 일이라는 말에 고민스런 표정으로 고개를 갸웃갸웃거리기 시작했다. 사실 말이야 바른 말이라고, 블루 드래곤의 성은 들어가기는 쉽지만 다시 빠져나오는 것은 자기 마음처럼 쉽지 않았다. 게다가 프로소처럼 돌아다니기 쉬운 곳도 아니고, 물속이니만큼 떼떼가 활개 치고 다니기 힘든 곳이다. 그런 곳에서 일정 기간

이상을 꼼짝없이 위트에게만 붙잡혀 있다는 건 어린 떼떼에게 있어 생각처럼 쉽지만은 않은 일이다.

뭐, 그렇다고 떼떼와 위트의 사이가 좋지 않을 것이란 추측은 금물이다. 위트에게 붙잡혀 있다고 떼떼가 위트를 싫어하지도 않거니와 그 역시 떼떼를 세상에 둘도 없는, 마치 친동생을 대하듯 아낌없는 애정을 쏟아주고 있었기에 아무리 리도스와 위트 사이가 껄끄럽다곤 해도 떼떼는 결코 위트와 함께 보내는 시간을 꺼려하지 않았다.

드래곤이라는 생물은 원래 당사자끼리의 문제는 당사자 선에서 해결을 보는 존재들이다 보니 떼떼가 말려들 일 따위는 애초부터 존재하지 않는 것이다. 설령 가는 것이 내키지 않더라도 떼떼는 리도스가 친히 '부탁'이라고까지 얘기한다면 왠지 자신을 어른 취급해 주는 것 같은 생각이 들어 순순히 리도스의 말에 따르곤 했었다.

그렇지만 이번만큼은 왠지 순순히 가겠다는 말이 떨어지지가 않았다. 갑작스럽게 아무런 이유도 없이 위트에게 가 있으라는 것이 아무래도 수상한 것이다. 떼떼는 슬쩍 리도스의 눈치를 보며 뭔가 할 말이 있다는 듯 조심스럽게 입을 열었다.

"그럼, 언제 가야 하는 건데요?"

"너 데려다 주기 전에 내가 먼저 위트에게 널 부탁한다는 말도 해둬야 하니까 한 3, 4일 뒤쯤에 가면 될 거야."

"잠깐만요! 3일 뒤라는 건… 이번 일에 저만 쏙 빼놓고 가시겠다는 소리예요?"

"돌아가는 형편을 보니까 어쩔 수 없을 것 같다. 아저씬 널 보호해야 한단다. 이해해 주겠니?"

"제가 해츨링이라서 짐이 되는 건가요? 그런 거라면 남아야 하는 거겠지만… 솔직히 아저씨께서 절 데려가 주셨으면 좋겠어요. 얌전하게 있으라면 얌전하게 있을게요."

그런 말 자체가 리도스에게 먹혀 들어갈 리가 없다는 걸 잘 알지만, 떼떼는 거의 애원조의 얼굴로 그에게 매달렸다. 언제나처럼 돌아오는 것은 그의 침묵… 그리고 떼떼의 한숨 섞인 뒷수습.

"하아~ 안 되는 거라면 어쩔 수 없겠죠. 위트 형 말 얌전히 듣고 있도록 할게요. 대신 모든 일이 끝나면 꼭 떼떼부터 데리러 오셔야 해요."

"만사 제쳐 두고서라도 너부터 데리러 가마. 걱정 마, 아저씬 우리 떼떼 하루라도 안 보는 날이면 눈에 가시가 돋치는 것 같아서. 하하! 그런 말 안 해도 너부터 데리러 갈 거라는 거 너도 잘 알잖니."

"핏! 거짓말……."

"응?"

"거짓말 말아요. 아저씬 무슨 일 있을 때마다 매번 저 빼놓고 가려고 했다는 거 저도 다 알아요 뭐."

"또 시작이다, 그 말도 안 되는 억지 부리기. 사춘기라면 이미 백 년도 전에 끝나지 않았었냐? 내일은 일찍부터 움직여야 한단다. 잠이나 푹 자둬."

"아저씬 맨날 할 말 없으면 자래요……."

떼떼의 투정에 리도스는 정말 할 말이 없다는 듯 어깨를 으쓱해 보이고 말았다.

"좋은 꿈꾸렴."

"아저씨두요……."

리도스, 헌혈하던 날

"그런데 어떻게 헌혈하려고 그래?"

리즈의 질문에 애버딘은 다 방법이 있다는 듯 눈을 반짝였다.

"일단 병원으로 당당히 가서……."

"가서?"

"……대충 눈으로 봐두고, 떼떼에게 드래곤으로 폴리모프해서 뽑아 달라고 시키면 돼."

"말도 안 돼."

"어째서 말이 안 돼?"

"그게 눈으로 본다고 할 수 있는 거라면 나도 하겠다. 게다가 너, 지금 떼떼 같은 어린애에게 뭘 시키려고 그러는 거야?"

리즈의 질문에 애버딘은 한숨을 내쉬었다. 헌혈이든 수혈이든 보는 것만으로 된다면 누가 구태여 병원까지 찾아가서 헌혈을 하겠는가?

"헌혈이라면 적당히 피를 뽑기만 하면 되는 거 아니에요?"

피스는 모두 고민하는 게 이상하다는 듯 고개를 갸웃거리며 물었다.

"뭐… 그런 거 아닌가? 모르긴 몰라도 어떻게든 피만 뽑으면 되는 거잖아?"

리도스의 대답에 피스는 의기양양한 미소를 지으며 말했다.

"헤헤, 그런 거라면 병원까지 갈 거 뭐 있어요. 칼로 찔러도, 넘어져서 다쳐도 피는 나는 건데. 그 피만 적당한 곳에 담으면 되는 거잖아요."

"이봐이봐, 상처는 아무 곳에나 내? 게다가 인간의 피도 아니고 내 피야. 드래곤의 피라구. 어디다 담을 건데?"

"이런, 피를 담는 문제가 남았군요."

피스는 그걸 미처 몰랐다는 듯한 얼굴로 조용히 생각에 잠겼다. 일행들 역시 서로의 얼굴만 쳐다보며 고민에 빠졌지만 좋은 생각이 나지 않는지 한동안 침묵만이 맴돌 뿐이었다.

"사차원의 공간을 만들어 거기다 피를 넣는 건 어때?"

카디프의 말에 리도스는 고개를 흔들었다.

"마법진을 그리는 건데… 번거롭지."

"하긴, 다른 세계의 공간이 그렇게 쉽게 열리고 닫힌다면 곤란하겠지?"

카디프는 수긍했다는 듯 고개를 끄덕이며 허탈하다는 듯이 바닥으로 시선을 떨어뜨렸다.

"나! 나! 좋은 생각났어."

애버딘이 카디프의 어깨를 두드리며 나섰다.

"뭔데?"

"일단 리도스 피로 호수를 만들든 저수지를 만들든 해서 그만큼 땅을 파내 들고 가면 되잖아."

그의 말에 리즈가 또다시 반대하고 나섰다.

"안 돼. 땅에 스며드는 피가 더 많겠다. 게다가 그만한 공터가 어디 있니?"

리도스는 역시 끔찍하다는 표정으로 애버딘의 말에 빈정거리며 인상을 찌푸렸다.

"게다가 아무리 드래곤이지만 저수지? 호수? 내 피가 무슨 파면 터지는 온천인 줄 알아?! 그만큼 피를 쏟아내면… 그 자리에서 신계로 가는 영혼 티켓 끊는 거야."

떼떼는 리도스의 표정과는 달리 그의 말에 피식 미소를 지었다.

"아저씨 말대로라면 적어도 아저씨랑 전 절대로 죽을 리는 없겠네요."

"그게 무슨 소리야?"

"드래곤은 영혼이 없잖아요. 그러니까 아저씨랑 전 무슨 짓을 해도 신계로 가는 영혼 티켓을 끊을 일은 없나는 서죠."

떼떼의 말에 리도스는 졌다는 듯 고개를 설레설레 흔들었다.

"애들 앞에선 냉수도 마음대로 못 마신다니까."

"이래 봬도 전 어린애가 아니에요. 클 만큼 다 컸다구요!"

얼굴까지 빨개져서 입을 삐죽거려 대는 떼떼를 귀엽다는 듯 애버딘이 번쩍 안아 올렸다.

"그래, 우리 떼떼도 이만하면 멋지구리한 청년이지. 안 그래, 카디프?"

"당연하지. 나이로 쳐도 리도스 다음 가는 나이잖아?"

카디프까지 맞장구를 쳐주자 피스는 어리둥절한 얼굴로 곁에 있는 리즈의 옆구리를 팔꿈치로 쿡쿡 찔러댔다.

"카디프님이랑 애버딘님이 왜 저러시는 거예요? 해츨링이 애가 아니면… 리도스님이 애란 소리인가?"

"내버려 둬. 둘 다 나사 하나씩 빠져서 그러는 거니까."

"나사?"

피스의 질문에 리즈는 집게손가락으로 자신의 머리를 톡톡 가리키며 미소를 지었다.

"여기 말이야, 여기."

"하, 그렇군요."

두 여인이 걱정스러운 듯 자신들을 바라보고 있다는 것엔 신경조차 쓰지 않는지 애버딘과 카디프는 신나게 떼떼를 번갈아가며 목마를 태워댔다. 깔깔거리며 웃는 떼떼를 흡족한 표정으로 한참 동안 바라보고 있던 리도스는 뭔가 생각났다는 듯 떼떼를 애버딘에게서 떼어내 얌전히 바닥으로 내려놓고는 입을 열었다.

"이렇게 한가하게 키득거릴 때가 아니야. 아예 아무것도 안 하는 것보단, 적어도 우리 중 누군가가 헌혈을 해보면 그나마 더 잘 알 수 있지 않겠어?"

"우리 중 누군가가?"

불안한 표정으로 리즈가 자신을 바라보자 그는 염려 말라는 듯 한쪽 손을 들어 보였다.

"걱정 마, 걱정 마. 여자와 어린애는 빼줄 테니까 말야."

그 말에 애버딘은 회심의 미소를 지어 보였다.

"약자는 제외라는 거지?"

"말이 그렇게 되나? 뭐… 굳이 그렇게 얘기하자면 약자 제외란 말이 되긴 하네."

리도스의 말에 애버딘은 은근슬쩍 피스와 리즈 옆에 서서는 다정스럽게 두 사람과 팔짱을 껴보았다.

"그럼, 이쪽은 제외지?"

애버딘의 말에 리도스가 뭐라고 대꾸하기도 전에 카디프는 애버딘의 한쪽 팔을 덥석 잡고 질질 끌고 리도스 쪽으로 가기 시작했다.

"이, 이봐, 카디프. 왜 그래?"

"애버딘 녀석 또 잔머리 굴리려고 수 쓰는 거니까. 리도스, 넌 괜히 나서지 마. 한두 번 당해야 그런가 보다 하고 속아 넘어가지. 솔직히 말해서 이 녀석이 입 벌려서 뭐라고 떠들기 시작하면 그때부턴 나도 어쩌지 못하니까 미리 입 막아둬야 한다구. 너도 당해봐서 잘 알 텐데, 아냐?"

안 봐도 뻔하다는 듯한 눈으로 애버딘을 흘겨보던 카디프는 아예 그의 입을 손으로 단단히 틀어막아 버렸다.

"카디프님, 너무해요. 애버딘님께선 리즈 언니랑 피스를 챙겨주시느라 그런 것뿐인데 왜 구박하고 그러시는 거죠?"

피스가 광신도답게 애버딘을 두둔하고 나서자 리즈는 골치 아프다는 듯한 표정으로 자신의 이마에 손을 짚었다.

"그만! 그만! 어차피 드래곤의 피라면 인간들이 헌혈할 이유가 없잖아. 엘프도 마찬가지고, 안 그래? 뭐니 뭐니 해도 이곳에 있는 자들은 우리들을 제외한다면 다들 드래곤이니까 말이야."

"호~ 일리가 있는 말이군. 드래곤의 피라면 안에 함축되어 있는 마나의 양만 해도 인간의 피와는 틀릴 테고."

카디프가 리즈의 말에 맞장구를 치자 리도스는 뭔가 신변의 위험을 느꼈는지 버럭 소리를 질렀다.

"인간으로 폴리모프한 상태에선 인간과 다를 바가 없다는 건 마법을 부릴 줄 아는 작자들은 기본적으로 알고 있는 얘기 아니냐? 그런데 갑자기 웬 시비야? 게다가 드래곤의 피가 어쩌고저쩌? 어차피 드래곤의 피든, 인간의 피든 주술 때 쓸 피는 내 피면 만사 OK라고. 내가 인간으로 폴리모프를 하든 드래곤으로 있든 리도스라는 사실엔 변함없으니까 말이야. 게다가! 지금은 단지 어떻게 헌혈을 하는지 알기만 하면 되는 거잖아."

리도스의 말에 다들 멍청해진 얼굴로 서로를 바라보며 '그런가?' 하는 표정만 지어 보이자 리도스는 됐다는 듯 손을 내저었다.

"됐으! 됐으! 헌혈이고 뭐고 끝났으!"

"리도스 흥분했다. 헤헤."

리즈가 재밌다는 듯 웃으며 카디프를 툭툭 치자 카디프 역시 장난기 가득한 표정을 지어 보였다.

"그렇군. 보통 드래곤이 화가 났을 때의 전형적인 모습이란 얼굴이 빨갛게 달아오르고 말끝마다 '으'가 붙는 그런 거란 말이지?"

"게다가 저 숯검댕이 눈썹은 일그러질 대로 일그러져서 움찔움찔대고 말이야."

"그러다가 열받으면 인간의 얼굴로도 브레스를 확 뿜어내 버릴지도……."

서로를 바라보며 키득키득거리자 리도스의 눈이 일순간 매서워졌다.

"말 다해부렀으?"

"이, 이봐! 저기… 그냥 웃자고 한 소린데 그, 그런 눈으로 볼 것까진……."

이제까지 가장 잘 먹혔던 애버딘이 당황한 얼굴로 리도스 달래기에 나섰지만 리도스의 표정이 풀리지 않자 그는 특유의 애교 섞인 표정으로 미소를 지어 보였다.

"형~ 화내면 싫어잉~ 야! 튀어!"

"우아아! 리도스가 엘프 잡는다~!"

"카디프! 애버딘! 걸리면 죽어어엇!"

뒤도 돌아보지 않고 마치 추적자를 피하는 마법이라도 걸어둔 듯 잽싸게 달려가는 그들 뒤로 리도스는 고래고래 악을 써대며 쫓아갔다.

"쯧쯧, 하여튼 매를 벌어요, 매를."

"리즈야, 너도 남 말할 처지는 아닐 텐데?"

약간의 비난조가 섞인 그의 말에 리즈는 미소를 지어 보이며 떼떼를 안아 들었다.

"아무리 아저씨라도 우리 엄마 괴롭히면 가만 안 있을 거예요."

뾰로퉁한 표정으로 자신을 노려보는 떼떼에게 리도스는 한숨을 내쉬었다.

"하아~ 그래그래, 믿는 구석이 있다 이거지?"

"저를 저쪽의 바보 세트와 동급 취급하면 실례랍니다. 오호호호홋."

리즈의 특이한 웃음소리에 리도스는 머리가 아프다는 듯 두 손으로 얼굴을 감싸 버렸다. 졸지에 애버딘과 동급으로 바보 세트가 된 카디프가 애버딘과 함께 리도스의 눈치를 보며 비굴하게 다가오자 리도스는 더 이상 말하기도 골치 아프다는 듯 머리를 설레설레 흔들었다.

"자, 자, 일단 병원이란 곳부터 가보자구. 만일 너희들이 정 헌혈을 하고 싶지 않다면 비상수단이라는 것도 있으니까 말이야."

"비상수단?"

"여기서 시간 다 보낼 거야? 아예 도시락 풀어?"

"아, 알았어. 하여간 성질은… 앞장이나 서."

애버딘이 더 이상 리도스를 자극해 봐야 좋을 게 없다는 걸 알았는지 순순히 뒤로 물러나자 리도스는 만족스러운 표정으로 고개를 끄덕였다.

그리하여 리도스가 병원이라며 그들을 안내한 곳은 커다랗고 북적거릴 것이라는 상상과는 달리 그냥 일반 집들보다 실내가 조금 넓은 집이었다. 굳이 차이점을 찾으라면 침대가 많다는 정도랄까.

병원이라고는 하지만 사람은 한 명도 보이지 않는 빈집에 불과한 곳에—사람이라고 해도 이곳은 드래곤만 살고 있는 프로소다. 이곳에 있는 자들 역시 애버딘네를 제외하고는 모두 드래곤이라는 소리—묵묵히 뭔가를 끄적거리던 한 여인이 하얀 가운을 입고 있었다. 그리고 이윽고 애버딘 일행과 눈이 마주치자 그녀는 재빨리 자기 자리에서 일어나 리도스를 보며 반가운 표정을 지었다. 서로 안면이 있었는지 리도스도 아는 척을 하고 나섰다.

"아아… 그동안 잘 지내셨나요?"

"네, 덕분에 그럭저럭. 그런데 이곳엔 무슨 일로 오셨죠? 혹시 아픈 곳이라도 있으신 건가요?"

"아, 그럴 리가요. 그런데 이곳엔 여전히 손님이 보이지 않는군요?"

리도스의 말에 이제까지 생긋 웃는 얼굴이었던 여인의 얼굴에 기분 나쁜 검은 오라가 스멀스멀 기어나왔다.

"방금 뭐라고 하셨죠?"

"저… 손님이 왜 안 보이냐고……."

검은 기운에 움찔한 떼떼가 리도스를 대신해 대답하자, 그녀는 마치 입에서 파이어 볼이라도 뱉어낼 기세로 고함을 질러댔다.

"손님?! 손님이라고 하셨어요?! 세상에! 의료 행위를, 신선한 의료 행위를 장사로 치부하시는 겁니까?!"

그제야 리도스는 실수했다는 표정으로 그녀를 진정시켰다.

"아, 이런이런, 제 말뜻은 그런 게 아니었는데… 죄송합니다. 그냥 환자가 보이지 않길래 무심코 실수를 하고 말았군요."

"그거야 마을에 환자가 없다는 소리니까 좋은 일 아닌가요? 뭐, 환자 있나 없나 그런 거 살피러 오신 건 아닐 테고, 아프지도 않다면 병원엔 무슨 이유로 오신 거죠?"

누가 봐도 무뚝뚝한 태도로 돌변해 버린 그녀에게 리도스는 마치 물건을 팔기 위해 손님에게 영업용 미소를 짓고 있는 상인처럼 서사세를 유지하며 그녀의 비위를 맞췄다.

"아아, 그렇게 딱딱하게 굴 건 없잖아요. 전 당신이 좋아할 만한 제안을 가져왔는데… 하하, 그러고 보니 아직 일행 소개도 하지 않았군요."

이제까지 리도스와 그녀 사이에서 눈치만 살피고 있던 카디프와 리즈는 기회는 이때다 싶었는지 후닥닥 앞으로 나서며 인사를 건넸다.

"처음 뵙겠습니다. 카디프라고 합니다."

"호~ 프로소에 웬 엘프? 게다가 그 투희야가 어쩌고저쩌고하는 인사는 유행이 지나 버렸나 보죠? 뭐, 아무튼 영광입니다. 이에

이에요."

여전히 경계하는 듯한 낯빛으로 카디프와 악수를 나눈 이엔은 자신의 차례를 기다리고 있는 리즈에게로 시선을 돌렸다.

"음… 이 아가씬 인간? 리도스님, 방금 제게 당신의 일행을 소개시켜 준다고 하지 않았어요?"

"내 일행들입니다만… 뭐… 그들이 드래곤이 아니란 것만은 명백한 사실이죠. 여기에 있는 엘프를 제외하고는 모두 인간이니까요."

"아저씨, 전 드래곤인데요."

"아, 떼떼는 나랑 서로 아는 사이잖아. 그러니까 상관없는 거지."

이엔은 상냥하게 미소를 지으며 심통난 표정을 하고 있는 떼떼를 달래주었다.

"전 리즈라고 해요. 처음 뵙겠습니다."

"…네, 처음 뵙겠습니다. 그런데 인간이라면… 리즈님께선 샤아플린 쪽? 아니면 리절트 쪽인가요? 다크 쪽은 아닌 것 같고."

"어머! 다크 쪽 사람들에겐 두 나라 사람들에 비해 뭔가 다른 특징이라도 있는 것처럼 말씀하시네요."

피스가 울컥한 듯한 표정으로 끼어들자 이엔은 불쾌한 표정으로 그녀를 바라보며 살짝 인상을 찡그렸다.

"당신은 다크인 같은데… 다크인은 하나같이 음침하고 내숭 덩어리거든. 게다가 꼭 남의 말에 끼어들어 대화를 망쳐 버리지. 하긴, 그렇게 어둡고 음침한 곳에 있자니 당연히 겉 다르고 속 다를 수밖에 없겠지만, 아무튼 난 인간으로서 꿈을 꿀 때 다크인치고 좋은 녀석은 한 명도 보지 못했어. 게다가……"

그녀는 정말 마음에 들지 않는다는 듯 피스를 노려보며 천천히 말을 이었다.

"가장 마음에 안 드는 건… 다크인은 예의가 없다는 거야."

그녀의 말에 모두 한동안 말을 잇지 못하자 그녀는 미소를 지으며 애버딘에게로 시선을 돌렸다.

"흠… 아가씬 드래곤이 폴리모프했다고 해도 믿겠는데."

"네?"

"칭찬이야, 칭찬. 리절트인이지? 분위기 보면 딱 그런데."

그녀의 짜증나는 말을 줄곧 멍청하게 듣고만 있던 피스는 그녀가 애버딘에게 관심을 보이자, 그제야 정신을 차린 듯 눈꼬리를 치켜 올리며 사납게 그녀를 노려보았다.

"당신, 색깔론자군!"

"뭐, 그렇다고 볼 수 있지."

피스에겐 별 관심 없다는 듯한 태도로 짤막하게 대꾸한 그녀는 리도스에게 짜증 섞인 목소리로 같은 질문을 되풀이했다.

"자, 이제 인사도 했겠다… 말해 봐요, 여기 왜 오신 거죠?"

"같은 크로매틱 드래곤이긴 하지만 경우는 바른 줄 알았는데 너무하시는군요. 제 일행에게 좀 더 친절했으면 좋겠는데……."

"끄아아! 이봐요, 이래 봬도 전 무척 바쁜 몸이라구요! 용건만 간단히 해줘요, 용건만!"

과연 혈기 왕성하다는 평을 듣는 크로매틱 일족답게 그녀는 이제까지 발휘한 놀라운 인내심을 드러내며—그녀가 드래곤임을 감안하면 이제까지 보여준 인내심은 거짓말 조금 더 보태서 과히 신의 경지에 이른 것이라 할 수 있겠다—짜증을 부리자 리도스는 피식 미소를 지었다.

"뭐, 당신을 더 자극해 봐야 좋을 건 없겠죠. 하하, 단도직입적으로 묻죠. 헌혈해 보신 적 있으신가요?"

"시켜본 적 말씀하시는 건가요? 아니면 해본 적?"

"시켜본 적입니다만… 만일 부탁드린다면 해줄 수 있습니까?"

리도스의 말에 순간 그녀의 눈이 반짝였다.

헌혈이라는 것… 인간들 사이에선 평민에 한해 돈을 주고받으며 거래되고 있지만—아직은 실험 단계라 의사들이 돈을 지불하고 헌혈과 수혈이 시행되고 있었다—드래곤들이야 다치면 회복 마법 걸면 땡이요, 뭐, 심심하면 포션이나 까먹고, 간혹 취향이 특이한 드래곤들은 나을 때까지 개기며 의사들에겐 찾아가지 않는다.

왜냐고? 자! 당신이 지금 무식한 낫같이 생긴 시미터에 베여 피가 철철 흘러내리고 있다고 생각해 보자. 고통을 참아가며 의사에게 몸을 맡겨 한두 달씩 돈 뜯겨가며 갑갑한 침대랑 친목을 도모하겠는가. 그렇지 않으면 마법사나 신전에 가서 고통없이, 더군다나 시술 즉시 말끔하게 나을 수 있는 치료 마법이나 포션을 이용하겠는가.

게다가 좀 보기 흉해서 그렇지 마법이나 포션은 최대한 불쌍하거나 짜게 굴면 종종 D.C라는—또는 정말 재수 좋은 경우 공짜로 얻을 수도 있다—행운을 거머쥘 수 있으니… 굳이 드래곤이 아니라 해도 의사보단 마법사나 프리스트를 선호하게 되어 있는 것이다.

"헌혈이라… 당연히 해드릴 수 있죠. 이론이라면 완벽하게 꿰고 있으니까요. 그런데 갑자기 웬 헌혈이죠?"

"잠깐! 이론만 꿰고 있다는 건 실전은……."

"경험이 없다는 거죠. 후훗, 그래도 드래곤 세계에 제일 가는 의사니까 믿으셔도 됩니다."

'그거야 의사라고는 당신과 당신 아버지뿐이니까 그런 거잖아.

이 여자야!'

자신만 믿으라는 듯 뿌듯한 표정으로 미소 짓는 이엔에게 리도스는 땀을 삐질삐질 흘리며 곤혹스러움을 감추려 애썼다.

"…그렇다 치고, 제 피니까 제가 가져간다는 건 납득하시겠습니까?"

간신히 표정을 수습하며 그는 그녀의 대답을 기다렸지만 돌아온 건 사무적이고 냉랭한 태도로, 그게 무슨 오크 뒷다리 씹는 소리냐는 듯 정색을 하며 고개를 저었다.

"그건 곤란해요. 그럴 리는 없겠지만 만일 그 피를 수혈하기라도 하면 무슨 일이 일어날지 모르거든요. 뭐… 인간들도 마법사들의 피는 사용하지 않는다잖아요, 마나 때문에."

누가 마법 마니아 아니랄까 봐 마나 어쩌고저쩌고하니까 리즈는 눈까지 동그랗게 뜨고 되묻는다.

"네? 마법사 피랑 마나랑 그게 수혈이랑 무슨 상관이 있는데요?"

"뭐, 물어보나마나 한 소리시. 마법사지고 성격 좋은 녀석도 없잖아. 그러니까 그 피도 하도 뭐 같아서 타인의 피랑 섞이면 난리부르스를 추지 않겠어?"

장난스런 애버딘의 말에 리즈는 대번에 인상을 찡그리며 인정사정없이 그의 발을 있는 힘껏 즈려 밟았다.

"아얏! 왜 그래?!"

"성격 좋을 리 없는 마법사들의 천벌이라는 거다. 왜? 그게 말이나 돼? 마법사들 성격이… 그리 훌륭하지 못하다는 건 나도 인정하는 바지만, 그래도 꼭 그렇게 이야기해야 속이 시원하니?"

얄밉다는 듯 애버딘을 흘겨보던 리즈에게 이엔은 피식 미소를 지어 보이며 애버딘을 두둔하고 나섰다.

"후훗, 아가씨, 그건 모르는 소리랍니다. 원리만으로 따지자면 사실 저 아가씨께서 말씀하신 거랑 비슷하니까요."

"원리요?"

이해되지 않는다는 듯 피스가 되묻자 그녀는 그다지 대답하고 싶지 않다는 듯 인상을 찌푸리며 은근히 그녀를 깔보는 듯한 표정을 지어 보였다.

"그 정도의 이야기도 못 알아듣는다면 그건 돌 머리란 소리 아닌가?"

"그쯤 해뒀으면 좋겠습니다만, 잊고 계신 모양인데 이분 모두 제 일행입니다. 그리고… 저 녀석은 그래 봬도 남자랍니다."

계속 무시한다면 리도스 역시 가만있지 않겠다는 듯한 표정으로 그녀를 노려보자 그녀는 피식 미소를 지으며 두 손을 들어 보였다.

"네, 네, 저 예쁜 아가씨가 남자라는 건 좀 그렇지만… 조심하죠. 뭐… 대충 마나라는 게 어떤 건지는 알고들 있겠죠?"

"아, 대충은 알고 있어요."

피스는 기분 나쁘다는 표정이긴 했지만 호기심이 앞섰는지 그 자존심을 꾹꾹 눌러 참으며 그녀의 대답을 기다렸다.

"호~ 그럼, 그 마나가 일반인과 마법사 사이에서 어떻게 작용하는지도 알겠군요?"

바뀌지 않는 이엔의 태도에 분위기가 살벌해지려 하자 리즈는 얼른 끼어들어 그녀의 말을 피스가 알아듣기 쉽도록 풀어줬다.

"아, 그러니까 마나를 느끼지 못하는 일반인들과는 달리 마법사의 피에는 이미 체계가 짜여진 마나들이 상당수 포함되어 있기 때문에 일반인들의 피와 충돌한다. 뭐, 그런 말씀이신가요?"

"바로 그거죠. 전신에 고루 퍼져 있는―마치 산소처럼―일반인들과는 달리 마법사들은 한 부분에 집중적으로 모여 있거든요. 그러니 퍼지려는 혈액 성분 속의 마나와 모이려는 마나가 충돌하면 몸이 어떻게 되겠어요?"

리즈는 군침을 꿀꺽 삼키며 반문했다.

"…폭발하는 건가요?"

조심스럽게 이엔의 표정을 살피는 리즈와는 달리 그녀의 답변에는 거침이 없었다.

"역시 두뇌 회전이 빠르군요. 뭐… 아가씨라면 제가 왜 허락할 수 없다는 건지 아시겠죠?"

이엔은 무시무시한 이야기를 눈 하나 깜짝하지 않고 말하곤 피스를 향해 오히려 흥미롭다는 듯한 표정까지 띤 채 의미심장한 미소를 지었다. 괜스레 기분 나빠진 피스는 샐쭉해진 얼굴로 버럭 짜증을 내버렸다.

"분명히 수혈하는 데 쓰진 않을 테니까 그런 걱정은 하지 말아욧!"

"훗! 그 말을 어떻게 믿죠?"

"제가 보증을 하죠. 이 피스의 이름을 걸고."

"같은 드래곤이라도 믿지 못하는데 하찮은 인간의 말을 어떻게 믿으라는 거죠?"

그녀의 말에 애버딘과 피스, 리즈의 표정마저 순식간에 차갑게 굳어지자, 뭔가 말썽이 생기지 않을까 불안해진 떼떼는 잠시 한숨을 내쉬고는 바닥으로 힘껏 몸을 날렸다. '우당탕!' 하는 둔탁한 소리와 함께 '우아앙~!' 하는 요란한 떼떼의 울음소리가 터져 나오자 살벌했던 분위기는 순식간에 애 보기의 정신 산만한 쪽으로 바뀌었다.

"떼떼야, 괜찮아?"

리즈가 떼떼를 안아 일으키며 다친 곳이 없다는 것에 안도의 한숨을 내쉬자, 리도스는 그녀에게서 떼떼를 넘겨받으며 얌전히 있으라는 듯한 경고가 듬뿍 담긴 무시무시한 도끼눈으로 충분히 떼떼의 기를 반쯤 꺾어놓긴 했지만, 솔직히 떼떼가 적절하게 타이밍을 끊어준 것에 대해 절실히 고마워하는 중이었다. 게다가 더 이상 그녀가 일행들을 자극하기 전에 어떻게든 이야기를 끝맺어야겠다고 생각했는지, 애버딘은 영업용 미소를 지으며 마치 신상품 광고에 나선 상인 마냥 카디프를 덥석 그녀 앞으로 잡아끄는 바람에 험악한 분위기는 모면할 수 있었다.

"저… 동족인 드래곤도 신뢰가 가지 않고 인간도 싫다면 몇백 년 묵은 엘프는 어때요? 지적인 면에서도 그렇거니와 엘프가 거짓말했다는 소리 들어본 적 있어요?"

"뭐, 확실히 엘프에게 사기당했다는 말은 듣지 못했지만……"

'하긴… 엘프에게 사기당했다는 소릴 쪽팔려서 어떻게 하겠어?'

애버딘이 흘끔 곁눈질하며 미소를 짓자 카디프는 그 웃음의 의미를 알아들었는지 살짝 양미간을 찌푸렸다.

"정 못 믿으시겠다면 투희야님께 맹세하겠습니다. 결코 수혈하려고 하는 것이 아니니까 안심하시고, 혈액을 가져갈 수 있게 해주시지 않겠습니까?"

공손한 카디프의 말에 일순간 자기도 모르게 고개를 끄덕일 뻔한 이엔은 잠시 멍한 얼굴로 그에게 말려들었다는 것을 깨닫고 자신의 빰을 '찰싹' 소리가 나도록 두세 번 치고는 단호하게 거절했다.

"뭐, 꼭 수혈 경우만 문제가 되는 건 아니에요. 드래곤의 피에는 신비한 힘이 있어서 여러 가지로 그 용도가 다양하죠. 웬만하면 포기하세요."

귀찮다는 듯 손까지 내젓자 리도스는 치사해서 못 봐주겠다는 듯 예의 그 '왕싸가지' 기질을 발휘.

"됐으! 됐으! 마, 고마 챠라. 으으⋯⋯."

흥분한 듯한 리도스의 말을 친절히 풀어주는 떼떼.

"아저씨께서 '됐으니까 그만두시라'는데요."

그녀는 아쉽다는 듯 입맛을 쩝쩝 다셨다.

"헌혈하려는 드래곤이 없어서 사실 리도스님의 제안이 매력적이긴 했지만, 뭐⋯ 할 수 없는 건 할 수 없는 거죠. 그러고 보니 엘프가 헌혈한다는 소리는 없었는데⋯⋯."

이엔이 카디프를 바라보며 회심의 미소를 짓자 흥분을 가라앉힌 리도스는 얼른 키디프의 앞으로 나서며 그를 기려 비렸다. 덕분에 정면으로 그녀와 두 눈이 마주친 리도스는 미소를 지어 보였다.

"헌혈을 하고 싶어할 만한 드래곤을 알고 있는데 소개시켜 드릴까요?"

"오! 그럼 좋죠. 부탁드리겠습니다."

생글생글 미소를 지으며 처음 리도스를 반길 때의 태도로 돌아가 공손한 표정을 짓는 이엔에게 리도스는 자신도 모르게 피식 미소를 지으며 워프 게이트를 열어 보였다. 그리고 그 공간에선 이미 애버딘 일행들과 친숙해진 얼굴의 남자가 뚜벅뚜벅 걸어나오는 것이 아닌가.

"어엇! 리도스, 그 친구 분은?"

애버딘이 손가락으로 자신을 가리키며 아는 체를 하자 그는 빙긋이 미소 지으며 가벼운 목례를 해 보였다.

"류엔입니다."

"아빠가 여긴 무슨 일로……?"

이엔이 다소 황당하다는 듯 나이가 제법 들어 보이는 중년의 남자를 바라보며 묻자 그는 리도스에게 공손하게 목례를 하고는 살짝 그녀 쪽으로 눈을 마주치곤 아는 척을 해 보였다.

"그래, 오랜만이구나. 내가 내 집에 오는데 뭐가 잘못됐냐, 돌팔이 의사야?"

"제가 왜 돌팔이예요? 이래 봬도 드래곤 세계에서 1, 2위를 다투는 명의라구요."

"그거야, 드래곤 세계에서 의사라는 건 너랑 나밖에 없으니까 그런 거 아니냐. 게다가 너랑 내가 언제 1, 2위를 다퉜다는 거냐? 쯧쯧, 리도스님, 이해해 주십시오. 제 딸이 아직 철이 없어서 말이죠. 그런데 무슨 일로 부르신 겁니까?"

"오늘은 어쩐지 말투가 상당히… 안 좋군."

"그거야 한참 다른 일을 하고 있던 중에 강.제.소.환.되었으니 기분 좋을 리가 없죠. 뭐… 제 기분이야 조금 있으면 수습되는 거니 신경 쓰지 마십시오. 근데 무슨 일로 절 부르신 겁니까?"

리도스가 피식 미소를 지으며 그녀를 바라보자 그녀는 무척 난감한 표정으로 자신의 아버지를 바라보았다. 분명 그는 리도스의 말이라면 뭐든지 따를 것이다.

까짓 헌혈이야 힘든 일도 아니고 어찌 보면 오래 묵혀둔(?) 혈액을 빼줌으로써 건강에도 좋은 일이니까 그에게도 전혀 해가 되지 않는 일이었다. 그러나… 그녀는 자신의 아버지에게 그보다 까마득하게 어린 리도스가 이래라저래라 하는 것이 보고 싶지 않거니와 거기에 군말없이 따르는 아버지는 더 더욱 보고 싶지 않았다.

리도스가 크로매틱 드래곤들의 왕이란 사실은 그녀도 잘 알고 있고, 또 거기에 대해 별다른 불만이 있다거나 하진 않았지만, 그가 자신보다도 어리다는 것 하나만큼은 정말 짜증나도록 불쾌했다.

해츨링은 모두에게 소중한 존재라지만 그녀는 500살이 되어 당당히 해츨링에서 벗어나던 날까지 자신의 아버지에게서만큼은 해츨링다운 대접을 받아본 기억이 없었다. 그는 리도스 하나 돌보기에도 벅찼던 것이다.

뭐… 엄격히 따지면 리도스에게 무슨 잘못이 있겠는가. 문제라면 애시당초 해츨링을 일족의 대표자의 자리에 올려놓은 것이 문제였고, 엄밀하게 말해서 그녀에게 있어 심사가 꼬이는 일은 오래 전부터 쌓여왔다는 것이 더 큰 문제였다.

리도스가 카시우스님과 생활하는 동안 일족을 위해 힘들게 왕의 대리로서 일해 온 류엔에게 '수고했다'는 말만 달랑 남기고는 너무나도 당연하다는 듯 왕의 자리에 앉은 리도스를 바라보는 그녀의 심정이 썩 좋을 리가 없었던 것이다.

리도스 역시 이유는 모르지만 자신을 좋아하지 않는 그녀가 조심스러울 뿐, 이번만큼은 그녀에게 미움을 받는다 해도 할 수 없다고 생각했다.

"리도스님?"

"아아, 헌혈 때문에……."

"헌혈이라니, 누구 헌혈하시겠다는 분이라도 계신가 보군요?"

"아버지에게 무슨 말씀 하시려는 거예요?"

이엔이 짜증 섞인 표정으로 리도스의 말을 가로막는 보람도 없이 그는 여전히 뜻 모를 미소만 짓고 있을 뿐이었다. 짜증스럽게 여유만만한 얼굴로.

"차라리 나보고 하라고 그래요!"

"하하, 헌혈을 어떻게 하는 건지 알고 싶어서……."

"웬 동문서답? 리도스님이야 뭐… 저를 부른 이유를 말씀하신 거겠지만 넌 왜 그래? 뭘 하라고?"

"아빤 아무것도 모르면서 가만히 좀 있어요. 우우—"

"그러니까 너보고 철이 없다는 거야. 창피한 줄 모르고 그 나이 먹도록 아빠가 뭐냐? 아빠가."

"거, 정말… 집안싸움은 나중에 하기로 하고, 헌혈 문제나 매듭 지어주세요!"

보다 못한 피스가 나서자 이엔은 팔을 걷어붙이고 나섰다.

"아빠, 제 피나 좀 뽑아봐요. 귀찮은 녀석들 좀 쫓아버리게."

"하하, 전 약속을 지킨 겁니다."

"약속은 무슨……?!"

"분명히 말씀드렸지 않습니까. 헌혈을 하고 싶어할 만한 드래곤을 소개시켜 드리겠다구요."

리도스의 말에 그녀는 짜증스럽다는 표정으로 대꾸할 가치도 없다는 듯, 아예 여러 가지 잡다한 기구들을 가져와 직접 자신의 혈압을 재며 자신의 아버지를 바라보면서 퉁명스럽게 툴툴거려 댔다.

"정말 그렇게 멍하게 서 계실 거예요?"

"알았다, 알았어. 혈압 올라가니까 신경질 좀 그만 부리렴."

그는 이엔의 재촉의 말에도 느긋하게 움직이며 그녀가 가져온 주삿바늘이 꽂힌 비닐 팩과 자신에게 필요한 것들을 주섬주섬 골라 들었다. 그리고는 침대에 똑바로 누워 있는 그녀의 왼쪽 팔꿈치 안쪽의 혈관을 찾아 주삿바늘을 찔러 넣는 것을 끝으로 자신의 일이 완전히 끝났다는 듯 일행들을 향해 뿌듯한 표정으로 미소를 지었다.

"자, 일단 저희 집이니까 차라도 한잔씩 대접해 드리겠습니다. 이쪽으로 오시죠."

"아니, 저기… 저희들은 여기 남아서 어떻게 현혈을 하는 건지 구경하려, 아니, 지켜보려 하는 거라서… 차는 그냥 마신 셈치면 안 될까요?"

"후후, 헌혈은 저것으로 끝입니다. 저 비닐 팩 안에 피가 다 차면 바늘을 떼어내고 이엔이 잠시 쉬도록 하면 되는 거니까요."

"에~ 그렇게 간단한 거였나요?"

피스가 시시하다는 듯한 표정으로 이엔의 가느다란 팔에서 붉은 피가 호스를 따라 가죽 물통에 담겨지는 것을 바라보자, 그는 겸연쩍은 듯한 미소를 지어 보였다.

"하하, 그렇게 보여도 사람이나 드래곤이나 혈관이라는 게 있어서 그걸 찾아 주삿바늘을 꽂는다는 건 생각보다 쉬운 일이 아니랍니다."

그의 말에 리도스의 표정이 딱딱하게 굳어졌다. 그냥 피를 뽑는 법만 알아낸다면 뭐, 도구야 드워프들에게 부탁하면 금방 될 테고, 그것마저 귀찮다면 마법으로 도구들을 불러내면 끝이지만, 혈관 찾는 것만큼은 해결이 안 되는 것이다. 사실 큰소리치기는 했지만 이제까지 떼떼랑 둘이 폴리모프해서 떼떼에게 적당히 '꽂아봐라'라고 하면 모든 문제가 해결될 줄 알았던 것이다. 그러나 혈관을 찾아 정확히 찌르라고 한다면 그놈의 혈관이 어디에 있는 줄 알고 주삿바늘을 들이 될 것인가. 게다가 주삿바늘을 잘못 찌르기라도 하면 리도스는 떼떼가 자신의 혈관을 찾아 제대로 꽂아줄 때까지 성가실 정도로 따끔거리는 귀찮은 주삿바늘들을 참아내야만 한다.

'설마… 털 빠진 고슴도치 꼴 되는 거 아니야?'

리도스는 온몸에 구멍이 숭숭 뚫린 처절한 크로매틱 드래곤을 떠올리고는 부르르 몸서리를 쳤다.

'차라리 류엔에게 사실대로 다 불어버리고 좀 해달라고 그래 봐?'

그는 물끄러미 자신의 일행들을 응접실로 안내하는 류엔을 바라보았다.

어차피 인간의 모습으로 폴리모프해 가지고 있을 거 솜털 보송보송한 10대야 민망해서 못한다 치더라도 날렵한 20대라던가 중후한(?) 30대로 있으면 누가 뭐라고 그런담.

자신이 이 모습을 고집하고 있어서인지 언제나 4, 50대의 모습으로 아버지가 자식 보듯 걱정스러운 눈으로 자신을 바라보고 있는 그 모습은 리도스에겐 언제나 쓸데없는 잔걱정을 달고 사는 것으로밖엔 보이지 않았다. 어렸을 때야 워낙 철이 없어 류엔의 속깨나 긁어댔던 그였지만 머리 좀 굵어지고 나선 웬만하면 그에게 걱정을 끼치는 일은 하고 싶지 않았던 것이다.

'사실 잔소리 대마왕 카시우스님께서 잔소리하시는 거나 류엔이 쓸데없는 걱정으로 잠 못 자는 게 가장 싫으니… 뭐, 할 수 없

지… 까짓 바늘 좀 빗맞는다고 죽기야 하겠어?'

리도스의 속마음을 알 리 없는 류엔은 미소를 지으며 자신이 만들어낸 차를 일행들에게 권하고는 자신도 찻잔을 들어 홀짝홀짝 마셔댔다. 떼떼는 그런 류엔을 바라보며 잠시 망설이는 듯하다가 조심스럽게 입을 열었다.

"저… 혹시 드래곤의 혈관은 어디 있는지 알아요?"

"혈관이라니?"

"푸핫! 떼떼야, 너……."

리도스가 입가에 가져다 댄 차를 뱉으며 떼떼의 입을 막아버리자 류엔은 뭔가 미심쩍다는 듯한 표정으로 그를 바라보았다.

"왜 그러십니까, 전하?"

방심했다. 음유 시인의 경우로 비유하자면 언제나 그랬듯 남은 온갖 개폼 다 잡고 혼자서 피리 불고, 하프 퉁기고, 목청까지 가다듬었건만 떼떼가 그 순진 무구한 웃는 얼굴로 하프 줄을 툭! 끊어버린 것이다. 떼떼를 아무리 노려본다 한들 이미 물은 엎질러진 것. 남은 것은 잔딕징 대마왕의 질문 공격과 자신이 마음을 독하게 먹고 끝까지 시치미 떼는 일뿐이다.

"그러고 보니 리도스님, 오늘 이상하군요. 갑자기 절 불러내셔서 난데없이 헌혈이니 뭐니 그런 게 궁금하다고 그러시질 않나, 그렇게 마주치기 껄끄러워하시던 이엔과 담소를 나누시질 않나……."

"담소는 누가 담소를 나눴다는 거야?"

"아하하, 그런 식으로 제 질문을 회피하려고 하시는 겁니까?"

입만 웃고 있을 뿐 눈은 이미 치켜 올라간 것이 흰자위만 보이는 공포 분위기를 조성하는 류엔.

"회피는 무슨 회피? 떼떼가 그냥 궁금해서 물어보는 건데 왜 그
걸 가지고 이렇게 예민하게 구는 건데? 아무튼 류엔은 잔걱정이
너무 많다니까."

"그렇습니까?"

"그렇대두."

"맞아요. 떼떼는 리도스님께서 피를 뽑아야 할 것이 걱정돼서
그런 거니까 걱정 안 하셔도 된다니까요."

숨겨진 복병 피스의 굳히기 한판이었다.

기껏 정상으로 돌아왔던 류엔의 눈이 훼까닥 뒤집어질 정도로
멋진 굳히기.

"피스……."

"하아~ 피스, 역시 넌 가만히 있는 게 도와주는 거다."

카디프와 애버딘이 피스를 끌고 응접실 밖으로 나가자 리즈는
힐끔힐끔 리도스와 류엔의 눈치를 살피다가 웬만해선 류엔의 질
문 공세가 멈추지 않을 것이라는 걸 깨닫고는 슬며시 떼떼의 손
을 잡고 나가 버렸다.

'의리라고는 눈 씻고 찾아봐도 없는 녀석들 같으니라구. 내가
진작에 알아봤어야 하는 건데.'

"지금 속으로 뭐라고 궁상을 떨고 계시는 겁니까?"

"궁상은 누가 궁상을 떨었다는 거야?!"

"아니면 뭐라고 대답할지 잔머리라도 굴리시는 겁니까?"

"흠흠!"

"괜한 헛수고 마시고 그냥 순순히 말씀하십시오. 해츨링일 때부
터 봐온 리도스님입니다. 비록 나이도 들고 많이 성장하셨다고는
해도 리도스님의 생각쯤이야 아직까지 쉽게 파악할 수 있다는 거

아시죠?"

"…류엔."

"네, 말씀하십시오."

"저기, 네 뒤에 있는 이엔… 벌써 돌아다녀도 되는 거야?"

그의 말에 놀란 류엔이 뒤를 돌아보는 사이 리도스는 후다닥 도망쳐 버렸다. 류엔은 긴 한숨을 내쉬며 찻잔을 없애 버리고는 씁쓸한 얼굴로 자신의 딸에게 가봐야겠다고 생각했는지 자리에서 일어났다.

"그애에게 물어보면 뭔가 알 수 있을 테지. 쯧쯧, 이번에는 무슨 사고를 치시려고 헌혈하는 것까지 아시려는 건가?"

"치사하게 나 혼자 두고 다들 나갔다 이거지?!"

"그렇다고 다짜고짜 워프해선 이런 데로 끌고 와?!"

리도스는 한껏 인상을 찌푸리며 목소리를 깔았지만, 일행들에게 그의 위엄 같은 것은 이미 예전에 사라지고 없는 것. 오히려 자신들을 데리고 온 것에 대한 불만의 소리만 터져 나오기 시작했다.

"맞아맞아, 난데없이 웬 어레인 계곡이냐구."

애버딘은 불만에 가득 찬 눈으로 어레인 계곡을 바라보았다.

조금 전 리도스는 무서운 기세로 일행들에게 다짜고짜 돌진해선 어레인 계곡으로 가는 워프 게이트를 뚫어버리고는 일행들을 차례로 밀어 넣은 것이다. 그리고 워프해서 도착한 곳이 바로 지금 서 있는 어레인 계곡의 가파른 절벽 위.

피스는 애버딘이 갑자기 사라졌던 예전의 기억이 떠올랐는지 애버딘의 등 뒤에서 와락 그를 끌어안으며 불안한 듯한 목소리로 말했다.

"애버딘님, 이번엔 갑자기 사라지거나 그러면 안 돼요, 알죠? 피스는 그때 불안해서 울 뻔했다구요."

"이봐이봐, 거기 두 사람! 좋은 말할 때 떨어져. 내가 무슨 너희들 러브신 찍으러 여기까지 데려온 줄 알아?"

리도스가 예의 그 짙은 눈썹을 움찔거리며 피스와 애버딘을 떼어놓자 피스는 입을 삐죽거리며 살짝 애버딘을 놓았다. 주변의 시선과 난데없는 피스의 행동에 무안해하고 있는 애버딘에게 리즈는 살짝 인상을 찌푸리며 핀잔을 주기 시작했다.

"피스보다 애버딘에게 잘못이 있는 거지, 뭘 그래? 싫으면 싫다고 딱 부러지게 얘기하면 피스가 어떻게 애버딘에게 접근하겠어? 피스는 애버딘 말이라면 자다가도 벌떡 일어나는 애인데… 쳇! 피스가 뒤에서 안아주니까 기분이 좋아?"

"에? 그, 그런……."

"호~ 리즈 언니, 질투하는 거예요? 그래도 할 수 없어요. 피스는 애버딘님이 제일 좋으니까요. 헤헤."

리즈는 순간 표정이 굳어지는 듯했으나 금방 아무 일도 없었다는 듯한 얼굴로 리도스에게로 시선을 돌렸다.

"장난 그만 하고, 리도스가 이리로 우리를 데리고 왔을 땐 뭔가 그만한 이유가 있는 거겠지. 리도스, 너도 애들끼리 수다 떠는 거 즐길 생각 없다면 이제 슬슬 본론이나 말해 줘."

"뭐… 계속했다간 한도 끝도 없을 녀석들이니까 리즈, 네 말대로 하지. 사실 말이야 바른 말이지 내가 폴리모프하고 나서 헌혈하는 거야 이미 감수하고 있었던 거지만, 우리 중 누가 내 혈관을 찾을 수 있겠나?"

"그거야 당연히… 드래곤이겠지."

애버딘의 말에 모두의 시선이 떼떼에게 모이자 떼떼는 난처하다는 듯한 표정으로 리도스를 바라보았다.

"설마… 아저씨, 저더러 하라는 소린 아니겠죠?"

"설마는 무슨 설마야. 재들보고 내 혈관 찾아서 주삿바늘 꽂으라고 해봐. 아무리 빨라도 두세 달은 족히 걸릴걸."

그의 말에 떼떼도 같은 생각을 하고 있었는지 정곡을 찔린 듯한 표정을 짓긴 했지만 리도스에게 주삿바늘을 꽂는다는 게 그다지 내키지 않는지 연거푸 뿌루퉁하게 입술만 내밀었다.

"뭐, 실수하면 어떻게 하나 그런 생각 하나 본데, 내가 누구냐? 네가 그렇게 자신없어 할 줄 알고 미리 연습을 시켜주려는 것 아니냐."

"에? 어떻게요?"

"어떻게는 어떻게냐. 어레인 계곡이라면 드래곤들도 별로 출입 안 하려고 드는 곳이니까 여기서 무슨 짓을 하든 알 게 뭐야. 안 그래?"

"그러니까 도대체 뭐 하려고 그러는 건데?"

리도스가 한참 동안 뜸을 들이는 것이 답답했던지 애버딘마저 한마디 거들고 나서자 리도스는 피식 미소를 지어 보이며 계곡 아래를 가리켰다.

"물고기 몇 마리 잡아서 드래곤으로 폴리모프시키면 좀 좋아? 떼떼 혈관 찾는 연습도 시키고, 나는 나대로 떼떼 하는 것 보면서 마음 좀 독하게 먹어보려고 이리로 온 건데 왜, 떫어?"

"물고기를 드래곤으로? 그러다 난리나면 어쩌려고 그래?"

"난리는 무슨… 물고기를 먼저 죽인 뒤에 드래곤으로 폴리모프시키고 나서 떼떼더러 찌르라고 하는데 뭐가 문제겠어? 뒤처리야 다시 물고기로 돌려놓으면 간단한 거고."

"그럴 거면 우린 왜 데리고 왔는데? 리도스, 너랑 떼떼만 있으면 될 걸 괜히 우리까지 끌고 와서 보기만 해도 아찔한 경치나 감상하라는 건 무슨 심뽄데?"

퉁명스런 표정으로 애버딘이 툴툴거리자 조용히 있던 카디프가 그를 달랬다.

"리도스야 우리가 거기 있어봤자 류엔님께 지금 하려는 일을 추궁당할 것 같으니까 일부러 신경 써준 거지. 안 그래, 리도스?"

"그런 깊은 생각을 할 거라고 생각해? 이 내가? 그냥 너희는 옵션으로 데리고 온 것뿐이야. 폼 잡는 거야 여러 명 앞에서 잡는게 좋지 않겠어? 떼떼도 관객이 많은 쪽을 좋아할 테고 말이야. 하하핫."

리도스가 겸연쩍은 듯한 얼굴로 일행들에게 어색한 미소를 지어 보이자 리즈는 바닥에 떨어져 있던 돌 하나를 주워 들고는 한손으로 던졌다 받기를 반복해 보였다.

"그래~? 그랬단 말이지. 후후후, 감히 이 리즈님을 그런 쓸데없는 구경이나 하라고 여기까지 끌고 오셨단 말씀이지?"

리즈의 어눌한 말투에 지레 겁을 먹은 떼떼는 얼른 말을 고치라는 듯한 표정으로 리도스를 바라보았다. 리도스 역시 자신의 말실수를 깨닫고는 자신과 떼떼를 제외한 나머지 일행들을 계곡 물속으로 워프시켜 버렸다. '풍덩!' 하는 소리와 함께 멋지게 개울속에 잠겨 버린 리즈 일행은 까마득하게 높이 있는 리도스와 떼떼를 올려다보며 고함을 질러댔다.

"꺄악! 차가워! 리도스! 이게 무슨 짓이야?!"

"옵션으로 있기 뭐할까 봐 일을 주겠다는데 왜 그래? 물고기나

큼직한 녀석으로 잡아봐."

"너, 나중에 걸리면 봐. 이 계곡 물을 다 마시고 싶을 정도로 후회하게 해줄 테니까!"

"호~ 어디 한번 해보시지. 호락호락 당할 거면 내가 네 제자지 싸부겠냐?"

"내가 여기서 나가서도 그렇게 떠들 수 있나 두고 보자구. 글쎄!"

고래고래 악을 써대는 리즈를 마치 존재하지 않는다는 냥 무시하며 저벅저벅 물 밖으로 걸어나가는 애버딘과 카디프를 향해 피스는 난처한 표정을 지어 보였다.

"저기… 언니, 안 나갈 거예요?"

"어딜?"

"애버딘님이랑 카디프님은 벌써 물 밖으로 나가셨는데요."

"뭐?! 정말? 이 의리없는 녀석들을 확!"

리즈가 저만치서 실프를 소환하여 옷을 말리고 있는 카디프와 애버닌을 향해 첨벙첨벙 물까지 튀겨가며 달려가자, 피스는 재밌다는 듯한 표정을 짓고 있는 떼떼를 향해 가볍게 눈을 흘려주고는 그녀의 뒤를 따랐다.

10분 뒤, 모두의 옷을 말리고 난 카디프가 너무나도 쉽게 물고기를 잡아버리자 리도스는 싱겁다는 듯한 표정으로 그에게서 물고기를 받아 들고는 품속에 있던 단검으로 가볍게 두세 번 찍는 것으로 간단하게 물고기를 처리해 버렸다.

물고기의 숨이 완전히 끊어진 것을 확인한 리도스는 계곡의 꼭대기로 혼자 워프해서는 물고기를 드래곤으로 폴리모프시켜 마법의 밧줄을 이용해 거꾸로 매달았다. 그리고는 순식간에 다시 돌아와서 떼떼에게 마법으로 만들어낸 주사기를 주며 피를 뽑으라고 등을 떠다미는 것이 아닌가.

"자, 자, 어차피 드래곤도 아니고 죽었으니까 고통 같은 것도 느끼지 않아. 안심하고 연습해 보렴."

"그래도 아저씨……"

"그래도는 무슨. 내가 누누이 말했지만 떼떼, 넌 좀 더 당당하게 행동할 필요가 있어. 어지간하면 자신감이라는 녀석을 키울 때도 되지 않았니?"

"그게 아니라요, 주사기가……"

"해보지도 않고 안 된다고 하는 거 아니라고 그랬지?!"

그가 이번에도 떼떼의 말을 차갑게 잘라 버리자 더 이상은 참지 못하겠는지 보다 못한 리즈가 '짝!' 하는 경쾌한 소리와 함께 리도스의 등에 일격을 가하며 언성을 높였다.

"바보야! 떼떼는 그 주사기가 비상식적으로 크다는 말을 하려는 거라구!"

"헤에~ 그런가?"

그는 기우뚱거리며 쓰러지는 주사기를 두 팔로 끌어안아 중심을 맞춰 세우고는 쑥스러웠던지 피식 미소를 짓고 말 뿐이었다. 거의 2m에 가까운 크기의 주사기를 질렀다는 듯한 눈으로 바라보던 애버딘은 기가 막힌다는 듯한 표정으로 입만 쫙 벌려댔다.

"정말이지, 이런 걸 어떻게 들라는 거야?"

리즈가 또 한 번 리도스에게 핀잔을 주자 리도스는 머쓱한 표정으로 고개를 갸우뚱거렸지만 곧 그녀가 무슨 말을 하는지 잘 알겠다는 표정으로 입가에 엷은 미소를 지어 보였다.

"어떻게 들기는… 가뿐하게—우리만 비켜준다면—잘 들면 되는 거지. 네가 잠시 잊어먹은 모양인데 나랑 떼떼는 말이야… 드래곤이거든. 이 정도 크기나 무게 정도로 쩔쩔매겠어? 리즈, 네가 깃털하나 드는 것보다 가볍게 느껴지지."

"에이~ 아저씨, 솔직히 그 정도까지는 아니잖아요."

"아니면 말고. 아무튼 떼떼, 넌 열심히 연습해야 한다. 알겠지?내가 아무리 특이한 걸 좋아한다지만 온몸에 피어싱을 하고 싶진않거든."

"네……."

떼떼가 잔뜩 주눅 든 목소리로 대답하자 리도스는 피식 미소를지으며 한 손으로 조심스럽게 주사기의 균형을 잡으며 다른 한손으로는 떼떼의 금발 머리를 쓰다듬었다. 그러다가 문득 뭔가가생각났다는 듯 일행들을 쭉 훑어보던 그는 다시 두 손으로 주사기를 잡고는 제일 만만해 보이는 카디프에게 가까이 오라는 듯손짓을 해 보였다.

"카디프, 잠깐 이리 좀 와봐."

"왜?"

의아한 듯한 얼굴로 카디프가 자신의 옆으로 다가오자 리도스는 요령 좋게도 그 커다란 주사기를 카디프의 등 쪽으로 떠넘겨버렸다.

"으읏! 리도스, 지금 뭐 하자는 거야?"

"뭐 하긴… 워프 게이트 만들려는 거지. 그동안만이라도 중심좀 잡아라. 게이트 만들고 나면 네가 싫다고 별 억지를 다 써도그거 치우고 끌고 갈 테니까."

"넌 주문이고 뭐고 생각만 하면 되면서 무슨 헛소리야?"

"쯧쯧, 저놈의 엘프 말하는 것 좀 보게. 물론 드래곤이야 귀찮게 주문이니 뭐니 외울 필요는 없다만, 후후후… 내가 폼 좀 잡겠다는데 띠껍냐?"

"띠껍다면 어쩔래?"

"뭐, 내가 어쩌겠어. 그냥 대꾸해 봐야 너만 손해날 짓 좀 해주겠지. 본 모습으로 돌아가 눈 앞에서 살짝 트림을 해준다든지 한숨을 쉰다든지… 선택은 네가 해라."

"…그냥 들고 있도록 하지."

"쯧쯧쯧, 근성이라고는 눈을 씻고 찾아봐도 없는 뺀질이 엘프 같으니라구."

혀까지 차며 게이트를 만드는 리도스에게 카디프는 살짝 한숨을 내쉴 수밖에 없었다. 리도스는 그의 말에도 아랑곳없이 화려한 손동작으로 공중에 고대 문자를 그려내며 피식 미소를 지었다.

"자, 들어들 가자고."

애버딘과 리도스는 카디프의 등에 기대어진 주사기를 조심스레 바닥으로 내려놓은 뒤 떼떼에게 힘내라는 미소를 지어주며 워프 게이트 안으로 걸음을 옮겼다.

"조심해, 바늘에 찔리지 않게."

"에이, 엄만 내가 매일 덜렁거리는 줄 알아요?"

떼떼가 삐쳤다는 듯 입술을 내밀며 툴툴거리자 리즈는 그게 귀여웠던지 떼떼의 머리를 쓰다듬으며 배시시 미소를 지었다.

"그래그래, 내가 잘못했어. 용서해 줄 거지?"

"엄마니까 봐준 줄 알아요."

"후후, 나중에 봐."

"리즈! 꾸물거리다간 게이트 닫혀."

카디프와 피스가 리즈를 잡아끌며 워프 게이트 안으로 뛰어들자 어레인 계곡엔 떼떼 혼자만 덩그라니 남아버렸다.

"하아~ 내키진 않지만……."

반쯤 맛이 간 얼굴을 하고 있는 거대한 드래곤을 바라보며 반쯤 쫄아버린 목소리로 한숨을 푹푹 내쉬었다.

"영웅으로 가는 길은 멀고도 험하구나. 하아~ 잘 부탁해."

거대한 드래곤으로 폴리모프한 떼떼는 발톱 사이로 주사기를 들고는 힘차게 날아오르며 목표물을 향해 먹이를 낚아채는 매처럼 날렵하고도 멋있게… 흠칫거렸다.

"우아아~! 간 떨어질 뻔했네. 부딪치는 줄 알고 심장 떨어지는 줄 알았잖아. 후아……."

소심한 표정으로 그는 놀란 가슴을 진정시키며 화풀이하듯 아무렇게나 주사기를 꽂아버렸다.

"어?"

떼떼는 자신의 발이 저려오는 것을 느끼고는 이상하다는 듯 주사기를 쥐고 있던 발을 내려다보았다. 거기에는 분명 목표물에 꽂혀 있어야 할 주사기가 그대로 들려져 있는 게 아닌가.

"부딪칠 때 힘이 약했나?"

떼떼는 욱신거리는 발을 조심스럽게 쭉 뻗으며 불어오는 바람에 열기를 식혔다. 그리고는 다시 반대쪽으로 날아가서 또 한 번 힘껏 날아올랐다. 거대한 드래곤이 시야에 들어오는 순간, 떼떼는 또 한 번 움찔거리며 멈춰 섰지만 곧 마음을 다잡으며 재도전을 시도했다.

"원래 영웅은 고난을 이기며 성장하는 거야. 우랴우랴!"

두 눈을 질끈 감으며 젖 먹던 힘을 다해 돌진했지만 떼떼는 한 가지 중요한 사실을 잊고 있었다.

"으아아아! 아파! 아파아~!"

드래곤의 가죽은 검으로도 뚫기 힘들다는 사실을…….

"자, 이제 우린 뭐 할까?"

어레인 계곡에서 조금 떨어진 길가에 뺑 둘러선 그들이 어미를 바라보는 새끼들처럼 두 눈을 반짝이며 그의 대답만을 기다리고 있자 머쓱한 표정의 그가 입을 열었다.

"글쎄, 뭐 할까? 특별히 뭐 하겠다고 생각해 둔 건 없거든. 뭐 하고 싶은 거라도 있어?"

"에… 그럴 거면 구태여 이쪽으로 나올 필요가 있었어요?"

"진짜 해도 너무하는군. 드래곤이 전속력을 다해 왔다 갔다 하는 데 얼마나 걸릴 것 같아? 눈 깜짝할 사이라구, 알아? 드래곤 덩치가 어떻든? 거기에 있으면 그 연약한 피부가 갈갈이 찢어지고도 남는다구, 알아? 기껏 생각해 줬더니……."

피스에게 면박을 주던 리도스는 불현듯 멍청한 표정을 지어 보였다.

"크앗! 떼떼!"

외마디 비명을 지르며 다시 워프 게이트를 열어 뛰어드는 그를 일행들은 멍하니 바라보다 누가 먼저랄 것도 없이 안으로 뛰어들었다.

"떼떼야……."

"우엥~! 아파! 아파아—!"

"쩝, 할 말이 없다."

"우에엥~!"

드래곤이 '우엥' 거리며 공중 발레를 하는 모습을 본다면 당신들은 무슨 표정을 짓겠는가?

…정답은 뭔가를 잡을 수 있는 곳에 납짝 엎드려 그놈의 발레가 멈추길 비는 수밖에 없다(까딱 표정 한번 지어보려고 서 있다간 그대로 천계까지 골로 가는 수가 생긴다).

"떼떼! 그만둬!"

리도스가 온 힘을 다해 외쳤지만 아파서 난리 부르스를 추는 떼떼를 무슨 수로 말리겠는가. 더군다나 리도스는 현재 인간의 몸이니, 그가 무슨 말을 하든 귓전에 모기가 윙윙거리는 소리보다 더 작게 들릴 것이다. 그러니 떼떼에게 아무리 소리를 질러봤자 말짱 꽝이라는 소리다.

"떼떼! 그만! 그마아안―!"

…언제나 느끼는 거지만 피스는 목청 하나만큼은 끝내주게 컸다. 떼떼마저 확 뒤돌아보게 만들었으니.

"아! 이제 살 만하네. 고마워, 피스."

"에헤헤, 뭘 이런 걸로……."

리도스는 자리에서 빌떡 일어나 떼떼를 향해 날아가며 있는 힘껏 소리를 질렀다.

"폴리모프해!"

"우엥~ 간지러워!"

떼떼가 부르르 고개를 흔들어대며 일으킨 바람에 리도스는 멀찌감치 날아가 버렸고 일행들은 간신히 엎드린 채 위기를 모면했다.

"떼떼! 폴리모프해! 누구 죽일 일 있어?!"

역시 목청 하나는 끝내주게 좋은 피스가 이번에는 귀청이 떨어져 나갈 만큼 고함을 질러대자 대번에 알아들었다는 듯 금발 머

리의 귀여운 꼬마 한 명이 빠른 속도로 떨어져 내리는 것을 리즈
가 얼른 마법으로 받아냈다.

"아아~ 십년감수했네. 괜찮아?"

"엄마, 멋있었어요."

떼떼가 생긋 웃으며 리즈의 품에서 벗어나자 걱정스런 얼굴로
저만치서 애버딘이 달려왔다.

"괘, 괜찮아?"

"네, 멀쩡해요! 그런데 리도스 아저씬?"

"네가 고개를 흔드는 바람에… 날아가 버렸어."

"날려간 거지. 바보."

"아, 그런가? 자, 잠깐, 이거 리도스 소리 아냐?"

애버딘이 귀를 기울이며 무슨 소리가 들리는 쪽으로 고개를 돌
렸다. 뭔가 기둥 같은 것은 보이지만 리도스의 모습은 눈에 들어
오지 않았다.

"리도스!"

"리도스님! 꺄악!"

먼발치에서 카디프의 비명 소리와—사실은 피스의 비명 소리에 묻
혀 '…스!'라고밖엔 들리지 않았지만—피스의 높은 비명 소리가 울
려 퍼지고서야 그들은 황급히 피스와 카디프가 있을 곳으로 달려
가기 시작했다.

"…떼떼… 넌 천재야."

정확하게 꽂힌 주사기 아래로 리도스가 움찔거리며 끈질긴 생
명력을 과시했다. 애버딘과 카디프가 황급히 주사기를 치우고 리
즈가 치유 마법을 걸어주지 않았다면 리도스는 그 자리에서 초상
을 치렀을 것이다. '드래곤 최초, 주사 맞아 죽다'라는 전설을 남

긴 채.

"오늘은 시기가 안 좋은 것 같아. 그만 성으로 돌아가자."

허리를 잡으며 살짝 인상을 찌푸리던 그는 풀 죽은 강아지 마냥 어깨를 축 늘어뜨리며 미안한 표정으로 자신을 올려다보는 떼떼의 눈과 마주치자 괜찮다며 웃어줄 수밖에 없었다.

'훼이나고 떼떼고… 난 저런 눈빛에 약하단 말이야. 에휴~'

마법이니만큼 최상의 컨디션을 회복한 리도스지만 당장 앞일이 캄캄해져 왔다. 떼떼에게 맡겼다간 목숨이 위험할지도 모른다는 생각이 들었던 것이다. 어떤 녀석이 남자의 생명이란 허리를 끊어놓을 뻔한 녀석에게 자신을 맡기겠는가(그것이 설령 해츨링이라 하더라도 말이다).

"우~ 류엔에게 사정이라도 해볼까?"

"별수없잖아. 그래도 네 부탁인데 들어주지 않겠어?"

애버딘이 그의 말에 찬성하고 나서자 덩달아 피스까지 나섰다.

"아무렴 딸보다 아버지가 낫지 않겠어요?"

"하긴, 나도 그녀는 좀 어려워. 까다롭거든."

리도스가 멋쩍은 미소를 지으며 피스의 말에 긍정을 하고 나서자 리즈는 자신이 결론을 내려주겠다는 듯 명쾌하게 대답을 제시했다.

"그래, 그렇게 결정했으면 빨리 성으로 돌아가구. 그분 지금쯤이면 성에 계실지도 모르니까."

"아아… 처음부터 류엔에게 부탁할 걸 그랬나?"

리도스는 골치 아픈 표정으로 이마에 손을 올리며 한숨을 내쉬었다.

'설마 처음부터 일이 이렇게 꼬일 거란 건… 이것도 카시우스

님의 예측 속에 들어 있었던 걸까?'

"리도스! 안 가?"

곰곰이 생각에 빠진 듯한 그를 카디프는 의아한 얼굴로 바라보았다.

"무슨 생각을 그렇게 깊이 하는 건데?"

"아무것도……"

묵묵히 워프를 하며 성안으로 들어선 그들을 반긴 자는 다름 아닌 위트였다.

"리도스님, 무슨 일을 꾸미고 계신 겁니까?"

"다짜고짜 쳐들어 와선 인사도 없이 일을 꾸미다니?"

"어제 잠깐 훼이나님께 들렀지만, 데이트하러 가셨다더군요."

"호~ 그거 안됐구나."

리도스의 천연덕스러운 표정에 화가 난 위트는 그를 정면으로 쏘아보며 언성을 높였다.

"리도스님! 바로 어제 훼이나님과 데이트하신 분이 리도스님 아니십니까? 아니면 그 연세에 벌써 치매라도 와서 잊어먹었다는 말씀을 하고 싶으신 겁니까?"

이제까지 여유로운 표정으로 위트의 말을 묵묵히 듣고 있던 그는 정색을 하며 위트에게 되물었다.

"그래서? 하고 싶은 말이 뭐냐?"

"어차피 리도스님께선 훼이나님에게 관심이 없으시잖습니까! 괜한 기대 갖게 하지 말란 소립니다. 왜 그렇게 잔인하신 겁니까? 훼이나님은… 제겐 세상 누구보다 행복하게 해주고 싶은 분입니다. 더 이상 그녀를 울리는 짓은 용서하지 않겠습니다."

냉기가 뚝뚝 흐르다 못해 날카로운 비수처럼 가슴에 내리꽂힐 정도로 서늘한 목소리였지만 리도스의 얼굴엔 여전히 여유로움이 흘러넘쳤다.

"어이, 징그러운 물도마뱀. 네가 하고 싶은 말은 그게 다냐?"

"물도마뱀이라니요?!"

발끈한 표정으로 그를 노려보던 위트에게 리도스의 불호령이 떨어졌다.

"시끄러워! 네 어리광도 받아줄 만큼 다 받아줬다. 네가 해츨링이냐? 앞뒤 분별도 못하고 한 계열의 장이 다른 계열의 장에게 할 소리야?! 드래곤 로드의 이름은 가능한 입에 담는 것이 아니라고 네가 떼떼만할 때부터 알려줬었다. 넌 이미 어른이야. 언제까지고 내가 네 어리광을 받아주리라 착각한 거냐?"

어딘지 모르게 차가운 표정에 위트는 화들짝 고개를 떨구었다. 마음 한쪽에선 이미 리도스는 절대로 자신을 미워하지 않는다는, 무슨 짓을 해도 용서해 준다는 생각을 하고 있었는지도 모른다는 생각에 안심을 하고 있었다니… 문득 부끄럽다는 마음이 생겼다.

"…이건 반칙 아닙니까?"

서로가 묵인해 버린 '서로를 진심으로 미워하지 않는 일', '서로에게 무안 주지 않는 일'이 리도스의 한마디에 깨져 버린 것이다. '어리광을 받아주지 않겠다'는 다소 냉정한 그의 말.

"반칙? 하핫! 우리가 언제 게임이라도 했었던가?"

전에는 한 번도 보인 적 없는 노골적인 비웃음.

"…좋습니다. 한 가지만 묻죠. 리도스님과 훼이나님 두 분은 어떤 사이입니까? …변함이 없는 건가… 요?"

리도스는 살짝 양미간을 찌푸리며 자신의 주변을 둘러보았다. 보는 사람이 민망할 정도로 호기심에 반짝이는 두 눈에선 '빨리 말해 보시지—!' 하는 광선이 쏟아져 내리고 있었다.

"자리 좀 비켜줄래?"

"싫어."

"하~ 역시나… 그래, 결국은 알게 되는군 그래."

"뜸 들이지 말고 빨리 말씀해 주시죠."

"아, 재촉하지 마. 변한 건 아무것도 없어. 내가 그녀의 소유가 되었다는 것 빼고는 말이다."

"소유?"

"제기랄! 내가 그녀를 좋아한다는 소리다. 됐냐?"

"…그게 사실입니까?"

"왜? 사실이면 보따리 싸 들고 훼이나네 가서 진 치고 있게? 안 됐지만 그녀는 다른 드래곤에게 화이트 일족의 장을 내어주고 드래곤 로드의 공간으로 옮겨가야 하는 거 알고 있어?"

"제가 바보인 줄 아십니까?"

"흠… 그럼, 그 공간이 초대받지 않은 자들은 평생 죽치고 있어 봤자 열리지 않는다는 것도 잘 알고 있겠지?"

"……."

"어이! 물도마뱀. 가서 싱거운 네 두뇌나 바닷물에 깨끗이 헹구고 와. 간이 딱 맞아 정신이 번쩍 들 테니까. 네 사랑은 처음부터 무모했어."

리도스는 멍하니 서 있는 위트를 차갑게 지나치며 집무실로 걸음을 옮겼다.

"미움받고 싶지 않다며?"

카디프가 그저 지나가는 듯한 말로 리도스의 마음을 떠보려는 심보인지 조심스럽게 운을 떼자 리도스는 속이 쓰리다는 듯한 표정으로 들릴락 말락 한 모기만한 소리로 대답인지 혼잣말인지 모를 소리를 중얼거려 댔다.

"좋아하는 이와 사랑하는 이를 미워해야 한다면 카디프, 넌 어느 쪽을 미워하는 게 나을 것 같냐?"

"그거… 어려운 문제군."

"난 이미 미움받는 건 익숙하니까… 구태여 사랑하는 이를 미워하게 만들 필요는 없잖아. 사랑하는 이가 행복하다는데 슬프다면, 꼴 보기 싫다면 그것보다 가슴 아픈 일이 어디 있겠어?"

리도스의 가라앉은 목소리는 그의 심정을 대변해 주는 듯 점점 건조해져 갔다.

"뭐, 언젠가 네 마음을 알아줄 날이 오겠지."

"그 녀석이라면… 조금은 눈치 채줬을 것도 같은데……."

"그렇게 씁쓸하게 웃지 마. 꼭 세상에 혼자 떨어져 있는 것 같단 말이야."

애버딘이 리도스의 등을 툭툭 치며 위로를 해주자 그는 언제 그랬냐는 듯 표정을 밝게 바꾸고는 집무실 의자에 걸터앉았다. 그러나 겉으로야 웃긴 하지만 속으로는 또 다른 걱정이 생겨나기 시작하는 리도스였다.

위트와 한바탕한 뒤 떼떼를 부탁하자니 왠지 내키지가 않는 것이다. 공과 사가 분명하긴 하지만 점점 의심이 싹트고 있었다. 카시우스의 '간단하고 쉽게' 라는 말이 어쩌면 그것밖에 방법이 없다는 듯한 소리가 아닐까 하는… 하는 것마다 일이 복잡하게 꼬이니 아무리 생각해도 달리 짐작 가는 바가 없었다. 더군다나 떼떼를 두고 가려니 걱정이고, 데려가자니 만일의 사태가 걱정인데다가 마음이 내키지 않았다.

'결국은… 카시우스님의 말씀대로 되어가고 있군요. 떼떼에게도, 저에게도 힘든 일이 될 것 같군요. 거기서 졸지 말고 지켜보기나 해주세요.'

드래곤은 소멸되면 영혼도 없어지기 마련이다. 그저 주변을 떠돌아다니는 사념만이 존재할 뿐. 알면서도 다급해지면 그의 입에선 하나의 기도나 주문처럼 튀어나오는 이름이 카시우스였다.

"리도스, 이제 우린 뭐 해야 돼?"

카디프는 또다시 멍하게 웃고만 있는 리도스를 툭툭 건드려 댔다.

"아? 아… 뭐 별거없어. 류엔이야 나 혼자 만나도 되니까 자유시간들 가져. 정할 거 없으면 식사라도 하든지."

"음, 그럼 우린 애버딘 방에 있을게. 다 해결되면 그리로 와."

리즈의 말에 그는 고개만 끄덕거리며 일행들이 사라지는 모습을 물끄러미 바라보았다.

"류엔, 부탁 좀 해야겠어."

작게 속삭이듯 허공에 대고 류엔을 부르자 예의 익숙한 중년의 남자가 팔짱을 끼며 리도스 앞에 불쑥 나타났다.

"리도스님께선 제가 무슨 램프의 지니라도 되는 줄 아십니까? 예고도 없이 불쑥불쑥 부르시면 만사 제치고 달려오길 바라시니……"

"오늘따라 불만이 많은 것 같군."

얼굴 가득 '심기 불편!'이라는 글씨를 새겨 넣은 리도스를 보며 류엔은 한숨을 내쉬었다. 리도스의 기분이 엉망일 때 비위를 거슬려 봐야 좋을 게 없다는 걸 너무나도 잘 알고 있었던 것이다.

"뭐… 램프의 지니라도 리도스님께서 되라고 하면 되어야겠죠.

자, 이제 절 부르신 이유를 말씀해 주십시오."

"내게 물어보지 않을 생각인가, 헌혈에 대해서?"

"물어보면 순순히 대답해 주시겠습니까?"

기대 같은 건 애초부터 하지도 않는다는 듯한 얼굴로 리도스를 바라보며 느긋하게 폼을 잡고는 류엔에게 그는 단호하게 고개를 끄덕인다.

"대답할 수도 있지."

"하! 진심이십니까?"

"내가 거짓말하는 걸 본 적이 있나?—그야 종종 속이기는 하지만—사실대로 말해 주지. 대신 조건이 있는데… 들어줄 수 있겠나?"

"허무맹랑하지만 않으면……."

"헌혈… 내가 드래곤일 때 내 피 좀 뽑아줘."

"네? 그건……."

"힘든 일인가? 하긴 바늘 따위가 튼튼한 드래곤의 가죽을 뚫을 수나 있겠나?"

왠지 빈정거리는 듯한 말투로 바늘이 어쩌고저쩌고하는 불만을 늘어놓는 리도스에게 류엔은 어리다는 듯한 눈빛을 해 보였다.

"도발이라는 건 그렇게 하는 게 아니랍니다. 특히 크로매틱 드래곤과 같이 우수한 드래곤에게 그런 고전적이고 유치한 방법을 쓰시다니요. 그 정도 상식이라면 이미 해츨링일 때 졸업하셨어야죠! 쯧쯧."

"그럼, 드래곤 가죽을 뚫을 수 있는 바늘이 있긴 있다는 말인가?"

"정말 몰라서 그러십니까?"

"모르는 걸 모른다고 하지, 그럼 아는 걸 모른다고 해?"

"…바늘이라면 없겠죠. 그렇지만 신검이니 축복의 검이니 하는 쓸모없는 것들은 바늘로 사용해 주는 것만으로도 영광으로 알아야 하는 거 아닙니까? 물론 구멍을 원통으로 뚫는 것은 귀찮겠지만 말입니다. 그런데 도대체 헌혈을 하려는 이유가 뭡니까? 이엔은 아무리 물어봐도 모른다는 소리만 하고……."

"…피 뽑아준단 약속을 해줘야 나도 입을 열지."

"좋습니다. 단, 그 피는 제가 보관하고 있겠습니다. 괜찮겠죠?"

'하, 과연 카시우스님의 시나리오대로군. 피를 뽑고 그걸 들고 도망가라더니…….'

리도스는 기가 막히다 못해 아예 태연해져 버린 얼굴로 류엔을 바라보았다. 다 좋다… 아직까진 아무도 희생당한 자가 없거니와 피를 훔쳤다고 당장 뭐가 바뀌거나 하진 않으니까 말이다. 굳이 반박하거나 거부할 이유가 없었다.

'까짓거 멋지게 해주지.'

"좋아. 대신 내 말이 그럴듯하거든 그 피를 이용할 수 있게 해줘."

"알겠습니다. 그럼 모든 준비를 해서 내일 점심쯤에나 찾아뵙겠습니다."

"알았어, 기대하고 있을게."

리도스가 불쾌했던 심기를 털어버리고 유유히 손을 흔들며 밖으로 나가려고 하자 류엔이 리도스의 팔을 붙잡았다.

"이유는 어디다가 팔아먹으셨나요?"

"아하하… 이유? 그건… 수피아님과 관련이 있는 일이라서 말이지……."

어디까지나 징계 및 추방된 드래곤에 관한 언급은 금기시되어 있었지만 리도스는 별로 개의치 않는다는 표정으로 궁금하면 물어보라는 듯한 얼굴을 해 보였다. 금기는 지켜져야 하는 법이라고 스스로가 매번 리도스에게 가르쳤던 것이니 난감한 표정으로 말을 잇지 못하는 류엔을 바라보며 리도스는 회심의 미소를 지었다.

"홋! 궁금해지면 언제든지 물어보라구. 난 애버딘들과 함께 있을 테니까."

'역시 리도스님은 못 당하겠군.'

류엔은 잡았던 팔을 풀어주며 고개를 절레절레 흔들었다.

"여어! 애버딘, 나 왔어. 그런데 지금 무슨 이야기들 하고 있었어?"

리도스는 방문을 열기가 무섭게 애버딘에게 자신이 왔음을 알리며 동시에 무슨 이야기를 하고 있었는지를 물었다.

"어? 왔어? 어떻게 됐어?"

"해주기로 했지 뭐."

"우와! 잘됐네요. 안 그래도 우리 그 이야기 하고 있었거든요. 류엔 아저씨가 아무 말 없이 부탁을 들어주실까 하는."

떼떼가 끼어들어 리도스의 말을 끊어놓자 리도스는 살짝 떼떼의 머리를 쥐어박으며 살짝 인상을 찡그렸다.

"내가 중간에 말 끊지 말랬지?"

"히잉— 전 대답한 것뿐인데요."

"넌 얌전히 있는 법부터 배워야 할 것 같구나. 골드 드래곤이 경박스럽단 이야기는 태어나서 단 한 번도 들어본 적… 없어……."

"그런데 왜 말끝을 흐리시는 거예요?"

리도스는 카시우스의 일기장을 떠올렸는지 이마에 땀방울이 맺혔다.

"아무튼 품위있게 얌전히 있으면 좀 좋아? 이래서야 널 데리고 가기에도 뭐하고 놔두고 가자니 불안하고……."

"어디를요?"

"네가 가고 싶어 징징거리던 지옥."

"제가 언제요?"

"호~ 그럼, 떼놓고 다녀올까?"

"앗! 혹시 신들에게 갈 때를 말씀하신 거예요?"

"그럼 뭔 줄 알았는데?"

"와~! 아저씨!"

떼떼가 그의 말이 채 끝나기도 전에 환호성을 지르며 와락 리도스에게 안기는 것과는 달리 리즈와 애버딘의 눈이 위로 치켜 올라갔다.

"무슨 소리야? 그 위험한 곳에 해츨링을 데려가겠다구? 그러다 크게 다치면 어쩔려구! 만일에 하나 죽… 아니, 아무튼 난 반대야. 정 맡길 데 없다면 류엔님께 부탁하면 되잖아. 훼이나 언니도 있고."

"리즈 말이 맞아. 떼떼를 위험한 곳에 데리고 가다니 소풍 가는 것도 아니고… 무슨 생각을 하고 있는 거야?"

"여차하면 자기 몸 보호하기도 힘들 텐데… 신을 너무 과소 평가하는 거 아니야?"

리즈는 루시아와 베니핏 등의 살기등등한 눈동자를 떠올리며 오싹함에 몸을 떨었다. 가능하다면 두 번 다시 겪고 싶지 않은 신과의 대면… 그리고 전투.

"귀중한 아이일수록 호되게 키우라는 말씀 모르세요?"

이제까지 애버딘의 말이라면 깜빡 죽던 피스가 처음으로 애버딘과 다른 의견을 제시했다.

"해츨링이라 하더라도 드래곤이에요. 여러 가지로 볼 때 인간보단 강하지 않겠어요? 떼떼가 본체로 돌아갔을 때 그의 고갯짓만으로도 정신을 못 차릴 정도로 인간보단 강하다구요. 본인이 선택하게 내버려 두세요. 만의 하나라도… 떼떼 혼자 남겨진다면 누가 책임질 거예요?"

아무도 피스의 말에 대꾸를 하지 못했다. 혼자 남겨지는 것. 자의가 아닌 타의에 의해 혼자 남겨진 자가 소중한 이들을 모두 잃어버리고 절망하는 것은 같이 죽느니만 못하다는 사실을 그녀는 너무나 잘 알고 있었다. 그리고 여기에 있는 모두가 너무도 잘 알고 있는 아픔들이다 보니 선뜻 입을 열 수가 없는 것이다.

"전 아저씨 따라가고 싶어요. 어차피 제가 겪는 일이잖아요. 제가 결정할 수 있게 해주세요. 만일 양쪽 선택 모두 후회하게 될 만한 선택이라면, 남이 정해줘서 후회하는 것보단 제가 선택해서 후회하는 쪽을 선택하고 싶어요."

어린애답지 않은 떼떼의 말에 일행들 모두는 순간 조용해졌다. 드래곤이라는 종족은 과연 생각부터가 범상치 않은 것일까?

"에휴~ 내가 어렸을 땐 어떻게 하면 누나보다 맛있는 걸 더 먹을 수 있을까 하는 생각밖엔 안 했던 것 같은데… 역시 떼떼는 뭐가 틀려도 틀리구나."

애버딘이 귀엽게 웃으며 분위기를 돌리자 주변의 무거웠던 공기가 순식간에 가벼워졌다. 그의 그 말 한마디로 모두 무언의 허락을 한 것이나 마찬가지가 되어버린 것이다.

'역시 애버딘님께서 가진 힘은⋯ 분위기였던 걸까?'

피스는 동경의 눈빛으로 애버딘을 바라보며 따스한 표정으로 미소를 지었다. 언제나 생각하는 거지만 무거워서 질식할 것만 같은 분위기도 애버딘만 끼어들었다고 하면 뒷동산 하수구로 물이 술술 빠지듯 어두운 분위기가 싹 걷혀가는 것이다(물론 이야기야 하수구에 빠지든 뒷동산을 헤매든⋯ 그건 피스로서는 그리 중요한 일이 아니었다. 그녀는 애버딘, 그 자체를 아주 높이 평가하는 광신도이기에).

'신기해⋯ 어떻게 하면 애버딘님처럼 될 수 있는 걸까?'

억지로 웃고 떠들어도 언제나 푼수를 떨어대도 마음 한구석에선 허전함과 씁쓸함으로 가득한 자신과는 달리 애버딘은 그 순간만큼이라도 진심으로 즐거워하고 사람들을 즐겁게 해줄 수 있었던 것이다.

'그런데 애버딘님⋯ 아까부터 어딜 보고 계시는 거지?'

그녀는 자신이 그를 바라보고 있던 그때부터 지금까지 한결같이 고정되어 있는 애버딘의 시선을 따라가다 문득 가슴이 덜컥 내려앉는 기분을 맛보았다. 유난히 부드러운 눈빛으로 리즈에게 고정되어 있는 그의 시선이 그녀가 놓치고 있었던 뭔가를 깨닫게 해주었는지 그녀는 황급히 시선을 다른 곳으로 돌려 버렸다.

'설마⋯⋯?'

주변에서 연인이네 뭐네 놀려대긴 하지만 이제까지 리즈가 너무나 단호하게 부정하고 나선 탓에 자신에게도 기회가 있지 않을까 조금은 기대하고 있었는데, 얼마 전에는 그녀가 자신도 애버딘을 좋아한다는 말을 하지 않나, 애버딘이 알 수 없는 눈빛으로 그녀만 특별 대우를 해주는 듯하질 않나 신경 쓰이는 일이 한두 가지가 아니었다.

'아닐 거야……. 그렇게 쉽게 연인이 될 거였다면, 왜 리즈 언니가 저렇게 무뚝뚝하겠어.'

이성의 판단을 감성으로 무시하려 애를 쓰던 피스는 살짝 자리에서 일어났다.

"저… 혹시 꼭 지금 해야 할 중요한 이야기가 있는 거 아니죠?"

"어? 아, 없어. 뭐, 정말로 중요한 이야기라도 하게 되면 너한테 나중에 따로 전해줘도 되는 거니까 신경 안 써도 돼. 왜? 쉬려고?"

리도스의 질문에 그녀는 고개를 끄덕거렸다.

"네, 왠지 한 것도 없는데 피곤해서요. 저… 그럼 나중에 할 이야기 있으면 꼭 부르세요."

"아아, 그래. 내가 알려줄게. 많이 피곤한가 보네. 안색이 영 안 좋은데… 푹 쉬고 나와."

그녀는 자신을 걱정스러운 눈으로 바라보는 애버딘에게 싱긋 미소를 지어 보였다.

'봐, 애버딘님은 누구에게나 상냥한 것뿐이야.'

"피스?"

"아, 네! 저 괜찮아요! 단지 조금 피곤해서 그런 거니까 쉬기만 하면 괜찮아져요. 그럼 나중에 뵙도록 하죠. 리즈 언니, 저 먼저 들어가요."

"푹 쉬고 있어."

"아, 네……."

리즈의 말을 듣는 둥 마는 둥 하며 서둘러 방을 빠져나가는 그녀에게 떼떼는 입을 삐죽거려 댔다.

'정말 마음에 안 드는 아줌마라니까. 내 편 들어준 거야 고맙지만 주는 것 없이 그냥 싫은 걸 어떡해.'

"떼떼, 너 입은 또 왜 삐죽거리고 있는 건데?"

"아, 아니에요."

리도스에게 또 잔소리라도 듣지 않을까 걱정되었는지 떼떼는 얼른 표정을 바로 고치며 이제까지 아무 짓도 안 했다는 듯한 얼굴로 시치미를 잡아뗐다.

"후훗! 확실히 떼떼가 귀엽긴 귀여워."

리즈는 살짝 떼떼를 안아다 무릎 위로 앉히고는 머리를 살짝 쓰다듬었다. 어릴수록 체온이 높은 탓에 떼떼는 인간 난로 마냥 기분 좋은 따뜻함을 지니고 있었다.

"이러고 있으니까 꼭 모닥불이라도 쬐고 있는 것 같아."

리즈가 양팔로 떼떼를 끌어안으며 기분 좋은 미소를 짓자 리도스가 불현듯 생각났다는 듯 애버딘에게 귓속말을 속삭였다.

"애버딘, 너 리즈 좋아하지?"

"어, 어떻게 알았어?"

"새삼스럽게 당황하는 척하기는… 조용히 하고 내가 지금부터 하려는 얘기 듣기나 해."

"뭔데?"

"너희 둘 사이 말야, 서로 좋아하기는 하는 것 같은데 뭔가 밋밋한 게 진전이 없지 않아?"

"흠… 그래서?"

"네 방 쪽으로 해서 밖으로 나가면 바로 수풀이 우거진 곳이 있어. 거긴 반딧불도 자주 나오고, 리즈 같은 여자애들이 좋아할 만한 로맨틱한 장소지. 다시 말해서 무드 잡기엔 최고의 장소란 말이다. 어때? 리즈랑 같이 가볼 생각 없어?"

"아아, 거기라면 전에 우연히 리즈랑 본 적 있는 거 같아."

"호오! 그럼 더 잘됐네! 별도의 준비 없이 그냥 가기만 해도 되겠다."

"나원 참, 무슨 소리 하고 있는 건데? 리도스, 너 오늘 좀 이상하다. 리즈랑 내가 무드 잡아야 할 특별한 이유라도 있는 거야?"

그의 말에 리도스는 한심하다는 듯한 눈빛으로 애버딘의 기를 꺾어놓았다.

'어떻게 될지도 모르는데 이대로 서로에게 아무 말도 못해보고 죽는다면 얼마나 억울하겠어. 나도 양심의 가책 좀 덜 느껴보자.'

리도스의 마음을 아는 건지 모르는 건지 애버딘은 좀처럼 입을 열지 않았다. 아마도 애버딘 자신도 예전부터 이런 걱정을 가지고 있었는지 잠시 심각한 고민에 빠졌던 것이다. 리도스는 그로부터 원하는 대답을 듣기 위해 더 이상 그에게 생각할 여유를 주지 않으려 있는 대로 그를 몰아세우기 시작했다.

"무슨 생각을 하루 종일 할 거야? 간단한 거잖아. 리즈를 좋아하면 그냥 그녀가 기뻐할 만한 이벤트 하나 정도 한다고 생각하면 그리 번거로운 일도 아니고. 안 그래?"

머리가 좋은 녀석이니 생각할 시간이 길면 길수록 리도스만 불리해지기에 이번에는 다른 쪽의 공격을 시도했다.

"그 얼굴을 해가지고 여태껏 연애도 못해봤어? 만일에 이번 일이 안전하게 끝나서 좀 리즈랑 가까워졌다 싶은데 그녀가 우리나 너와 같은 길이 아니라 마법이니 뭐니 해서 수행을 쌓기 위해 너랑 헤어지자고, 서로 각자의 길로 가겠다고 해도 좋아?"

"…아무리 생각해도 그건 싫어. 마법 수행 때문에 헤어지겠다면 내가 따라가면 되는 거잖아."

이른바 리즈가 금방이라도 떠날 것같이 공중에 붕 띄워놓고 애버딘을 혼란시키려는 것이다. 아무 생각 없이 단순히 리즈랑 헤어지기 싫다는 생각에 어린애처럼 설레설레 고개를 흔들어 버린 애버딘에게 그는 속으로 안도의 한숨을 내쉬었다.

"그걸 나한테 말해 봐야 무슨 소용이냐? 내가 리즈냐? 내가 리즈야? 그런 말은 리즈에게나 하란 말이다. 저녁에 살짝 데리고 가서 모닥불이라도 피워놓으면 자동으로 반딧불도 모일 테고, 하늘이야 이미 그림 같은 풍경일 테고, 네가 내뱉는 대사 하나하나가 음유 시인의 노랫소리일 텐데 뭐가 문제야?"

"그걸 꼭 말로 표현해야만 하는 건가?"

"…말로 표현해야만 하는 때도 있는 거야. 이번이 아니면 어쩜 평생 기회가 안 올지도 모른단 말이야."

리도스의 말이 효과적이었는지 애버딘은 평소에는 잘 보여주지 않는 진지한 얼굴로 고개를 끄덕였다. 저녁이라면 다들 잠들어 있을 테고, 리즈와 오랫동안 이야기를 나눈다고 해도 아무 상관이 없었다(평소라면 피스가 신경 쓰여서 하지 못할 대화도 나눌 수 있는 것이다).

"그래, 지금 아니면 나중에 땅을 치고 후회한다 해도 얘기 못할 수도 있으니까……."

"뭐가?"

이제까지 둘이서 뭘 그렇게 수군수군거리는 걸까 궁금했던지 리즈는 호기심이 이는 표정으로 애버딘을 바라보았다. 말하려면 지금이다!

'저녁에 잠깐 시간 좀 내줘… 저녁에 잠깐 시간 좀…….'

"애버딘?"

"어? 아니, 아무것도 아니야."

'바보.'

'쯧쯧, 남의 일엔 참견만 잘하더니……'

방법까지 일러줬는데도 말을 못하는 애버딘을 보며 리도스와 본의 아니게—예민한 청각 덕분에—엿듣게 된 카디프는 혀를 찰 수밖에 없었다.

'할 수 없지, 이 몸이 좀 거드는 수밖에.'

리도스는 리즈에게서 떼떼를 안아 들었다.

"출출한데 떼떼, 아저씨랑 과일이라도 먹으러 갈래?"

"생각없는데… 읍!"

재빠르게 떼떼의 입을 막아낸 카디프는 자연스럽게 리도스 어깨에 손을 올리며 싱긋 미소를 지었다.

"의리없이 너희끼리만 가지 말고 나도 같이 끼워주면 안 돼?"

"그거 좋지. 애버딘이랑 리즈, 너희들은 여기 있을 거지?"

"응? 애버딘은 어쩔 건데?"

리도스가 은근히 여기 있으라는 톤의 목소리로 묻자 리즈는 고개를 갸웃거리며 애버딘에게 어떻게 할 건지 물어왔다. 에비딘에게 제2의 찬스가 온 셈.

그는 더 이상 망설이는 기색 없이 본래의 천연덕스러운 표정으로 카디프와 리도스를 안심시켰다. 그들은 저런 표정일 때의 애버딘은 결국 자신의 뜻대로 일을 벌여놓을 것이라는 걸 잘 알고 있었다.

"너희들 먼저 가. 나 잠깐 리즈에게 할 말이 있거든."

"그래, 그럼 잘해봐. 후훗."

카디프가 그럴 줄 알았다는 듯 유유히 손을 흔들며 밖으로 나가 버리자 리도스는 뭐가 불만인지 뾰로통한 표정으로 자신에게 안겨 있는 떼떼를 데리고 뒤따라 나가 버렸다.

"할 얘기란 게 뭔데?"

리즈가 평소보다 귀여워 보이는—물론 어디까지나 애버딘의 관점에서 그렇다는 것이다—얼굴로 상냥하게 물어오자 그는 또다시 긴장이 되기 시작했다.

"어… 그게… 오늘 날씨 참 좋지 않아?"

"뜬금없이 웬 날씨타령?"

"아하하… 사실은 저녁에 시간 되냐고 물으려던 거였어."

"시간이야 괜찮지, 별일만 생기지 않는다면."

"그러면 나중에 자러 가기 전에 나한테 시간 좀 내줄 수 있겠어?"

"뭔데? 지금 여기서 말하면 안 되는 거야?"

"꼭 그런 건 아닌데… 지금 들으면 아마도 후회할 거야……."

"에이~ 그런 이야기라면 뭐 저녁에 듣는다고 달라져?"

"거참, 말 많네. 아무튼 난 말했다. 저녁에 봐."

자기 하고 싶은 말은 다해 버린 애버딘은 후닥닥 자리를 벗어났다.

그로부터 몇 시간 후 저녁 식사 시간이 되었어도 피스는 잠이 깊이 들었는지 밖으로 나오지 않았다. 리즈는 마법 마니아답게 책벌레인 카디프와 줄곧 서재에서 마법에 관한 책을 읽다가, 떼떼와 리도스가 함께 밥을 먹자며 찾아와 음식 저장고로 향하다가 지금 일행 중 피스가 보이지 않는 것을 깨닫고는 그녀에 대해 걱정을 하기 시작했다.

"피스가 많이 피곤했나? 아니면 아까 안색도 안 좋던데 혹시 어디 아픈 거 아니야? 미안한데 아무래도 너희들 먼저 가야겠어. 내가 한번 갔다 와 볼게. 서재에서 책 읽느라고 방에 한번 가본다는 걸 깜빡했어."

그녀가 피스를 살피기 위해 자신들의 방에 가려는 것을 리도스가 별일없을 거란 표정으로 리즈를 말렸다.

"아아, 그거라면 걱정 마. 떼떼랑 내가 너희 찾는 동안 애버딘은 피스 데리러 가기로 했으니까 곧 함께 올 거야."

"애버딘이 데리러 갔어?"

"왜? 신경 쓰여?"

"뭐가?"

"애버딘이랑 피스가 단둘이 함께 있는 거 말이야."

"왠지 어감이 이상하네. 애버딘은 단지 피스가 어떤가 보러 간 건데 신경 쓰일 게 뭐 있어? 피스가 어디 많이 아픈가가 신경 쓰인다면 또 몰라두."

"아, 저기 오네."

카디프가 애버딘과 피스를 발견하고는 손을 흔들어 보였다.

"우리도 아직 여기 있어!"

"어, 그랬어요?"

피스가 기분 좋아 보이는 얼굴로 배시시 미소를 지었다(그녀로서는 생각지도 못하게 애버딘이 마중까지 나와준 셈이니 기분이 좋지 않을 수가 없었다). 식품 저장고로 가서 식사를 하기 전까지는 그 기분이 계속되었지만 애버딘과 리즈를 번갈아 바라보며 혼자 피식거리기를 반복하는 리도스를 보자 또다시 마음이 무거워졌다.

"리도스님, 뭐 좋은 일 있어요?"

"좋은 일은 무슨… 후훗."

조심스럽게 속마음을 떠본디 흰들 넘이갈 리도스도 아니고 불

비상을 꿈꾸며 **83**

행히도 피스에겐 그만한 꾀도 없었다. 식사하는 내내 평상시라면 누구보다도 말이 많았을 애버딘이 조용히 입을 다물고 식사에만 열중하자 그녀는 식욕을 잃어버렸다.

여느 때와 같이 한바탕 웃고 떠들면서 시간을 보낸 그들은 밤이 깊어서야 잠자리에 들기 위해 일어났다. 애버딘이 제일 먼저 리즈에게 '예전에 반딧불 봤던 곳에서 보자'라는 귓속말을 속삭이고는 밖으로 나가 버리자 리즈는 머쓱한 표정으로 자리에서 일어났다.

'같이 가면 될 걸 왜 혼자 가고 그러는 거야? 오늘 애버딘 정말 이상해.'

"언니, 같이 가요."

피스가 자리에서 일어나자 카디프와 리도스가 화들짝 그녀를 잡았다.

"피스, 넌 우리랑 얘기 좀 하다 가라, 응?"

"뭐 하실 말씀 있으세요?"

"정말 중요한 얘기야. 조금 길어질지도 몰라. 리즈, 너 피곤하지 않아?"

"음… 그럼 제가 말해 놓고 미안하지만 언니, 먼저 가세요."

"아, 그래. 그럼 나중에 방에서 봐. 다들 좋은 꿈꿔."

리즈는 왠지 그들이 피스를 괜히 붙잡고 있다는 듯한 느낌에 고개를 갸웃거리다 밖에서 기다리고 있을 애버딘을 떠올리고는 자리에서 벗어났다. 밖을 나와서 처음 만난 서늘한 바람은 그녀의 머리카락을 감싸고 기분 좋은 저녁의 느낌을 전해주었다.

"어라? 저 사람은……."

그녀는 열심히 모닥불이 잘 타도록 나뭇가지를 골고루 들썩거리는 애버딘을 발견하고는 그의 곁으로 다가갔다.

"애버딘, 나보고 오라고 하더니… 여기서 대체 뭐 하는 거야?"

"리도스한테 좋은 거 배웠거든."

"좋은 거?"

애버딘은 자신의 손수건을 바닥에 펼쳐 놓고는 그녀가 자리에 앉길 권했다. '타닥타닥' 소리를 내며 제법 불길이 올라왔다 싶더니 그녀의 머리 위로 작은 별빛들이 하나 가득 다가왔다.

"어?"

자신의 눈을 의심하며 몇 번이나 두 눈을 비비고 다시 살펴보니, 별이 아닌 반딧불이가 모닥불 빛을 쫓아 자신들의 머리 위로 모여들고 있는 것이 아닌가. 또한 새까만 하늘에선 마치 금방이라도 떨어질 것만 같은 은빛에 가까운 투명한 달빛이 그림처럼 걸린 채 애버딘과 리즈를 내려다보고 있었다.

"설마 이런 거 보여주려고 이 시간에 밖으로 나오라고 한 건 아니겠지?"

한동안 하늘에서 시선을 떼지 못하던 그녀가 무표정한 얼굴로 용건을 묻자 애버딘은 당황한 표정으로 머리를 긁적거렸다.

"아, 저 그게 아니고……."

"푸훗! 농담농담! 네가 하도 오늘 이상하게 굴기에 심술 좀 부려본 거야."

"뭐? 내가 언제 이상하게 굴었는데?"

"리도스에게 귓속말로 뭔가를 수군거릴 때부터."

"그랬나? 흠… 딴에는 조용히 생각 좀 하느라 그런 거였는데……."

애버딘은 속으로 자신의 표정이 많이 솔직해졌다는 것을 느끼며 묘한 기분이 들었다. 리즈 못지 않은 포커 페이스를 자랑하던 자신이 최근 들어 더 이상 표정 관리할 일이 없어지자 자신에 대해 어느 정도 관대해진 것이다.

"애버딘, 불렀으면 말을 해야지."

"아아, 그게……."

"너에겐 미안하게 되었지만, 이제 그만 애버딘이나 리즈, 저 녀석들 모두 제자리를 찾아야 하지 않겠니?"

"그게 무슨……?"

"내가 애버딘에게 리즈랑 산책 좀 다녀오라고 시켰어. 둘이 잘해보라는 뜻으로."

"네?! 리도스님! 어떻게 제게 그러실 수가 있으세요!? 제가 얼마나 애버딘님을 좋아하는지 잘 아시면서 어떻게 둘이 잘해보란 말씀을 하실 수 있는 거냐구요!"

피스가 리도스를 잡아먹을 듯 노려보자, 그 역시 무서운 눈으로 그녀를 바라보았다.

"그래서 미안하다고 하는 거야. 네가 애버딘을 좋아하는 건 잘 알아. 그치만 난 애버딘이 리즈를 얼마나 좋아하는지도 잘 알거든. 너도 이미 눈치 채지 않았어?"

"그런 거 난 몰라요! 갑자기 얘기가 왜 이렇게 돼버린 건데요?!"

피스는 짜증 섞인 표정으로 자리에서 벌떡 일어나자 리도스가 얼른 제지하고 나섰다.

"어디 가?"

"애버딘님에게 가요!"

"안 된다고 했지 않나. 괜히 분위기 흐리지 말고, 좋은 게 좋은 거잖아. 네가 좋아하는 사람이 행복해지겠다는데 판을 뒤집어엎어야 속이 시원하겠냐?"

"시끄러워요! 리도스님께선 짝사랑을 안 해봤으니까 그렇게 예쁜 말만 나올 수 있는지는 몰라도… 판이라고 했나요?! 그까짓 판엎은 게 아니라, 산산조각 내버리고 싶은 게 제 솔직한 마음이예요! 리도스님께서 도대체 뭘 알아요!"

피스의 붉어진 두 눈에선 눈물이 툭툭 떨어졌다.

"울지 마. 난 말주변이 없어서 뭐라고 해야 할지는 잘 모르겠지만, 더 좋은 사람이 있지 않겠어?"

리도스의 말에 그녀는 세차게 고개를 흔들었다.

"제가 살아 있어도 애버딘님보다 좋은 사람은… 결코 만날 수 없어요! 만일… 제가 이번에 죽는다면 전… 전 뭐가 되는 건데요!?"

그녀는 리도스가 채 말릴 틈도 없이 밖으로 뛰쳐나갔다. 어디서든 그녀가 울고 있다는 사실을 알려주는 큰 목소리를 뒤로 한 채.

"이렇게까지 할 필요가 있었어?"

"주변 정리는 해두는 게 좋잖아. 솔직히 셋 모두가 함께할 수 있는 건 아니니까."

"내 말은 구태여 피스에게 일러줄 필요가 있었냐는 소리야."

"카디프, 너 보기보다 머리가 나쁘군."

"무슨 소리야?"

"난 미움받는 거엔 익숙하다고 했지? 애버딘이랑 리즈에게 돌아갈 화살… 반이라도 내가 맞으면 서로에게 좋지 않겠어?"

"하아~ 너, 정말 미움받고 싶어 환장했군."

카디프는 안됐다는 듯한 눈으로 리도스를 노려본 뒤 자신의 방으로 돌아갔다. 방 안을 가득 메우고 있던 살벌한 공기에 잔뜩 쫄아버린 떼떼와 허무한 표정으로 한숨을 깊이 내쉬는 리도스. 방 안은 아직 삭막하기 그지없었다.

"아저씨."

"왜?"

"떼떼는 무슨 일이 생겨도 아저씨는 미워하지 않을 거예요."

"훗! 과연 그럴까?"

"그렇다니까요!"

자신을 믿어주지 않아 서운한 기색이 가득한 떼떼의 얼굴엔 어느새 눈물이 가득 고여 있었다. 리도스는 다시 한 번 깊은 한숨을 내쉬며 고개를 파묻어 버렸다. 일이 잘못되어 카시우스의 말을 100% 따르게 된다면 리도스에게 있어 가장 괴로운 일이 남게 되는 것이다.

"그래, 울지 마라, 떼떼. 널 믿을게."

"난! 절대로 아저씨 미워하지 않을 거예요! 흑흑……."

피스는 흘러내리는 눈물을 닦으며 무작정 밖으로 뛰쳐나왔다. 혹시나 싶은 마음에 주변을 아무리 둘러보아도 리즈와 애버딘의 모습은 보이지가 않았다.

'사실 리도스님께 그런 말까지 할 생각은 없었는데… 정말 세상 어디에 있는 그 누구보다 애버딘님께서 행복해지시길 바라는 나인데…….'

그녀의 마음처럼 사방이 어두워져 갔다. 다크에선 사물의 식별마저 전혀 불가능했기에 오히려 불편함을 모르고 지냈지만, 이곳은 어정쩡하게 사물을 보여주니 더욱 안타까운 것이다.

"차라리 애버딘님을 몰랐다면 이런 건 느끼지 못했을 텐데……. 너무 이기적이고 추한, 남에게는 절대로 보여주고 싶지 않은 모습 같은 거 무시하고 살았을 텐데… 하아~"

하늘을 올려다보던 그녀의 눈에 문득 여러 개의 움직이는 작은 빛들이 들어왔다. 처음 보는 움직이는 빛은 피스의 머리 속에 애버딘을 떠올리게 했고, 슬그머니 그 빛에 대해 호기심이 생겨 버린 그녀는 두 손을 펼쳐 들고 빛 가까이로 가져가선 손끝에 닿았다는 느낌에 재빨리 손을 포개어 잡아버렸다.

"잡았다! 뭘까, 이 빛은?"

피스는 조심스럽게 두 손을 벌려 안의 물체를 확인하기 위해 눈 높이로 가까이 가져간 순간 그 빛은 하늘로 올라가 버렸다.

"고, 곤충이었어? 지금 그거?!"

너무 놀란 나머지 땅에 주저앉아 버린 그녀는 다시 정신을 가다듬고 자리에서 벌떡 일어나 그 빛을 쫓기 시작했다. 행여나 발소리에 더 멀리 그것들이 달아날까 봬 발소리미저 죽이며 최대한 조심스럽게, 그러나 재빠르게 움직였다. 그녀는 풀숲에 앉아 있는 그 빛을 마침내 손에 넣고는 성으로 돌아가기 위해 자리를 옮기려는 순간 귀에 익은 목소리가 그녀를 잡아끌었다.

"안 춥니?"

"괜찮아. 모처럼 밤하늘을 볼 때마다 감동받게 돼. 아무래도 리절트는 밤이 없으니까."

"헤~ 애버딘은 오히려 나보다 감수성이 풍부한 것 같아"

"그런가?"

"바보. 그럴 땐 예의상으로라도 아니라고, 네가 더 감수성이 풍부하다고 말해 줘야 하는 거야. 뭐… 예의를 갖춘다는 자체가 애버딘에게 어울리는 장면은 아니지만. 후훗."

"흠… 그런 말 듣고 싶다면 애초부터 자기가 하고 싶은 말을 하고 다니면 되는 거잖아."

"그건 잘난 척이지. 아유… 슬슬 용건이나 말해 봐. 언제까지 뜸 들일 건데?"

애버딘은 약간 머뭇머뭇거리다 마침내 결심이 섰는지 헛기침을 두세 번 하는 것으로 말문을 열었다.

"흠! 흠! 흠!! 절대 웃지 않겠다고 약속해."

"…좋아."

그는 심호흡을 하며 말을 이어 나갔다.

"전부터 쭉 생각해 온 건데 리즈, 넌 이번 일 무사히 끝낸다면 어디서 뭐 하고 지낼 거야?"

"성으로 돌아가진 못할 테니까… 하아~ 나도 모르겠어. 그런데 그건 왜?"

"만일 달리 특별한 계획 같은 게 없다면 카디프랑 다 함께 여행 다니지 않을래? 만일 네가 싫다면 다들 좋은 녀석들이라 떨어지긴 싫지만… 리즈가 없는 쪽이 더 싫어질 것 같으니… 난 아마도 널 쫓아가지 않을까 싶은데… 괜찮겠어? 뭐, 막말로 억지라고 해도 좋으니까 둘 중 하나는 순순히 허락해 줘. 어때?"

의외의 질문이었던지 리즈의 얼굴이 순식간에 새빨간 토마토가 되어버렸다. 감동이 앞선 것인지 쑥스러움이 앞선 것인지는 그녀 스스로도 알 수 없었지만, 애버딘의 웃는 얼굴이 너무나 귀여웠기에 무심코 고개를 끄덕일 뻔했다. 그러나 애버딘이 누구던가?

실속없는 농담으로 리즈를 놀리기 좋아하고 장난치기 좋아하는 녀석이니 식용유에 버터까지 뒤섞어서 파리가 미끄러질 만한 번지르르한 말을 진심으로 내뱉을 리가 없는 녀석이다. 그러니 몰랐으면 모르되 리즈 역시 만만하게 속아 넘어갈 위인은 아니다. 농담이라면 초장에 잡아서 확! 회를 찍어 먹어… 아, 아니, 그만두게 만들어야 하는 법.

"치! 진지한 얼굴로 농담하지 마."

자신의 마음을 가다듬은 리즈가 동요하려던 얼굴을 억지로 누르며 예의 그 포커 페이스적 기질을 발휘하며 새침한 표정으로 이젠 안 속는다는 듯한 말투를 내뱉자, 애버딘은 예전에는 한 번도 보여주지 않은 사랑에 빠진 소년 같은—어디까지나 얼굴은 소녀에 가깝긴 하지만 표정만큼은—얼굴로 조용히 리즈를 바라보았다.

"농담처럼 들려? 그거 섭섭한데… 뭐, 지금이라도 좋아. 난 어디까지나 진심을 말하고 있다는 걸 알아줘. 혹시나 둘만 여행을 하게 된다고 해도 넌 너 좋아하는 마법 수행을 계속할 수 있는 거고, 그러다가 운 좋게도 마음에 드는 마을을 발견하게 되면 거기서 정착해 사는 것도 나쁘진 않을 것 같은데……"

자신이 말해 놓고도 쑥스러웠던지 그는 수그러드는 모닥불에 마른 나뭇가지를 집어 넣고는 불길이 잘 일어나도록 타고 있는 나무 사이를 이리저리 뒤적거리며 꺼져 가는 불씨들을 살려냈다.

약간의 한기를 느끼는지 리즈가 두어 번 기침 소리를 내자 애버딘은 얼른 자신의 망토를 벗어 그녀에게 걸쳐 주었다.

그런 그들의 다정한 모습이 숨어 있던 피스의 눈에 그대로 들어오자 더 이상 그 자리에 있을 수 없다는 듯 그녀는 조용히 성안의 자신의 방으로 발걸음을 옮겼다. 손에 들고 있던 반딧불이는 땅바닥으로 떨어졌고 그녀의 발에 짓밟혀 버렸지만, 그녀는 그 사실조차 눈치 챌 수 없었다. 밤하늘은 보석 같은 빛을 발하는 별들과 달로 낮과는 달리 여러 가지 빛깔의 묘하고도 매력적인 아름다움을 뿜어내고 있었지만, 피스는 더 이상 밤하늘의 아름다움을 느낄 수 없을 것만 같았다.

원래라면 리즈와 함께 있었을 시간… 그녀의 방에는 피스 혼자 몸을 던지듯 침대 위로 드러눕고는 한쪽 벽면이 거울로 되어 있는 쪽으로 몸 전체를 돌렸다.

"애초부터 서로 좋아하고 있었다는 걸 눈치 채고 있었잖아. 뭐, 그런 걸로 충격을 받고 그래? 이제 봤더니 피스, 너 형편없는 녀석이었구나."

그녀는 거울 속에 비친 자신을 향해 비웃듯 냉소를 지으며 스스로를 비난하기 시작했다.

"어차피 애버딘님과 피스는… 이루어질 수 없는 사이잖아. 한낮의 태양과 한밤중의 어둠이 공존할 수는 없는 거잖아. 그런데도 바보같이 뭘 따라가겠다고……."

거울에 비친 그녀의 얼굴에서 자신의 말이 떨어지기도 전에 투명한 눈물이 먼저 쏟아졌다.

"그렇지만… 내가 가질 수 없다면 리즈 언니 역시 가져선 안 돼……."

거울 속의 피스가 웃는 건지 우는 건지 구분하기 힘든 이상야릇해 보이는 표정으로 자신의 뺨으로 흘러내리는 눈물을 닦아냈다.

"어? 혹시 나 때문에 깬 거야?"

소리 나지 않게 조심스럽게 문을 열며 방으로 들어온 리즈는 침대에 누워 있는 피스와 정면으로 눈이 마주쳤는지 어색한 미소를 지으며 미안한 얼굴을 해 보였다.

"아니에요, 언니 때문에 깬 건. 그냥 처음부터 잠이 안 와서 깨어 있었으니까요."

'저녁이라 그런가? 피스 목소리가 많이 가라앉은 것 같은데… 혹시 어디 아픈 건 아니겠지?'

리즈는 걱정스러운 표정으로 피스를 바라보았지만 방이 깜깜한 탓에 그녀의 표정을 알아볼 수가 없었다(유난히 빛나고 있는 그녀의 눈동자만 제외하고는). 그저 밤이라 그렇겠거니 싶어 조용히 옷이나 갈아입고 자야겠다고 생각한 그녀는 벽 한편에 걸려 있는 잠옷을 꺼내 갈아입고는 거슬리는 소리가 나지 않도록 조심스럽게 침대 위로 올라갔다.

"언니, 어디 갔다 왔는지 물어봐도 되나요?"

여전히 가라앉은 목소리는 조금 주저하는 기색을 보이긴 했지만 리즈는 전혀 피스의 기분을 눈치 채지 못했다.

'리즈 언니, 차라리 거짓말이라도 해줘요. 내가 비겁한 짓을 한다고 해도 그래야만… 날 용서하기 쉬울 테니까요. 언니가 애버딘 님과 어울리는 사람이 아니라고, 언니 욕이나 실컷 하고 기회를 노릴 수 있으니까.'

"애버딘이랑 잠깐 얘기 좀 하고 왔어. 반딧불이 무척 예쁘던데……."

리즈의 목소리에서 그녀의 감정이 묻어 나왔다. 미세한 떨림의 웃음소리. 피스는 질끈 눈을 감아버렸다. 처음부터 이런 마음으로는 누구에게도 어울리는 사람이 될 수 없는 것이었는지도 모른다는 생각에, 이제까지 사람들이 자신을 피해 다니는 것도, 무서워하던 것도 사실은 모두 자신의 탓이었다며 속만 새카맣게 태우는 것이었다.

'리즈 언니, 아무리 그래도 애버딘님은 언니에게 어울리지 않아요. 언니는… 그분을 위해 아무것도 한 일이 없잖아요. 언니는 처음부터 애버딘님이 싫었다고 매일 싸우기만 했었잖아요.'

"피스, 자니?"

리즈의 조심스러운 목소리에 그녀는 눈을 감아버렸다. 리즈는 한동안 멍하니 천장만을 올려다보며 깊은 한숨을 내쉬었다.

"하아―!"

그녀는 분명 언젠가 애버딘 때문에 피스와의 사이가 크게 껄끄러워지리라 생각하긴 했었지만 점점 그 시기가 눈앞으로 다가오는 것 같아 안타까웠다.

"피스와는 끝까지 잘 지내고 싶은데……"

'그런 건 애버딘님만 포기하시면 자동적으로 해결되는 문제예요.'

둘은 밤새 애꿎은 몸만 뒤척이다가 그날 새벽에야 간신히 잠이 들 수 있었다.

"엄마~! 엄마~!"

떼떼는 침대 위로 올라가 폴짝폴짝 뛰어대며 리즈를 깨웠다.

"음? 으… 음."

너무 피곤해서인지 좀처럼 자리에서 일어날 생각을 하지 않는 그녀에게 심통이 난 떼떼는 사정없이 그녀의 어깨를 흔들어대며 귓가에 큰 목소리로 고함을 질러댔다.

"엄마아~! 일어나세요― 오!"

"꺄아아!"

잠이 확 달아난 그녀는 자리에서 벌떡 일어나 비명을 질러댔다.

"엄마, 엄마!"

"떼떼, 너어~!"

그녀는 떼떼를 밉지 않다는 듯 살짝 흘겨보며 미소를 지었지만 귀가 멍멍한지 양손으로 귀를 지그시 눌렀다.

"앞으로는 귀에 대고 소리 지르면 안 돼. 알겠지?"

"알았어요. 죄송해요, 엄마."

"알면 됐어. 그런데 아침부터 무슨 일이야?"

리즈의 말에 떼떼는 자신의 주머니에서 다목적용 빛을 꺼내 들고는 그녀의 코앞에 들이댔다.

"엄마 두고 가자는 거 제가 깨운 거라구요. 얼른 일어나세요."

"하아~ 벌써 낮이란 말이야? 피스도 좀 깨워줄 것이지……."

"아줌마는 이제 당분간 엄마 얼굴도 보고 싶어하지 않을걸요."

"그게 무슨 소리야?"

"말 그대로예요. 이제 한바탕 소동이 벌어졌거든요."

"떼떼야, 잠깐만! 좀 알아듣게 설명해 봐."

리즈가 진지한 표정으로 떼떼를 다그치자 떼떼는 별로 생각하고 싶지 않다는 듯 인상을 찡그려 댔다.

"리도스 아저씨가 아빠랑 엄마 데이트하라고 하셨다구… 그러니까 피스 아줌마는 이제 아빠 그만 좋아하라고, 그래서 아줌마는 울고 카디프 아저씬 화나서 가버리시고, 난… 아저씨랑 같이 잤어요. 아저씨 힘든 것 같아서……."

리즈의 안색이 창백하게 변하자 떼떼는 흠칫 놀랐는지 말을 멈추고 그녀의 이마에 손을 가져다 댔다.

"엄마, 괜찮아요?"

"응? 아, 괜, 괜찮아. 떼떼야, 엄마 옷 갈아입게 잠시만 나가 있을래?"

"네, 다들 리도스 아저씨 집무실에 있으니까 그쪽으로 오세요."

"그래, 알았으니까 조금만 더 기다리시라고 전해드려."

"네! 빨리 오세요."

떼떼는 문을 조심스럽게 닫고는 유유히 리도스의 집무실로 내려갔다. 잠시 후 그녀는 무슨 정신으로 씻었는지, 옷은 어떻게 갈아입었는지도 모를 정도로 멍한 얼굴로 리도스의 집무실을 향해 걸어 들어갔다. 피스는 아무 일도 없었다는 듯 평소의 웃는 얼굴로 그녀에게 인사를 건넸다.

"언니, 너무 피곤해하시는 것 같기에 미처 못 깨웠어요. 미안해요."

"아니, 괜찮아."

"자, 다 모인 거지? 류엔 집 쪽으로는 드래곤이 누워 있을 만한 공간이 없으니까 성 뒤쪽으로 갈 거야. 그런데… 가죽 물통이 너무 작아. 그리고 인간 모습으로 가지고 다니기엔 상대적으로 또 너무 크거든. 뭐, 적당한 아이템 가지고 있는 사람 없어?"

애버딘은 잠시 주저하는 기색으로 자신의 배낭을 들어 보였다.

"중량, 질량, 수량 상관없이 백 개는 들어가. 내 가방 안에 쓸데없는 아이템 한 가지만 뺀다면 굳이 네 피를 못 넣을 이유도 없지."

"글쎄, 드래곤 혈액 속엔 마법의 무효화가 들어 있어. 네 가방 못 쓰게 될지도 몰라. 그래도 괜찮겠어?"

"이 가방은 리즈에게 주기로 했던 거라서……."

애버딘의 말에 모두의 시선이 리즈에게로 쏠려 버렸다. 마법 마니아 리즈라면 순순히 가방을 내놓을 리 없다는 걸 너무나도 잘 알고 있는 터라 다들 최대한 간절한 눈빛을 보내는 걸 잊지 않았다.

"아~! 정말… 애버딘은 너무 약았다니깐! 좋아, 그 가방 소유자가 나라면 허락할게. 대신 다른 아이템을 내놓는 건 기본이겠지?"

"알았어, 알았다구. 뭐, 특별히 원하는 거라도 있어?"

"수납용으로 뭔가 있으면 좋지. 물건은 어쨌거나 애버딘 거니까 옛정을 봐서라도 두 가지 정도는 주겠지?"

"오호! 그게 바로 도둑놈 심보라는 거다, 리즈."

"하핫! 어쩔 수 없잖아. 애버딘을 챙기는 거니까. 드디어 리즈가 남자 친구에게 잘해주겠다는 마음이 생겼다는데 리도스, 네가 까짓 아이템 몇 개 정도는 양보해야지, 안 그래?"

"하핫! 그렇게 되는 건가……."

리즈는 고개를 푹 숙이고 있는 피스의 표정을 살피려 애를 쓰다 카디프와 리도스에게 인상을 찌푸렸다. 분명히 심했다고 화까지 냈던 카디프마저 가세해 자신과 애버딘을 엮어 놀릴 건 뭐냐.

"그 정도로 해두고, 이만 움직여야 하는 거 아닌가요?"

약간 인상이 찌푸려지긴 했지만 평상시와 다름없는 피스를 바라보며 리즈는 안도의 한숨을 내쉬었다.

"그래, 빨리 가자. 류엔님 기다리시겠어. 설마 주삿바늘이 무서워서 그러고 서 있는 건 아니겠지?"

"무슨 소리! 이 천하의 리도스가 까짓 주삿바늘을 두려워한대

서야 체면이 안 서지."

그의 말에 애버딘은 피식거리며 새로운 공격을 시도했다.

"체면은 체면이고, 무서운 건 무서운 거잖아. 홋! 쫄았냐? 뭐…
헌혈에 대해선 크게 걱정하지 않아도 될 거야. 아직 드래곤이 헌
혈하다 죽었다는 소린 못 들어봤으니까."

'그거야 드래곤이 자신의 본모습으로 헌혈을 한 맛간 녀석이
없었으니까 그런 거지.'

리도스는 속으로 있는 대로 툴툴거리며 애버딘에게 집무실 한
쪽에 놓여 있는 액체와 기체 타입을 제외한 모든 물건이 들어갈
수 있는 배낭을 건넸다.

"리즈, 넌 나중에 줄게. 괜찮지?"

"뭐, 어차피 지금 필요한 게 아니니까 그래도 상관없지. 대신 나
중에 가서 딴소리하기 없기다!"

"그거 참 의심 많은 아가씨네. 내가 나중에 가서 딴말하면 지금
까지 모은 마법 아이템 전부 너 다 줄게. 이제 됐지?"

"정말이지? 여기에 있는 사람들 다 들었어. 알지?"

"그래, 이 마법 아이템 마니아야!"

리도스의 말이 떨어지기가 무섭게 리즈의 머리 속에는 온갖 상
상이 난무했다.

'안녕~! 20% 세일의 불량 스크롤들! 보고 싶을 거야. 아바 마
마 몰래 챙겨 나왔던 구질구질한 아이템들! 너희들을 잊지 않고
고이 간직하고 있다가 리도스의 최고급 마법 아이템들과 곱게 바
꿔줄게.'

"이봐, 리즈. 내가 분명히 말해 두지만 어디까지나 내가 모은 아
이템들은 네게 새로운 배낭을 주지 않았을 때 준다는 거야."

리즈의 행복하다는 듯한 표정이 뭔가 꺼림칙했는지 다시 한 번 쐐기를 박는 리도스였다.

성의 뒤편은 까마득한 절벽으로 아래는 바닷물로 채워진 곳이었다. 한참이나 아래를 바라보아야만 보이는 먼발치의 백사장으로 구성되어 드래곤이 아니면 출입하기도 꺼려할 만한 이곳이 인간들의 성이라고 가정한다면, 전쟁이 터진다면 최악의 위치라고 불리울 정도로 아무 곳으로도 도망칠 수 없는 환경이었다. 물론 드래곤들끼리 전쟁이 붙을 일도 없으며, 같은 종족만 살아가는 곳에서 최악이니 최고니 하는 것 따위를 따질 필요도 없다. 왜냐하면 같은 종족을 해치는 자들은 오로지 인간뿐이기 때문이다.

"자, 올라타."

드래곤으로 폴리모프한 리도스는 낭떠러지 아래로 내려가 일행들이 자신에게 탈 수 있도록 등을 내주었다.

"헤, 오늘은 무슨 바람이 불었어? 그냥 워프하면 될 걸 몸소 태워주시기까지 하고?"

애버딘이 궁금하다는 듯 묻자 리도스는 살짝 다섯 개의 눈을 부라렸다.

"엎어지면 코 닿을 곳인데 워프는 뭐 하러 하라는 거냐?"

"…엎어지면… 코 닿아?"

애버딘은 등 위에서 제일 가장자리에 매달려 아래를 바라보았다. 고소 공포증이 없는 그마저 아찔함에 현기증을 느낄 정도로 높게 날아오른 리도스는 끝없이 펼쳐진 백사장 위에 멋지게 착륙했다.

"오셨습니까?"

리도스와 같은 다섯 개의 머리가 일제히 그들을 바라보며—정확히는 리도스겠지만—환영의 인사라도 하듯 목을 길게 빼 들었다.

"일단 일행들부터 어느 정도 저희들과 떨어진 곳에 계시게 해주셔야겠군요."

"알았어. 그런데 그 바늘 어디서 많이 보던 것 같은데?"

"바늘로 쓰기엔 레이피어가 제격이죠. 하핫, 전에 리도스님께서 별로 마음에 들지 않는다고 버리라고 하셨던 검이니 신경 쓰지 마십시오."

그의 말에 리도스는 알겠다는 듯 고개를 끄덕이고는 자신들이 있을 곳과 조금 떨어진 한적한 곳에 일행들을 내려두었다. 여러 개의 가죽 물통 대신 애버딘의 배낭에—무슨 발톱의 때만한 크기니—류엔은 상당히 조심해서 혈액을 담을 준비를 해두었다.

거의 일행 전체를 합해놓은 듯한 두께의 호스는 바늘이 끼워지기만을 기다리고 있었고, 리도스는 마치 귀여운 강아지가 더위 먹고 뻗은 모습 마냥 축 늘어져선 류엔의 손길을 기다리고 있었다.

"정말 굉장해. 내가 살다살다 별의별 꼴을 다 봤지만 드래곤 헌혈하는 모습까지 보게 될 줄이야……!"

카디프의 호기심 어린 눈은 반짝거리다 못해 좀 더 가까운 곳에서 그 모습을 보고 싶었는지 레이 윙을 사용해 리도스와 류엔의 모습을 살폈다.

"아저씨! 파이팅!"

언제 폴리모프는 했는지 떼떼는 금빛의 날개를 이리저리 흔들며 무슨 응원의 댄서를 추는 것처럼 알짱거려 댔다. 리즈가 바람 속성의 차단 마법을 걸어두지 않았다면 일행 모두는 프로소 밖으로 날아가 버렸을 것이다(물론 백사장의 모래가 성안을 온통 뒤덮어

버리는 것은 두말할 것도 없는 소리다). 리도스는 떼떼의 날갯짓을 흘끔 보더니 점잖게 제지를 걸었다.

"떼떼, 한 번만 더 참새 마냥 경망스러운 포즈를 잡는다면 화염 브레스로 살짝 구워준 다음 냉동 가스로 식혀서 스테이크로 확 먹어버릴 테니까 알아서 해."

순간 떼떼는 얌전히 리도스의 곁으로 내려와 앉고는 풀 죽은 강아지 마냥 꼬리를 내리고 반성 모드로 돌입했다. 리즈는 날씨 좋은 해변의 경치에 푹 빠져선 모래사장을 걷고 있었고, 그 모습 이 한가롭고 여유로워 보이는 듯한 풍경이었지만—물론 한가롭고 여유로운 해변에 드래곤은 어울리지 않지만 어딜 가나 예외 한둘은 있 기 나름이니 가볍게 무시하기로 하자—그곳들과 떨어진 또 다른 모 래사장 한편에선 커다란 바위 뒤로 피스가 애버딘을 불러 세우고 있었다.

"애버딘님! 오늘 날씨 너무 좋지 않아요? 바닷가 풍경도 너무 멋지고… 게다가 애버딘님과 이렇게 둘이서만 대화하는 것도 헤 헷, 너무 좋네요. 애버딘님은 어때요?"

"아하하, 워낙 몰려다니다 보니 정말 피스랑은 둘이서 얘기도 몇 번 못해본 것 같네."

"그렇다니까요, 헤헷."

"미안, 내가 좀 그런 쪽으로는 눈치가 없거든."

"그런 쪽이라니요?"

"음… 여자 아이랑 이야기 나누는 거. 공통된 화젯거리가 없으 니까 이야기도 딱히 할 게 없고 말이야. 후훗."

피스는 그의 이야기에 의외라는 듯한 얼굴로 애버딘을 바라보 았다. 사람 좋아 보이는 미소를 짓고 있는, 왠지 무엇이든 잘할 것 같고 여자들이 질투할 만큼 예쁜 그도 못하는 게 있다니…….

"그래도 리즈 언니와는 얘기 잘하시잖아요."

"훗! 그거야 리즈는 나에겐 특별하니까. 처음부터 왠지 친근감이 들었고, 무엇보다 여자애 같은 느낌이 들지 않아. 리즈는 그냥 리즈거든. 음… 이상한가?"

미모라면 어딜 가서도 뒤지지 않는 피스마저 주눅이 들 정도로 아름다운 미소를 짓고 있지만 그는 잔인하게도 그 미소로 피스의 가슴에 대못을 박고 있는 중이었다.

"…애버딘님께서 보시기엔… 있죠… 전 어떤 사람 같아요?"

"응? 어떤 사람이라니?"

"뭐… 아무거나 좋아요. 예를 들면 리즈 언니에 비해 뭐가 어떻다는 거 있잖아요."

애버딘은 잠시 난감한 표정으로 그녀를 바라보았다. 그녀는 분명 자신을 높이 평가해 주길 바라고 있을 테지만, 괜한 말로 기대하게 했다가 나중에 더 큰 상처를 주고 싶진 않았다.

"음… 리즈에 비해 키가 크다? 뭐… 너무 상반된 느낌이니까 비교하는 게 이상하지. 음… 넌 그냥 좋은 사람이고 실력있는 주술사고… 무엇보다 미인이니까 어딜 가서든 환영받을 것 같은데… 틀려?"

"헤헤, 그렇게 봐주시다니 영광인데요. 전 주술을 쓰는 덕분인지 무섭다거나 심지어는 괴물 취급하는 사람들도 많았다구요. 쳇! 심하지 않아요? 이런 미인을 무섭게 느끼다니 말이죠. 이래 봬도 주술사라는 사실만 모르면 대시해 오는 사람도 많은데……."

"하하, 보는 눈들이 없어서 그래. 아니면 이런 미인을 상대할 만한 용기가 없다거나. 그런 녀석들은 그냥 가뿐하게 무시해 버려."

"그런가요? 우우… 애버딘님, 저한테 너무 잘해주지 마세요. 정말… 이런 얘기 해주는 사람은 애버딘님밖에 없으니까 피스는 맨날 애버딘님만 보면 좋아할 수밖에 없다구요."

그녀의 말에 애버딘은 어색한 미소를 지으며 화제가 바뀌길 바랄 뿐이었다. 정말이지 곤란한 이야기이기에…….

"흠… 사실 피스는 말이죠. 다시는 태어나고 싶지 않을 정도로 삶이 지겹고 짜증스러웠어요. 투희야님의 환생체니 뭐니 하는 소리까지 들었을 땐 솔직히 충격이 말도 못했죠. 우울하고, 내가 뭐하는지도 모르겠고 그랬지만, 그럴 때마다 애버딘님 덕분에 제자리를 찾을 수 있었어요. 애버딘님께 진심으로 감사하고 있어요. 피스는……."

그녀는 시선을 옆으로 향했다. 그리고 자신들 쪽으로 걸어오고 있는 리즈를 발견했지만 못 본 척 무시하며 평소의 그 큰 목소리로 자신의 말을 계속 이어 나갔다.

"전 스스로 애버딘님을 위해 죽었다 다시 태어났다 반복한 거… 만족해요. 지금 선택하라고 해도 그렇게 할걸요."

"…뭐라고 해야 할지 모르겠네… 고마워."

애버딘은 심적 부담감을 안고 있었지만 겉으로는 그저 미안해하는 미소만 지어 보였다. 깊이 생각하고 싶지 않은 일이다. 자신을 위해 누군가가 희생하는 건… 그야말로 죄인이 되는 듯한 느낌에, 그리고 죄책감이 물밀듯 밀려들기 때문이랄까.

"있죠, 애버딘님은 피스 좋아해요?"

"당연히 좋아하지. 동료로서……."

"동료라… 뭐, 그 정도라도 전 만족할 수 있으니까… 고마워요, 솔직하게 말씀해 주셔서요."

애버딘은 착잡한 표정으로 그녀를 바라보았다. 만일, 아주 만일에 이번 전투에서 그녀가 잘못되기라도 한다면 그는 책임감에 견딜 수 없을 것만 같았다.

"피스, 나에게 뭐 바라는 게 있어?"

"바라는 거요?"

"응, 들어줄 수 있는 범위 내에서는 다 들어줄게. 말만 해봐."

"흠… 좋아요. 만일에, 아주 만일에 하나, 내가 이번 전투에서 죽는다면……."

"무슨 끔찍한 소리를 하는 거야?!"

"그러니까 만일 이랬잖아요. 아무튼 만일에 내가 죽거든… 애버딘님은 리즈 언니랑 헤어져 주세요."

"에?"

의외의 말에 그는 눈을 동그랗게 치켜떴다.

"그러니까 만일 이랬잖아요. 내가 죽으면… 저 아주 많이 강해요. 쉽사리 죽진 않으니까 약속해 주세요. 정 못 미덥다면 애버딘님께서 절 지켜주시면 되는 거잖아요. 그 정도는 들어주실 수 있겠죠?"

"그 정도?"

"당연히 그 정도는 들어주실 수 있는 거잖아요. 솔직히 말해서 내 쪽이 더 불리한 거 아니에요? 난 살아 있을 땐 애버딘님이랑 리즈 언니가 행복해하는 걸 보며 괴로워해야 하는데… 내가 죽으면 그 정도는 해주실 수 있는 거잖아요. 피스는 계속 애버딘님만을 봐왔는데……."

피스는 진지한 표정으로 애버딘을 바라보다 겸연쩍은 얼굴로 자리에서 일어났다.

"전 바닷가나 더 구경할 건데 애버딘님은 어떻게 하실 거예요?"

"…그거 농담이지?"

"후훗, 애버딘님 마음대로 생각하세요. 음… 애버딘님께선 더 이상 산책하실 생각이 없으신 것 같으니까 피스는 이만 일어설게요."

그녀는 자리에서 일어나 리즈가 있는 쪽으로 발걸음을 옮겼다. 리즈는 그녀의 말을 본의 아니게 엿듣게 되어버린 게 마음에 걸렸는지 후닥닥 딴청을 부리며 바닷물에 손을 담구었다.

"언니, 여기서 뭐 하세요?"

천연덕스럽게 묻는 피스에게 리즈는 자신이 어떤 표정을 짓고 있는지 정말 궁금했다.

"어제… 몸이 안 좋은 건지 밤새 뒤척이는 것 같던데… 잠은 잘 잤니?"

"후훗, 아주 푹~ 잤어요. 아마도 오늘은 더 잠이 잘 올 것 같은데요."

피스는 이상야릇한 표정으로 리즈에게 회심의 미소를 지었다. 이제 이것으로 애버딘과 리즈 사이에는 결코 넘을 수 없는 벽이 세워진 셈이다. 이른바 피스 그녀의 생사(生死)라는…….

'내가 죽어도, 살아 있어도 애버딘님께선 아마 리즈 언니만큼은 사귀지 못할 거예요. 그건 리즈 언니도 마찬가지겠지만. 후훗, 그 찜찜함을 참아낼 수 있을 정도로 염치없는 사람들이 아니니까.'

"애버딘! 리즈! 피스! 리도스 헌혈 다 했어. 빨리 와."

카디프의 목소리에 각자의 생각에 골똘히 빠져 있던 그들은 정신을 차렸는지 리도스가 있는 장소로 걸음을 옮겼다.

"우웃……!"

리도스는 예의 익숙한 얼굴로—인간으로 폴리모프한 것이다—인상을 찌푸리며 자신의 팔을 내려다보았다. 류엔과 떼떼 역시 언제 인간으로 폴리모프를 했는지 옆에서 싱긋 미소를 지으며 수다를 떨어대고 있었다.

"이 정도의 혈액이라면 드래곤의 피에 대해 연구를 하고도 많이 남겠는데요."

"아저씨, 안 아팠어요?"

"하나도 안 아파."

"그런데 인상은 왜 찌푸리고 있어요?"

"…시끄러워. 이게 원래 내 표정이야."

머쓱한 얼굴로 떼떼의 놀림을 받던 리도스는 영 떨떠름한 표정을 짓고 있는 애버딘과 리즈를 보며 고개를 갸우뚱거렸다.

'기껏 잘해보라고 붙여줬더니, 저 녀석들 싸우기라도 한 건가?'

"리도스님, 이제 제가 할 일은 끝난 겁니까?"

"아, 잠깐만 그 배낭 좀 줘봐."

"네? 왜 그러십니까?"

"그냥 이게 다 내 피라고 생각하니 한번 보고 싶어서 그래."

류엔은 잠시 망설이는 듯했으나 설마 무슨 일이야 있겠냐 싶어 순순히 배낭을 건넸다. 이제까지 느껴지지 않던 '출렁출렁' 거리는 느낌으로 보아 안에 혈액이 담긴 것이 틀림없다.

"카디프, 피스, 떼떼, 이리 와봐. 리즈랑 애버딘, 너도. 이게 내 피라니까."

왠지 자랑스러운 듯한 표정으로 가방을 들어 보이던 리도스는 일행들이 자신의 주변으로 모이자 회심의 미소를 지어 보이며 워프 게이트를 열었다.

"류엔, 고마워!"

빛과 함께 그 말을 남기고 사라진 리도스 일행을 본 류엔은 눈이 휘까닥 뒤집혀 버렸다.

"리도스님임~!! 그걸 들고 도망가면 어쩌자는 겁니까?!"

모든 것은 정해진 대로

"우웃! 역시 헌혈하고 갑자기 마법을 쓰는 건 무리였나?"

"왜 그래? 어디 아파?"

"아니, 쏠려서… 우욱!"

거의 입덧하는 임산부의 표정으로 울렁거리는 속을 가라앉히던 리도스는 긴 한숨을 내쉬었다.

"이쯤에서 피스에게 필요한 주술을 배워야 하지 않을까 싶어. 빠를수록 좋다고. 구태여 시간 맞춰 신들을 불러낼 필요는 없으니까."

"전에 피스에게 배우지 않았어? 종이에 적어줬던 것 같은데."

기억력 좋은 카디프가 리도스에게 예전의 일을 상기시켜 주듯 말하자 그는 머리를 긁적거렸다.

"만일의 경우라는 게 있으니까… 그 주술 취약점 같은 거 없어?"

"뭐… 그런 건 없고, 정확하게 도형을 그려야 하는데 조금도 어긋남이 없어야 해요. 그렇지 않으면 주술사가 다칠 수도 있거든요."

"그럼, 도형 그리는 연습이라도 해야 하는 거 아니야?"

리즈가 처음으로 입을 열며 그녀를 걱정해 주자 피스는 생긋 미소를 지어 보였다.

"걱정해 줘서 고마워요, 언니. 그치만 전 그 정도로 죽진 않아요. 시간도 그렇게 많은 것 같지 않은데 만일 저 때문이라면 그냥 그려요. 기껏해야 2, 3일 몸살 정도니까."

"피스, 무슨 말을 그렇게 해. 두 사람, 무슨 일 있었어?"

상황을 모르는 애버딘은 피스를 나무라며 리즈의 표정을 살폈다. 피스는 속으로 끓어 오르는 울분을 가라앉히기 위해 시선을 돌렸다.

'리즈 언니가 날 걱정하는 건지, 아니면 애버딘님을 뺏기기 싫은 건지 어떻게 알아요?! 한번 어긋나기 시작하면 종잡을 수가 없는 게… 내 마음이라구요!'

사실 그녀는 리즈가 좋은 사람이라는 걸 잘 알고 있었다. 그녀는 자신이 가지지 못한 많은 것을 가진 사람, 그리고 그 많은 걸 기꺼이 버린 사람이라는 것도.

'그런데도 어째서 나보다 빛나 보이냐구. 왜 애버딘님은 리즈 언니를 좋아하는 거야!'

"자, 자, 언제까지 이러고 있을 거야. 가만히 보니까 여긴 타우린 같은데… 이곳에 온 이유가 있을 텐데 계속 이러고 우리끼리 분위기만 살벌하게 잡고 있을 거야?"

카디프가 골치 아프다는 얼굴로 어수선한 분위기를 정리하자 리도스는 수고했다는 표정으로 카디프에게 무언의 인사를 해 보였다.

"뭐… 훼이나에게 잠깐 들러서 인사나 하고 가자는 거지. 일단은 드래곤 로드니까 떼떼에 대한 허락도 받아야 하고……"

그는 화려해 보이는 커다란 성을 가리키며 겸연쩍은 미소를 지었다. 몰랐으면 모르되, 훼이나와 사귄다는 말까지 들은 이상 이들의 반응이란 안 봐도 뻔하리라는 생각이 들었던 것이다.

"에~ 그냥 보고 싶어서 들른다 그러면 되잖아. 뭘 거창하게……"

"거봐, 자기도 좋았으면서 괜히 튕기고, 진작 언니 받아줬으면 언니도, 너도 좋았잖아."

"쯧쯧, 너희가 남 말할 때냐? 너희는 서로 안 좋아해?"

"리도스님, 쓸데없는 말 하려거든 볼일이 끝난 다음 해주세요. 보기 싫으니까."

피스의 말에 리도스가 눈을 흘기자 그녀는 기분 나쁘다는 표정을 지었다.

"이봐, 네 가장 큰 단점이 뭔 줄 알아? 그건 감정을 숨기지 못한다는 거야. 신들과 싸우기도 전에 우리끼리 치고 받으면 퍽이나 좋겠다. 안 그래?"

리도스의 말에 그녀는 시선을 회피해 버렸다.

'카시우스님은 이 모든 걸 알고 있었던 걸까?'

오싹하리만치 한 치의 오차도 없는 그의 예지력은 피스와 리즈를 움직이지 못하도록 홀드까지 걸어두라는 자세한 지령까지 내렸었다.

'결국은… 내가 할 수 있는 건 아무것도 없군. 날개는 이미 예

전에 부숴지기로 예정되어 있던 거였어. 추락하는 건가……'

리도스는 긴 한숨을 내쉬며 눈을 감았다. 꽉 쥐어진 주먹이 파르르 떨려오자 그는 인정하기 싫은 현실을 받아들여야만 했다.

'…떼떼에게 미움받을 준비를 해야겠군.'

"아, 모르겠다, 모르겠어. 더 이상 생각하다간 머리가 폭발해 버리겠어. 자! 다들 훼이나 방으로 직행한다."

그는 훼이나의 방으로 직행하는 워프 게이트를 뚫어버리고는 모두와 함께 훼이나의 방 안으로 들어갔다.

"어머! 다들 어쩐 일로 여기까지 온 거야?"

훼이나는 리도스가 도착하기가 무섭게 반색을 하며 자리에서 일어났지만 불행히도 혼자가 아니었다. 그들보다 앞서 온 손님이 있었다고나 할까.

"…오셨습니까?"

"넌 온다 간다는 말도 없이 여기저기 들쑤시고 다니는 나쁜 버릇이 생겼나 보군."

리노스가 한껏 인상을 찌푸리며 그들만의 다정한 시비 걸기식의 인사를 내뱉었다. 리도스가 어제의 그와는 달리 자신에 대해 변함없는 행동을 보이자 이제까지 우울한 표정을 하고 있던 위트는 자기가 언제 우울했었냐는 듯 예의 오만해 보일 정도의 건방진 표정으로 돌아갔다.

"리도스님이야말로 골목대장 놀이라도 하고 싶으셨던 겁니까? 우르르 인간들을 끌고 다니시다니."

"훗! 이쪽은 너와는 달리 한가하지가 않다구. 미안하지만 한가한 너보다 이 몸이 먼저 볼일부터 처리하고 돌아가야겠다. 괜찮겠지?"

"마음대로 하십시오. 입이 다섯 개니 할 말도 많으실 테지요. 대신 전 절대로 이곳에서 못 비켜드립니다. 뭐… 전 훼이나님과 시간을 오래 보내면 보낼수록 좋으니까요."

"남의 사생활에 관심이 많은가 보군?"

"적어도 훼이나님의 일에 한해서는 그런 편이죠. 무심한 누군가보단 백배는 낫지 않겠습니까? 몬스터가 지키고 있다고 해서 보물을 못 가져가는 건 아니니까요."

"두 분 모두 그만두세욧! 옆에는 사람들 쭉 세워놓고 자기들끼리 한심한 신경전만 계속하시다니 실례라는 생각 안 하세요?!"

리즈가 한심하다는 듯 둘을 떼어놓자 그제야 훼이나는 입을 열 수 있었다.

"아무튼 둘 다 하는 짓 보면 날 보러 온 건지 싸움을 하러 온 건지 알 수가 없다니까."

"미안! 미안!"

"됐어. 그보다도 정말 무슨 바람이 분 거야?"

"아아… 네 허락을 받을 일이 생겨서 말이야."

"무슨 허락?"

"…이번 일에 떼떼도 데려가려는데 독단은 아무래도 뒷말들이 많을 테니까 미리 시끄러운 노친네 입들 좀 봉해 버리게."

"꼭 데려가야 해? 전엔 안 데려간다고 했으면서. 그쪽에서 거절한 거라면 잠깐 동안인데 내가 봐줄 수도 있으니까 잘 생각해 봐."

"그런 말이라면 떼떼에게 한번 해보지 그래? 내가 장담하는데 분명히 씨도 안 먹힐걸."

리도스의 말에 그녀는 힐끔 떼떼를 바라보았지만 허락해 주지 않는다고 표정이 뾰로통한 게, 과연 리도스의 말대로 아무리 남으라고 한들 순순히 말을 들을 것 같지 않았다. 그녀는 걱정스럽다는 듯 한숨을 내쉬었다.

"하아~ 리도스, 해츨링에게 문제가 생기면 담당 책임인 거 알지?"

"아, 그런 거라면 걱정 마. 기꺼이 내 자리 내놓을 테니까. 류엔이라면 다음 크로매틱 드래곤의 수장으로서도 적격일 테니까 별로 걱정도 안 되고 말이야."

"리도스, 무슨 말이 하고 싶은 거야?"

"뭐, 그냥… 나보단 류엔이 그 자리에 더 잘 어울릴 것 같다는 소리 좀 해본 거야. 그런 눈으로 볼 것까진 없잖아. 안 그래?"

"안 그래~?! 아주 대놓고 문제 생길 거라고 광고를 하지 그래? 정말 배짱도 좋지, 어떻게 그런 말을 듣고도 내가 떼떼를 보내줄 거란 생각을 할 수 있어? 뻔뻔스러운 것도 정도가 있지. 가만 보면 아주 약았어, 정말."

리도스는 그녀에게 멋쩍은 미소를 지어 보이며 떼떼를 안아 들었다.

"카시우스님께서 원하신 거야."

"…그 말… 증거있어?"

"당연하지."

"그렇다면 다행이지만… 아무튼 그 증거라는 거 만일 문제가 생긴다면 면죄부가 될지도 모르니까 잘 가지고 있는 게 좋을 거야."

그녀의 말에 리도스는 씩 미소를 지으며 품 안에서 떼떼의 육아 일기를 꺼내 보이며 받으라는 듯 위트를 향해 던졌다. 얼떨결에 자신에게 날아오는 일기장을 받아 든 그는 멍한 눈으로 리도스를 바라보았다.

"뭘 그렇게 얼떨떨하게 쳐다봐? 훼이나 말 못 들었어? 잘 가지고 있으라잖아. 특별히 신경 좀 써라."

"이걸 왜 저한테 주십니까? 뭘 믿고……."

"뭘 믿긴 뭘 믿어. 쪼잔한 물도마뱀 녀석 믿고 그러는 거지. 그거 내 것도 아니고 떼떼 거니까 우리 일 끝나면 아마 떼떼 녀석이 가지러 갈 거야. 그때 내주면 뭐, 그걸로 끝이니까 귀찮더라도 네가 보관 좀 해야겠다."

"흠… 뭐, 어쩔 수 없죠."

위트가 흥미롭다는 얼굴로 일기장을 내려다보며 고개를 끄덕이자 리도스는 만족했다는 듯한 표정으로 이번엔 훼이나를 바라보았다.

"자, 이젠 훼이나, 네가 대답해 줄 차례야. 떼떼… 허락한 거로 알아도 되겠지?"

"뭐… 어쩔 수 없잖아. 카시우스님의 말씀이 계셨다면……."

"훗! 고마워. 그럼 다녀와서 보자."

"잠깐! 내 얘기 아직 안 끝났어."

"뭐, 특별히 할 말이라도 있는 거야?"

"나도 같이 가."

"…뭐라구?"

"나도 같이 가!"

"잘 안 들렸어. 지금 뭐라고 한 거야? 잘 다녀오라고 한 거지?"

"계속 그렇게 무시할 거야? 나도 같이 가자니까!"

리도스는 골치 아프다는 듯한 얼굴로 훼이나를 바라보았다. 화이트 계열 드래곤은 누가 뭐라고 해도 고집으로 똘똘 뭉쳐진 드래곤이다. 아무리 어르고 달랜다고 해도 쉽게 풀어지지 않는 속성을 리도스가 어떻게 달랜단 말인가.

"…내가 놀러 가는 걸로 보여?"

"누가 놀러 간대?"

"얼마 전까진 이런 말 없었잖아. 갑자기 왜 그러는 건데?"

"그거야 리도스도 떼떼를 데려간다는 말 얼마 전까진 하지 않았잖아. 해츨링은 되는데, 왜 난 못 데려간다는 거야?"

"이봐, 그런 문제가 아니잖아."

"그런 문제야. 싫다면 데려가지 마."

"진작 그렇게 나올 일이지."

"내 발로 따라가면 되니까."

그녀가 고집 부릴 때 짓는 특유의 표정으로 리도스를 바라보자 그는 슬그머니 짜증이 치솟았다. 기껏 생각해서 오지 말라고 했더니 구태여 따라오겠다니 미워 보일 수밖에.

"도대체 왜 따라오겠다는 건데?"

"쳇! 누가 너 좋아서 따라간다고 했어? 착각하지 마. 이번만큼은 떼떼가 걱정되니까 따라간다는 거야. 막말로 여기 있는 전부가 우르르 몰려간다고 해도 자기 몸 구사하기도 힘들 텐데 딸랑 너희끼리만 가서 어떻게 해츨링까지 보호하겠다고 그래? 상대하기 힘든 적이랑 대치할 땐 아군이라도 많아야 조금이라도 이길 확률이 느는 거잖아."

훼이나의 말에 이제까지 인상을 찌푸린 채 묵묵히 듣고만 있던 위트까지 덩달아 앞으로 나서며 한마디하고 나섰다.

"끼어들어서 죄송하긴 하지만, 지금 말씀 뭔가 이상하군요. 리도스님께서 혹시 사고라도 치셨습니까? 카시우스님의 이름까지 거론되는 걸 보면 그냥 듣고 넘기기엔 여러 가지로 걸리는군요. 설명해 주시겠습니까?"

그의 진지한 얼굴을 바라보며 리도스는 살짝 인상을 찡그리며 이마에 손을 가져다 댔다.

"아아, 제발 부탁하는데, 너까지 나서지 마라. 안 그래도 머리가 시끄러운데 너까지 시끄럽게 굴면 분명히 내 머리 터질 거다."

"그렇게 말씀하셔도 이미 들어버렸으니 어쩔 수 없습니다. 말씀해 주시지 않겠다면 시끄러운 노친네들에게 쪼르르 달려가서 고자질이라도 하는 수밖에."

한 손으로는 이미 언제든지 갈 준비가 되어 있다는 듯 손을 까딱거리며 다른 한 손으로는 애버딘 일행들이 아무런 말도 할 수 없도록 사일런스까지 걸어버렸다.

"……!!"

항의의 모션을 취하며 리즈와 애버딘이 입을 벌려대긴 하지만 소리가 나지 않는 걸 보면 분명 그가 사일런스를 걸어두었다는 말이다.

"아아… 정말이지, 오늘은 폼 안 나는 짓만 골라 하게 되는군."

"하, 애초부터 리도스님에게 폼이라는 게 있다고 생각하신 겁니까? 정말 어처구니가 없군요. 뭐, 좋습니다. 제가 알고자 하는 건 그게 아니니까요."

"리도스! 내가 먼저라는 거 잊지 않았겠지? 빨리 말해! 데리고 갈 거야, 말 거야."

'머리 속에서 생쥐가 놀고 있습니다~ 찍찍찍! 찍찍찍!'

"리도스님! 말씀 안 하시면 내키진 않지만 정말 고자질하러 갑니다!"

'찍~ 찍찍! 찍찍찍! 하루 종일 찍찍찍!'

"리도스!"

"리도스님!"

'찍~ 찍찍! 찍찍찍!'

훼이나는 갑자기 리도스의 어깨를 턱 잡고는 바로 눈앞에서 손을 흔들어댔지만 여전히 아무 반응이 없자 인상을 찡그리며 왼손에 일렉트릭 볼트를 걸고는 그의 등에 일격을 가했다. 파지직하는 전기 스파크와 함께 리도스의 비명이 터져 나왔다.

"크아아앗! 이게 무슨 짓이야!?"

"그러길래 누가 현실 도피하랬어?!"

"어떻게… 알았어?"

"내가 널 1, 2백 년 봐온 줄 알아?"

"리도스님! 계속 이렇게 시간만 끄실 겁니까."

훼이나와 위트의 질문 공격이 계속될 조짐이 보이자 리도스는 무심결에 자신의 생각을 입 밖으로 내뱉고 말았다.

"머리 속에서 쥐가……."

"리도스님?"

"아, 아니 그게 아니라……."

자신을 의아하게 바라보는 위트에게 리도스는 피식 웃으며 얼렁뚱땅 넘어가려 했지만 훼이나는 그렇게 쉽게 속아 넘어갈 바보가 아니었다.

"일렉트릭 볼트!"

"끄아아악!"

"비명 소리 좋고~ 자, 다시 말해 봐. 머리 속이 어쩌고 어째?"

"아… 그러니까… 우웃!"

"어머! 많이 아파? 어떡해, 어떡해."

"자기가 그래 놓고 어떻하냐면 나보고 어쩌라구."

"히잉— 자기야, 내 가슴도 찢어진다니까. 그러니까 데려간다고 하면 되는 거잖아."

'어떻게 하면 저런 식의 생각이 나올 수 있는 걸까?'

리도스는 한숨을 내쉬며 훼이나와 위트에게 가까이 와보라는 듯 손짓을 해 보였다.

"귀 좀 빌려줘 봐."

"누구?"

"둘 다. 비밀이라서 그래. 카시우스님 이야긴 아직 떼떼가 듣기 엔……."

말끝을 흐리는 리도스에게 그들은 알아들었다는 듯 그의 가까이에 얼굴을 가져다 댔다.

"그게 뭐냐면, 미안하지만……."

"응? 뭔데?"

"…슬리핑! …이거든."

리도스의 말이 끝나자마자 훼이나와 위트가 온몸에 힘이 쑥 빠져 버린 것처럼 축 늘어져 쓰러지려는 걸 솜씨 좋게 양손으로 잡아낸 리도스가 애버딘 일행에게 도움의 눈길을 보내자 카디프가 그에게서 위트를 넘겨받았다. 카디프의 '어떻게 할까?'라는 눈빛을 읽어낸 그는 주변을 둘러보고는 테이블을 가리키며 피식 미소를 지었다.

"저기 테이블 있네. 의자에 어떻게든 앉히면 되겠는데."

카디프는 위트를 질질 끌고 가선 의자에 앉히고는 테이블에 편하게 엎드릴 수 있게 얼굴을 살짝 올려다 놓았다. 리도스는 훼이나를 조심스럽게 안아 올리고는 침대에 살포시 내려놓고 이불까지 완벽히 덮어버렸다.

"용서해라, 훼이나."

"⋯⋯!"

"떼떼야, 왜 그래?"

자신의 곁으로 쪼르르 와선 입을 가리키며 가슴을 두드리는 떼떼에게 리도스는 고개를 갸웃거리며 답답하다는 표정을 지어 보였다.

"말을 해, 말을!"

"⋯⋯!"

이번엔 애버딘까지 가세하고 나섰지만 리도스는 여전히 못 알아들었는지 고개만 갸웃거려 대자 이번엔 리즈가 테이블 위에 놓인 종이와 펜에 무언가를 끄적거려서 눈앞에 들이밀었다.

'사일런스 해제시켜 줘야 말을 하지! 이 도롱뇽아!'

"아아⋯ 이제 말해 봐."

리도스의 말에 애버딘이 제일 먼저 입을 열었다.

"내 목소리 들려? 어? 들리네. 아하— 우와, 이제 좀 살 것 같다. 리도스, 이 바보! 떼떼가 그렇게 모션을 취해줘도 몰라? 왜 그렇게 둔한 건데?"

애버딘의 말에 그는 머쓱한 표정으로 워프 게이트를 열었다.

"저 녀석들 깨기 전에 신전이나 가보자구."

리도스의 말에 일행들은 고개를 끄덕이며 그가 만든 워프 게이트 안으로 뛰어들었다.

"신전이 있던 곳이 여기였었냐?"

워프로 이동해 온 만큼 오차가 있을 리는 없지만 신전은커녕 인기척조차 찾아볼 수 없는 황량한 곳.

리도스는 이 땅을 이렇게 만들어놓은 장본인이 자신이라는 것도 잊어먹었는지 의아한 표정으로 주변을 두리번거렸다. 드워프들에게 마을 전체와 자신이 부숴 버린 이곳저곳에 대한 공사를 부탁해 두긴 했지만, 설계도를 짜고 일을 시작하기까지는 두세 달 정도의 시간이 필요하다(그들은 솜씨 좋은 장인이기 때문에 사전 준비부터 철저하다).

모든 도구들과 건축 자재들을 일일이 꼼꼼하게 확인을 하고서야 일을 시작하기 때문에 그토록 섬세한 건축물들을 만들어낼 수 있는 것이다. 게다가 아렌이나 하일리 산맥이 복원되려면 몇 년은 지나야 될 정도로 대대적인 공사를 감행해야 했다. 덕분에 주변은 애버딘 일행을 제외하고는 눈에 뜨일 만한 것이 하나도 없었고, 향후 몇 년 동안은 크게 변하지 않을 것이다.

"처참하군."

애버딘의 표정이 자연스럽게 찡그려지자 리도스는 짐짓 헛기침을 하며 일행들을 향해 접대용 미소를 지으며 주변을 살펴보라는 듯한 시선을 보냈다. 아마도 그는 자신들이 한바탕 난동을 부려대던—정확히 말하면 거의 리도스의 독무대였겠지만—위치를 찾아내려는 속셈이었으나, 이건 쥐도 구멍을 주고 쫓는다고 너무 지나친 기운으로 산맥 전체를 깨끗하게 뒤엎어 버린 것이라 쪼잔한—상대적으로—마나를 단서로 옛 위치를 찾는다는 게 말이 쉽지, 애버딘네 일행더러 한 시간만 입 다물고 조용히 있으라는 것과 마찬가지일 정도로 힘든 말이다.

"너무 깨끗해서 정확한 위치 찾기가 힘들지 않을까?"

"기운 빠지는 소리 마, 리즈. 안 그래도 반성하고 있다구."

일행들의 축축 처지는 말투에 카디프는 씩 미소를 지으며 물었다.

"차라리 실프들에게 물어볼까?"

"아! 그거 좋겠네. 하도 엘프답지 않은 이상한 짓만 해서 잠시 카디프, 네가 유능한 정령사라는 것도 잊고 있었지 뭐야."

리즈가 칭찬인지 비꼬는 소리인지 알아듣기 힘든 소릴 하자 리도스를 비롯한 모두는 일제히 원망의 눈길을 그녀에게 보냈다.

"나 안 해."

세상에 이렇게 쪼잔한 엘프가 어디 있단 말인가. 자기 좀 갈궜다고 단순, 명쾌, 듣는 이들이 한결같이 감동으로(?) 몸을 부들부들 떨게 만들 정도로 상쾌한… '나 안 해'나 내뱉는 사춘기의 다루기 힘든 꼬맹이 같은 소리를 해대는 엘프라니…….

"내가 잘못했어. 미안해, 미안! 미안! 됐지?"

리스가 고개까지 숙이며 그를 달래자 마지못한 표정으로 고개를 끄덕이며 조용히 눈을 감았다. 일행들 역시 입을 다물자 주변은 정말 아무것도 존재하지 않는다는 느낌이 들 정도로 고요해졌다. 그 순간 자신들의 뺨을 기분 좋게 어루만지는 바람을 느낄 수 있었다.

"주문이고 뭐고 간단하게 하자. 거기 있지? 아무나 이곳에 자주 다니는 실프 녀석 하나만 실체를 드러내라!"

이제까지는 그나마 엘프라고 우기기는 했다만, 날이 갈수록 상태가 망가지는 카디프를 보며 애버딘은 묘한 죄책감에 사로잡혔다(역시 친구는 조심해서(?) 사귀어야 했던 것이다).

"카디프, 그런다고 실프가 오겠어?"

"빨리 안 나타나면 투희야의 유머 꽃씨를 잔뜩 뿌려줄 테다."

"그런 협박 같지도 않은 협박에 실프가 나타날 리… 있네."

애버딘은 카디프의 손바닥만한 작고 아름다운 소녀가 뾰로통한 얼굴로 카디프의 어깨에 내려앉는 것을 확인하고는 기가 질린 표정으로 뒤로 주춤 물러섰다.

"음… 실프란 게 바로 이렇게 생긴 거였구나."

호기심 많은 소녀들답게 리즈와 피스가 그녀의 곁에 모여들자, 카디프는 슬쩍 한 손을 들고는 그녀들이 너무 가까이 다가오지 못하도록 눈치를 주고는 엘프답지 않으면서도 가장 그다운 협박을 시작했다.

"최근에 계속 이곳에 머물렀던 너라면… 신전이 있던 장소 정도는 쉽게 찾아낼 수 있겠지? 거기로 안내 좀 해줘. 만일 싫다고 하면 투희야의 유머 씨앗을 쫘악 퍼뜨려 버릴 거니까 알아서 해."

실프는 불만이 가득 찬 눈으로 카디프를 노려보고는 불만을 터뜨렸다.

"당신, 엘프 맞아요? 하긴… 엘프니까 투희야의 유머를 들먹거리는 거겠지만……."

그녀는 마치 춤을 추는 듯 원을 그리며 카디프의 어깨 주변을 빙글빙글 날아다녔다.

"내가 얘기 안 했지? 난… 성미가 좀 급하다구."

그는 로브 자락을 휘날리며 허리춤에 묶여 있는 가죽 주머니를 꺼내 들었다.

"아앗! 안 돼! 알아볼게. 알아본다구."

그녀는 기분 좋은 상쾌한 바람을 불러일으키며 주변의 친구들을 불러 모았다.

"친구들이여, 빨리 나와줘."

하나였던 바람이 한 번, 다시 두 번, 그리고 수십 번의 바람으로 나뉘어 불어오는 듯싶더니 수십 명의 실프들이 기지개를 켜듯 온몸을 쭉 뻗고는 개운한 표정을 지어댔다.

"여기 있던 신전 위치를 정확히 알면 저 엘프에게 가르쳐 주지 않을래?"

"주인이야?"

"아니, 그냥 잠깐 도와주는 거야."

"계약을 통한 주인이 아니라면 크게 신경 쓸 필요 없잖아."

실프들끼리 소곤소곤거리는 목소리들이 마치 장난꾸러기 봄바람 같은 느낌을 주자 떼떼는 신기한 느낌에 슬쩍 실프들을 만져 보려 손을 뻗었다가 얼른 내려 버렸다. 카디프가 전에 없던 짜증 섞인 얼굴로 그녀들을 노려보고 있었기에……

"투희야의 유머 꽃씨를 가지고 있대. 그거 한번 심기 시작하면 우린 배로 일해아 한다구."

"앗, 그 바람 계열 품위란 품위는 죄다 망치는 꽃?"

"투희야님은 무슨 생각으로 그런 웃기지도 않는 걸 만들어낸 건지 알 수가 없다니까."

재잘재잘, 조잘조잘, 수군수군(이하 생략).

"이봐, 시끄러운 파리들! 언제까지 수다를 떨고 있을 생각이야? 확 부어?"

카디프는 가죽 주머니를 열어 그걸 한 손으로 치켜들고는 반쯤 기울이자 그들의 귓가에서 실프들이 기겁하는 소리가 들려왔다.

"꺄아악! 하지 말아욧!"

"어디라고? 신전?!"

"야~! 매일 거기서 놀았다고 했잖아. 어느 방의 프리스트가 물이 좋은지까지 안다며!"

"내가 언제~! 내가 언제—!"

리도스는 귀가 따갑다는 듯 인상을 찌푸리며 카디프로부터 가죽 주머니를 뺏어 들었다.

"잘 봐. 협박은 이렇게 하는 거야."

그는 주머니를 뒤적거리며 다섯 개의 꽃씨를 집어 들었다.

"거기 시끄러운 아가씨들, 이게 뭔 줄 알아?"

투명한 수정으로 보이는 다섯 개의 동그란 꽃씨들은 햇빛에 반사되어 아름답게 빛나고 있었다.

"꺄아아—! 투희야의 유머 꽃씨다아—!"

"진짜 있었나 봐. 어떡해!"

웅성웅성거리는 소리에 리도스는 피식 미소를 지으며 한 개를 바닥으로 떨어뜨렸다.

"오옷! 실수했네."

퍼석거리는 소리와 함께 씨앗이 바닥으로 스며들자 실프들의 표정이 딱딱하게 굳어져 버렸다.

"너희가 너무 시끄럽게 구니까 내가 놀라서 떨어뜨린 거잖아. 앞으로 쓸데없는 말을 계속 지껄인다면 여기 있는 꽃씨 몽땅 쏟게 된다고 해도 나한테는 죄없어."

"그게 무슨 말도 안 되는 소리예욧!"

퍼석!

"오옷! 미안미안. 그러길래 내가 경고했잖아. 이번엔 주머니째로 쏟아버릴지도 몰라."

그의 말에 실프들이 순간 조용해지자 바람마저 시끌벅적한 분위기를 버리고 꼬리 내린 강아지 마냥 살랑살랑 일기 시작했다.

　"신전의 정확한 위치가 어디라구?"

　"안내해 드릴 테니까 더 이상 떨어뜨리지만 말아줘요."

　실프들은 여전히 춤을 추는 듯 우아한 날갯짓으로 일정한 방향으로 날아가기 시작했다.

　"봤지? 협박은 이렇게 하는 거라구."

　의기양양한 표정으로 카디프를 바라보던 그는 한곳에 우르르 몰려 있는 실프들을 향해 걸음을 옮겼다.

　"여기냐?"

　"네, 틀림없어요. 그러니까 이제 그 주머니는 집어넣어 주세요."

　"고마워."

　그는 주머니를 카디프에게 돌려주고는 그 주변을 살피기 시작했다. 이미 산 하나가 평지로 바뀐 마당에 기껏 한두 번 와본 것이 전부였을 리도스에게 육안으로든 마력으로든 그 예전의 장소가 식별이 가능할 리가 없었다.

　"고마워, 이제 그만 가봐."

　카디프는 실프들을 보내고는 리도스와 함께 신전 안이었을 장소를 유심히 바라보고는 한숨을 내쉬었다.

　"어떻게 할 거야."

　"뭐… 주술 부리는 거야 피스에게 부탁하기로 한 거고, 난 도형이나 그려야지. 안 그래, 피스?"

　"그거야 이미 해주기로 약속한 거지만 도형이 제대로 그려졌는지는 어떻게 볼 수 있어요? 아무래도 크게 그리실 것 같은데."

　"그거야 떼떼가 좀 봐주면 되는 거지 뭐가 걱정이야?"

"제일 중요한 게 빠졌는데……."

"뭐?"

피스는 손등과 손바닥을 포개며 탁탁 소리를 냈다.

"40루비아. 아직 못 받았거든요."

"이봐……."

"공은 공, 사는 사죠. 주세요, 40루비아."

치사하다는 듯한 표정으로 돈을 꺼낸 그는 가죽 주머니째 피스에게 넘기며 그녀에게서 부적을 받아 들었다.

"이걸로 계산은 끝이다."

"아니죠. 주술을 성공적으로 끝내야 계산이 된 거죠."

"그런가? 뭐, 그러면 나야 좋지."

"피스의 명예가 걸린 일이잖아요. 다른 것도 아니고 직접 만든 부적으로 성공, 실패를 좌우하는 건데."

"그래서 이제 네가 가르쳐 준 대로 도형만 그리면 되는 거냐?"

"음… 도형을 그리기 전에 뭘 하려는 건데요? 누구의 시간을 뺏길 바래요?"

"구태여 이야기하자면 신이지."

"리도스님, 도형 그리시는 거랑 제가 주문을 외우는 거랑 어느 정도 비슷해야 하는데 맞출 수 있겠어요?"

"그리는 쪽보다 외우는 쪽이 맞춰주는 편이 훨씬 쉽지 않나?"

"뭐… 리도스님께서 자신이 없다면 제가 그냥 맞추도록 하죠. 그냥 도형이나 잘 그려주세요. 부적은 대상이 있어야만 하는 건데… 신은 지금 부를 수 있는 게 아니잖아요. 제물이나 희생물이 있는 것도 아니고……."

'희생물이라… 과연 그렇게 되는 거였었나?'

그녀의 말이 채 끝나기도 전에 리도스의 안색이 딱딱하게 굳어지자 피스는 의아한 얼굴로 고개를 갸웃거렸다.

"긴장하신 거예요? 그럴 필요까진 없는데… 정 안 되면 다른 방법을 찾더라도 일단 도형부터 그리고 보자구요."

"어? 아, 그래……."

'이미 모든 것이 예정대로 진행되고 있으니 역시 어쩔 수 없는 건가?'

리도스는 거대한 크로매틱 드래곤인 자신의 모습으로 폴리모프하고는 발톱으로 가방을 푹 찔렀다.

"앗! 실수했다. 제기랄, 이거 완전히 바보 됐네, 바보 됐어."

너무나도 날카로운 발톱으로 인정사정없이 푹 찔러 버렸으니 조금씩 흘러나와야 할 피가 폭포수 흐르듯 콸콸 쏟아지는 것이었다. 기겁을 한 피스는 안 그래도 큰 목소리에 쇳소리가 나도록 고래고래 소리를 질러댔다.

"이거, 뒷수습은 나중에 하고 우선 도형부터 그려요! 피 다 쏟아지기 전에!"

"다들 물러나 있어."

그는 알아들었다는 듯 대답하고는 천천히 원을 그리기 시작했다. 바람을 타고 비릿한 피 냄새가 일행들을 향해 물씬 풍기긴 했지만 아무도 불평을 터뜨릴 수가 없었다. 떼떼마저 본래의 모습으로 폴리모프해선 먼발치에서 '좀 더 오른쪽이요! 아니, 왼쪽!'을 외쳐 대고 있었건만 애버딘이나 리즈, 카디프는 꿔다 놓은 보릿자루 마냥 마치 폭포수처럼 빠르게 떨어지고 있는 피들을 바라보고 있을 수밖에 없었다(인간이 도울 수 있는 일이라고는 피를 맞지 않게 먼발치에 서 있는 일뿐이었으므로).

얼마 지나지 않아 다 그렸다는 듯 인간의 모습으로 폴리모프한 리도스는 바닥으로 내려와 육안으로는 결코—너무 넓어서—어떤 모양인지 구별하기도 힘든 도형을 바라보며 한숨을 내쉬었다. 딱 한 방울만 더 떨어뜨리면 도형의 모양은 완벽하게 갖추어지지만, 문제는 피의 양을 조절하지 못해 속도를 늦출 수가 없어서 그저 도형만 그려놓았다는 것이었다.

"이런이런, 어떡하지……"

그려진 도형을 살펴보며 리도스를 번갈아 보기를 반복하던 피스의 입에서 한숨이 터져 나왔다.

"하아~ 이걸 어떻게 수습한담……"

"왜? 도형을 먼저 그리면 안 되는 거야?"

카디프가 궁금하다는 표정으로 묻자 그녀는 고개를 끄덕이며 부연 설명을 붙였다.

"도형을 먼저 그려놓는 건 제사를 지낼 때나 쓰는 방법이라서 말이죠… 제물이 있다면 모를까 수습이 힘들죠. 그런 거라면 솔직히 더 쉽거든요. 별 모양에 제물을 올려두고 대상이 나타나면 그때 부적을 붙여두는 거니까요. 하지만 아쉽게도 우리에겐 전혀 해당 사항이 없는 얘기잖아요."

리도스는 한숨을 내쉬었다. 가장 두려워했던 시나리오 짜는 일이 남은 것이다. 카시우스는 자신을 팔아먹으라고 했지만, 서로가 뻔히 그의 이야기를 다 아는 입장인데다, 갑자기 여기까지 와서 죽이는 것과는 전혀 타당성이 없는 얘기여서 짜증마저 치솟았다.

"제사 지내는 건 주문이 필요없나 보지?"

"네, 뭐 특별히 주문 같은 건 필요없어요."

'이것으로 확실히 피스의 도움까지 받았고… 이제 어쩌면 좋다

는 말인가……!'

리도스는 여전히 하늘에서 그가 그려놓은 도형을 내려다보고 있는 떼떼에게 손짓을 하며 '내려오라'고 고함을 지르자, 떼떼는 피식 미소를 지으며 예의 그 귀여운 꼬마의 모습으로 폴리모프해서는 배시시 미소를 지었다.

"정말 삐뚤어지거나 모난 곳 없이 잘 그려졌어요!"

"그나마 다행이군. 하아~"

긴 한숨을 내쉬던 리도스는 두 눈을 질끈 감고는 모진 마음을 먹었다. 어차피 애버딘과 카디프는 300년 전의 세계로 되돌리고 싶은 것. 달과 태양이 공존하며 인간들과 신… 그리고 드래곤들과의 공존. 모든 것으로부터의 원점으로 되돌리는 것이 궁극의 목표였다.

피스야 애버딘이 하는 일이라면 희생의 도구가 되라 해도 순순히 받아들일 만큼 애버딘의 광신도였으니, 지금 죽는다 해도 원한은 없을 터. 리즈가 가장 마음에 걸렸지만 지금은 이것저것 따져가며 일일이 배려해 줄 수 있는 입장이 아니었다.

'그러고 보니 리즈에 대한 언급이 없었던 것 같은데… 그런 게 아니라면 단순히 내가 기억을 못하는 건가?'

리도스는 잠시 고개를 갸우뚱거리다가 자신을 부르는 소리에 고개를 들었다.

"이제 어떻게 할지 잠시 생각 좀 해봐야겠는데요. 그 정도의 여유는 있는 거죠, 리도스님?"

피스가 살짝 미간을 찡그리며 그 자리에 털썩 주저앉자 리도스는 리즈를 불러 세웠다.

"리즈, 잠깐 여기 앉아서 피스랑 방법 좀 같이 생각해 볼래?"

"응? 아… 그래. 뭐, 별로 도움될 것 같진 않지만……"

그녀는 힐끔 피스의 표정을 살펴보고는 어색한 미소를 지으며 옆에 조심스럽게 앉아서는 자연스럽게 눈을 감았다.

"저러고 있으니까 왠지 엄마랑 아줌마 잠이라도 자는 것 같지 않아요?"

떼떼가 방긋 미소를 지으며 리즈에게 폭 안겨 버리자 리즈는 깜짝 놀랐는지 화들짝 감았던 눈을 뜨고는 얄밉다는 듯 떼떼의 볼을 살짝 꼬집어댔다.

"아야~! 엄마아~"

떼떼는 삐쳤다는 듯 양쪽 볼에 잔뜩 바람을 집어넣어 부풀리고는 리즈의 품에서 벗어났다.

"떼떼, 잠깐 이리 좀 와볼래?"

리도스는 무표정한 얼굴로 떼떼를 안아주고는 귓속말을 속삭였다.

"떼떼, 미안하다. 그래도 너에겐 이게 최선의 길이야. 슬리핑."

리도스의 말이 떨어지기가 무섭게 떼떼는 스르륵 감겨오는 눈을 뜨지 못하고 그대로 잠이 들어버렸다. 리즈에게 떼떼를 조심스럽게 넘겨주고는 그 상태로 카디프와 애버딘이 눈치 채지 못하도록 피스와 리즈에게 홀드를 걸어버렸다. 돌같이 뻣뻣하게 굳어버린 그녀들을 바라보며 잠시 한숨을 내쉬던 리도스는 자신의 허리에 꽂혀 있는 시미터의 손잡이를 만지작거렸다. 차갑고 단단한 느낌……

"리도스, 어디 아픈 거야?"

"어?!"

"뭘 그렇게 놀라고 그래? 난 그냥 어디 아프냐고 물어본 것뿐인데… 진짜 열이라도 있는 거 아니야?"

애버딘은 걱정스러운 얼굴로 리도스의 이마 위에 손을 가져다 대었다.

"아… 괜, 괜찮아."

리도스는 화들짝 뒷걸음질을 치며 애버딘으로부터 한 발짝 물러섰지만 애버딘의 걱정스런 표정은 그에게서 좀처럼 지워지지 않았다.

"열이 좀 있는 것 같은데? 진짜 괜찮은 거야?"

"만일 몸이 불편한 거라면 잠시만이라도 쉬어. 무리하지 말구."

카디프마저 자신을 걱정하고 나서자 그는 더 이상 마음속으로부터 끓어오르는 무엇인가를 참을 수 없다는 듯 땅바닥에 무릎을 꿇고 털썩 주저앉아 버렸다.

"우아아아아악!"

"리도스, 왜 그래?"

"어디 많이 아픈 거냐?"

울분을 토하는 리도스의 눈은 어느새 새빨갛게 충혈되어 핏대마저 서 있었다.

'카시우스님은 자신을 팔아도 좋다고 했었지… 그래, 좋아! 어차피 이렇게 되어버린 거라면 사실대로 모두에게 까발려 주겠어.'

"카디프, 애버딘… 지금부터 내가 하는 말 잘 들어."

"무슨 말?"

"제길… 카시우스님의 일기장에 이 모든 상황이 적혀 있었다면 믿을 수 있겠어?"

"뭔데 그렇게 뜸을 들여?"

"…애버딘, 만약 유언이 있다면 지금 남겨둬라. 오늘이 네가 살아 있는 마지막 날이 될 거니까. 후후훗. 내가 너희들과 함께해 왔던 모든 일들이 처음부터 미리 예정되어 있었던 거란다……. 빌어먹을! 네가 그 빌어먹을 신들의 제물이었다는 소리야! 나조차 생각 못했던 일인데… 넌……."

카디프는 리도스의 충격적인 발언에도 마치 이미 알고 있었다는 듯 전혀 당황하는 기색조차 보이지 않았다. 그리고 당사자인 애버딘 역시 대충 예상은 하고 있었다는 듯 무덤덤한 표정을 지으며 리도스에게 되물었다.

"그래서 지금 도망이라도 가라는 소리냐?"

"…이것 봐, 신을 부르기 위한 제물로 드래곤들이 알량한 목숨을 보존해 보겠다고 인간들을 이용하겠다는 거란 말이다! 신에게 그랬던 것처럼 화라도 좀 내보란 말이다!"

"드래곤들도 희생하지 않았어? 만일 내가 희생되어서 처음의 그날로 돌아갈 수만 있다면 기꺼이 죽어주지."

애버딘의 말에 리도스는 피식 미소를 지었다.

"이제까지 고민한 내가 바보지. 피스와 리즈가 있는 곳엔 미리 결계를 만들어뒀어. 우리가 있는 장소 중 가장 안전한 장소지. 그러니까 그녀들에 대해선 걱정하지 않아도 돼. 애버딘… 마지막으로 남길 말이 있겠지?"

리도스는 시미터를 꺼내 들며 차마 떨어지지 않는 입을 열었다.

"리즈에게… 만일 운 좋게 환생을 하게 된다면 그때 이 빚을 갚겠다고 전해줘. 그리고… 내 몫까지 행복하게 살아달라고… 하핫! 너무 닭살 돋는 말인가?"

"…눈 감아라."

애버딘은 조금의 망설임도 없이 눈을 감았다. 언제나 그랬듯 입가에는 여유로운 미소를 지닌 채. 그에게 있어 아픔은 한순간이지만 자신을 위해 목숨까지 걸고 여기까지 와준 모두에게 이제야 겨우 보답을 할 수 있게 된 것에 그는 충분히 만족을 느끼고 있었다. 그렇지만 마음 한구석엔 죽음에 대한 두려움도 조금씩 스며들어왔다. 아주 짧은 순간에 이제까지의 많은 일들이 머리 속에서 영상처럼 흩어져 나갔다. 이윽고 바람을 가르며 무서운 기세로 시미터가 애버딘의 목을 향해 날아들었다.

챙!

날카로운 금속성의 칼날이 부딪치는 소리.

'난 지금 살아 있는 건가?'

그는 살짝 눈을 떴다. 제일 먼저 그의 눈에 들어오는 것은 가늘고 예리해 보이는 레이피어와 카디프의 팔이었다. 아슬아슬하게 목에 걸려 있는 레이피어가 그의 생명을 지켜주고 있었던 것이다.

"카디프……?"

"언젠가 물었었지? 리도스, 네가 아군인지 아닌지를. 그때의 아군이라는 말, 그 말의 유효 시한은 이미 지나 버렸다고 생각해도 괜찮겠나?"

"그렇다는 것은 넌 애버딘과는 생각이 다르다는 소리겠지?"

"…남겨진 자의 괴로움이라는 말 들어본 적 있겠지? 난 애버딘이 억울하게 죽었다는 소리를 듣고 줄곧 괴로웠었다. 그가 실수를 했다든지, 아니면 잘했다든지 그런 말이 아니라… 단순히 내 친구를 잃었다는 상실감이 컸던 거지. 내 앞에서 두 번 다시 친구를 잃어버리는 일은 없을 거다!"

"윽!"

카디프는 오른손에 힘을 주며 한쪽 발로 리도스의 배를 걸어차 버렸지만 엘프의 힘으로 건장한 거구의 체격을 밀어내기엔 역부족이었다. 리도스는 멍하니 자신의 검을 바라보며 긴 한숨을 내쉬었다.

"하아……."

"어디 그래서야 애버딘을 제대로 찌를 수나 있겠어? 만일 이 레이피어가 없었다면… 넌 애버딘을 베어버릴 수 있었을까?"

"…무슨 말을 하고 싶은 거야?"

리도스가 자세를 바로잡으며 정곡을 찔린 듯한 표정으로, 그렇지만 카디프의 말을 부인하기라도 하듯 한껏 언성을 높이자 카디프는 정색을 하며 그의 어깨를 잡았다.

"너… 괴로워 보여."

"그걸 말이라고 하냐……. 만일 넌 네 손으로 친구를 죽여야 한다면 기분이 어떨 것 같나?"

"누가 먹다 뱉은 슬라임 젤리를 씹는 맛이겠군."

리도스와 카디프의 대화가 이어지자 애버딘은 기가 막힌다는 표정으로—두 번이나 칼의 서늘함을 맛봐야만 하다니 생각만으로도 아찔해지는 것이다—그들을 나무랐다.

"이봐! 사람이 멋있게 죽기가 그리 쉬운 건 줄 아냐?! 제발 시답잖은 소리 말고, 죽을 사람은 죽게 되어 있는 거고 살 사람은 살게 되어 있겠지. 이 이상 혼란스러워져 내가 누군지조차도 모르게 되기 전에 곱게 죽게 놔두라구. 슬슬 한계였어. 괜찮은 척하는 것도… 어차피 사람이라는 건 언젠가는 죽게 되어 있지 않아?"

애버딘의 말에 카디프는 한심하다는 듯한 표정으로 같은 말을 되풀이했다.

"이야기했지. 두 번 다시 내 앞에서 친구를 잃어버리는 짓 따윈 하지 않겠다고. 어쩔 수 없군. 리도스의 고민도 덜어줄 겸 1:1 대련 어때? 실력이 딸리는 쪽이 먼저 가는 거지."

"카디프, 설마 거기까지 따라오겠다는 소리는 아니겠지?"

"쯧쯧, 어쩌겠어. 이 몸이라도 따라가 줘야 허전하지 않지. 이래서 친구는 잘 사귀었어야 했는데, 쩝! 리도스의 수고도 덜어줄 겸 아예 자리를 옮기자."

애버딘은 자신의 파타를 벗어 바닥에 내려놓고는 리도스에게 시미터를 빌려 휘둘러 보았다. 어깨가 휘청이는 덕분에 균형을 잡기 힘든 걸 보니 생각보다 무겁긴 무거운 모양이다. 거침없이 카디프가 먼저 리도스가 그려놓은 도형의 한복판으로 들어가자 애버딘이 그 뒤를 따랐다.

"내가 먼저 시작할게."

"마음대로 해. 엘프의 검 따윈 두렵지 않으니까."

'챙!' 하는 날카로운 금속성의 마찰음이 리도스의 귓전을 울렸다.

"어쭈구리! 시미터는 베기 전용인데 치사하게 위로 올려쳐?"

"그러는 너는 발 봐라! 발 봐! 올라온다, 올라와!"

말이 끝나기가 무섭게 서로 맞붙어 얽히고설키기를 반복하자 땀은 비 오듯 쏟아졌지만 지쳤다는 기색은 그 누구도 보이지 않았다. 서로에 대한 예의로 동작 하나하나에 최선을 다하고 있는 것이다. 한참을 힘 겨루기를 하듯 두 검이 서로 밀고 밀리는 접전이 벌어지자, 얍쌉한 애버딘은 뒤로 한 발 빠져 가로 베기를 시도하려는 듯 보였다. 카디프 역시 그의 미간을 노리고 검을 날렸다.

초조한 얼굴로 애버딘과 카디프를 번갈아 바라보고 있던 리도스는 두 검이 부딪치는 날카로운 소리를 기대했건만 어떻게 된 일인지 검은 땅으로 떨어져 파르르 잔상을 남기고 있었다.

일부로 베여주기라도 하겠다는 듯 엉성한 자세로 허점을 만들고 있던 그들은 검이 자신을 비껴가는 듯하자 스스로 몸을 내민 것임을 한눈에 알아볼 수 있는 포즈와 표정들……

"이건 반칙인데… 이쯤에서 원래 곱게 죽어줄려고 그랬는데 같이 놔버리면 어쩌겠다는 거야, 바보 엘프야……"

애버딘의 뽀사시한 이마에서 붉은 핏방울이 떨어졌다.

"그건 내가 할 소리였어…… 어차피 한 명만 죽으면 되는 건데… 몇백 년을 살아온 늙은 내가 가셔야겠냐, 새파란 네가 가야겠냐……"

카디프의 가슴에서 대지에 그려진 주술 도형보다 더 붉은 선혈이 뿜어져 나오자 애버딘은 힘겨운 미소를 지으며 자신에게 기대어 오는 카디프를 바로 눕히고는 그의 눈을 감겨주며 조용히 검지 손가락을 자신의 입으로 가져다 대었고, 그의 한쪽 손의 손가락을 미세하게 떨면서 바닥에 '힐링'이라는 글씨를 써넣었다.

'이런, 바보들! 일부러 놓아버리다니……'

리도스는 경악에 찬 표정을 지었지만 곧 애버딘의 의도를 파악하고는 고개를 끄덕일 수밖에 없었다. 카디프만이라도 살리라는 듯한 애버딘의 표정에 정신을 가다듬은 것이다.

애버딘은 마지막으로 안심했다는 듯한 표정으로 지금까지 보여줬던 미소 중 가장 아름다운 미소를 리도스를 향해 지어 보였다.

'털썩!' 하는 소리와 함께 그의 하얀 얼굴은 인형처럼 힘없이 바닥으로 떨어져 내렸고 리도스는 그의 당부대로 허겁지겁 카디프의 손목을 짚어 맥이 뛰고 있는지 확인해 보았지만, 그의 손에서는 아무것도 느껴지지 않았다.

"으아아아악! 이래서야 애버딘이 최후로 남긴 유언이 아무 쓸모도 없게 되어버렸잖아……!"

절규하는 리도스의 눈에서는 자신도 모르게 눈물이 떨어져 내렸다. 카디프의 피가 아무것도 그려져 있지 않은 한 뼘의 흙을 붉게 물들이며 도형을 완성시키자 도형에서는 붉은빛이 뿜어져 나왔다.

리도스가 그 빛을 바라보며 예전에 없던 살벌한 표정을 지어 보이고는 가장 밝게 빛나고 있는 빛 속으로 걸어 들어가자 그곳에서는 예전에는 볼 수 없던 낯익은 목소리가 들려왔다.

"결국은 여기까지 불러내는군 그래……."

어둡고 음울한 목소리에 행여나 하는 마음으로 고개를 돌려본 리도스는 피스가 만들어준 부적을 그에게 붙이고는 그를 도망갈 수 없게 단단히 붙잡아두고는 그녀가 가르쳐 준 주문을 읊어대기 시작했다.

"그대의 시간은 곧 내가 가지고 있는 시간. 우리는 같은 시간을 살아가는 자들… 나의 시간을 포기할 테니, 너희의 시간을 나에게 다오. 그대로 멈춰라!"

남자가 내뱉기에는—그것도 근엄함—차마 눈뜨고 못 봐줄 닭살 돋히는 주문을 눈 하나 깜빡이지 않고 거침없이 내뱉는 리도스를 한심하다는 듯한 눈으로 바라보던 베니핏은 널브러져 있는 시체들을 바라보며 눈살을 찌푸렸다.

"결국은 인간이라는 존재는 그보다 우수한 종족들의 도구로써의 가치밖에는 없었던 건가?"

베니핏의 빈정거림에 울컥한 리도스는 참지 못하고 주먹을 날려 버렸다.

'퍽!' 하는 소리와 함께 뒤로 나뒹굴어지는 베니핏의 눈에는 분노의 빛보다 놀람의 빛이 더 컸다.

"본체를 직접적으로 손상시킬 수 있다는 소리는 못 들어봤는데, 이게 어떻게 된 일이지?"

"몰랐겠지만 드래곤의 피에는 마법을 제어하는 힘이 들어 있지. 드래곤이 신에게 대항할 수 있는 건 그 때문이고, 또 그것 때문에 신들은 드래곤을 없애길 원하는 거지. 안 그래? 안됐지만 이 주술 덕분에 결국 너도 이 결계 안에선 인간들과 똑같은 존재가 되는 거야."

리도스는 완성체임에도 불구하고 옴짝달싹 못하고 있는 신들에게로 시선을 돌렸다.

"안됐지만 난 죽지 않아. 내가 생각하기에 신들인 너희 위에 더 큰 무언가가 존재하는 것 같거든… 바로 창조물들의 끈질긴 집념들이지. 그게 내 편이지 싶어. 너흰 그 집념을 가진 자들의 관리자에 지나지 않아. 모든 것을 만든다는 대단한 착각을 하고 있으니 오히려 가련하지. 불쌍한 녀석들……."

"그렇게 잘난 척해봐야 너도 네 손으로 일행을 처치해 놓고 무슨 말을 하고 싶은 거냐?"

베니핏이 예의 그 음울한 목소리로 그를 비난했지만 그는 눈 하나 깜빡거리지 않고 그대로 베니핏의 멱살을 움켜쥐었다.

"무슨 말이 하고 싶은 거냐고?! …그래, 결국 너나 나나 다 같은 족속들인지도 몰라. 넌 너대로 네 정의를 지키느라 투희야를 죽음으로 몰아세운 거고, 난 내 정의에 따라 내 일행들을 죽음으로 몰아세운 거니까. 하지만 난 너와는 달라!"

리도스의 단호한 목소리에 베니핏의 얼굴에는 일순 노기가 서렸다.

"하! 역겹군. 그래, 뭐가 다르다는 거지?"

"난! 너희들도 죽인다!"

리도스의 전신에서 살기가 맴돌았다.

딱딱한 돌처럼 굳어버린 리즈와 피스는 여전히 손가락 하나 까딱할 수 없는 상태로 리도스를 바라볼 수밖에 없었다. 리즈는 자신의 시선조차 돌리지 못하는 지금의 처지를 저주했다. 한눈에 들어오는 핏기없는 애버딘의 얼굴. 차라리 외면해 버릴 수 있으면 고개라도 돌릴 텐데…… 마음은 걱정으로 온통 새카맣게 타버렸지만 그 흔한 눈물 한 방울조차 흘릴 수가 없었다.

'애버딘과 카디프는 어떻게 된 걸까?'

자신과는 달리 살아 있다면 움직일 수 있을 텐데 미동조차 하지 않는 그들이 야속하기까지 한 리즈였다.

그녀의 생각 따위는 안중에도 없는 리도스는 베니핏을 잡아먹을 듯한 눈빛으로 쏘아보았다.

"보아하니 시체 처리 담당인가 본데, 그 녀석들은 너 따위가 함부로 손을 대도 괜찮은 녀석들이 아니야. 거기서 한 발자국이라도 가까이 갔다간 크로매틱 드래곤의 표준 체중이 얼마나 무거운가 직접 체험하게 해주겠어."

말을 마치기가 무섭게 크로매틱 드래곤으로 폴리모프해 버린 리도스는 위협적으로 한 발을 땅에 세차게 내디뎠다. 거의 지진을 방불케 한 리도스의 체중이 실린 효과적인 협박에 움찔한 베니핏은 짜증이 난다는 표정으로 말을 이었다.

"그럼 나를 인간처럼 제약해 두기 위해 네 동료들을 죽였단 말인가? 나는 왜 네가 네 일행을 구태여 제물로 썼는가 의아했었는데… 훗! 그래, 과연 위급한 일이 생기면 꼬리를 잘라 위기를 모면하는 도마뱀다운 행동이야."

"빈정거리는 그 입부터 다물게 해주마."

리도스는 베니핏을 질끈 밟아버리기 위해 다리를 들었다. 너무나도 허무하고, 그리고 이제까지 막강할 거라고 생각한 보람도 없이 허무하게 신들 중 트루와 어깨를 나란히 한다는 베니핏이 소멸되어 버렸다.

간단하고 어이없게도 반항 한번 못해보고 사라져 버린 베니핏에 대해 기막혀 하고 있을 때, 로잔을 선두로 트루와 루시아가 우르르 몰려 나왔다. 부적도 없으니 멈춰졌던 시간은 깨어져 버렸고—리도스에겐 신에 가까운 무한한 생명이 주어졌다는 걸 장본인은 몰랐지만—신들은 베니핏이 소멸되고서야 비로소 사태의 심각성을 깨닫고 우르르 몰려든 것이다. 그렇지 않아도 드래곤은 무한에 가까운 삶을 살아가고 있건만, 아예 죽음이란 자체가 없어져 버린다면, 게다가 리도스같이 거슬리는 존재가 자신들과 영원히 대적한다면 신들에게는 대단한 손해가 아닐 수 없었다.

"호~ 처음부터 이렇게 나왔으면 시간도 절약하고 좀 좋았겠어. 그 알량한 베니핏도 어쩌면 죽지 않았을 수도 있었을 테고 말이야. 하하핫."

노골적으로 자신들이 몰려온 것을 비웃는 태도에 빛의 영광이 어쩌고저쩌고의 주인공인 트루는 화가 머리끝까지 치솟았다.

"하, 그래? 일개 파충류 따위가 감히 신에게 개길 생각을 하다니. 뜻은 가상하다만 어디까지나 파충류는 파충류일 뿐이다!"

트루는 자신의 검을 빼 들고는 마치 창을 던지듯 리즈를 향해 집어던졌다. 물리적인 공격에 대한 결계는 쳐두지 않았기에 검은 리즈의 미간을 노리고 날카로운 바람을 가르는 소리를 내며 날아들었다.

"리즈! 피해!"

홀드가 해제되어 버린 리즈는 급한 대로 바닥에 납작 엎드렸고, 검은 아슬아슬하게도 그녀의 머리 위로 빗겨가며 벽에 꽂혀 버렸다. 손잡이의 떨림이 미세하게 전해지자 리즈는 놀란 가슴을 쓸어내릴 수밖에 없었다. 리즈가 무사하다는 것을 확인한 리도스는 인간으로 폴리모프해서 리즈의 곁으로 다가갔다.

"괜찮아?"

짝!

바람을 가르며 리즈의 손이 리도스의 뺨을 향해 날아들었다.

"사람을 이렇게 무력하게 만들어놓다니……."

"괜찮아?"

리도스가 변함없이 걱정스러운 얼굴로 리즈를 향해 묻자, 다시 한 번 '짝!' 하는 날카로운 소리와 함께 그의 반대쪽 뺨이 새빨갛게 부어올랐다.

"나쁜 놈……."

리즈의 눈에서 쉴 새 없이 눈물이 쏟아져 내리자 리도스는 긴한숨을 내쉬며 그녀를 안아주었다. 가슴에 푹 파묻힌 리즈는 한참을 흐느끼다 리도스의 품에서 벗어났다.

뚜벅— 뚜벅—

신들을 향해 걸어간 그녀는 그들 앞에 무릎을 꿇고 앉아 양손을 맞대며 마치 기도하는 듯한 자세로 또다시 눈물을 펑펑 쏟아냈다.

"살려주세요… 에비딘을… 가디프를 살려주세요."

"그들의 영혼이라면 이미 천계로 올라갔다. 왜 우리에게 매달리는 것인가? 새삼스럽게 절대적인 믿음이니 가련한 영혼이니 하며 떠들어댈 생각인가?"

그녀는 쉴 새 없이 흐르는 눈물을 차마 닦아내지도 못하고 그대로 얼굴 곡선을 따라 바닥으로 떨어뜨렸다.

"인간은… 언제나 자기 멋대로 신에게 매달리고 의존하다가 들어주지 않으면 우리에게 욕부터 해대지. 안 그래?"

루시아는 약을 올리듯 리즈의 태도를 비웃으며 그녀를 비난했다.

"그렇지만 결정적인 순간에는 또다시 신에게 매달리게 되죠. 제가 우둔해서 그런지는 몰라도 신을 찾게 될 땐 신 자체를 찾는 게 아니라 자신의 마음속의 신을 찾게 된다구요. 인간을 오해하지 마세요. 인간들은 그 자체를 두고 왈가왈부하는 것이 아니라 자신이 만들어놓은 이상을 두고 비난을 퍼붓는 거니까요. 그러니… 애버딘을 살려주세요! 언제나 그애만 희생당한다는 건… 운명에 휘둘린다는 건… 너무하잖아요. 필요하다면 제 목숨이라도 드릴 테니까 제발 살려주세요!"

그녀는 신을 정면으로 바라보며 애원했지만 신들은 고개를 흔들었다. 리즈는 눈물을 닦아내며 마치 잠을 자고 있는 것 같은 애버딘과 카디프의 모습에 피식 웃음이 터져 나왔다.

"남아 있는 사람은 자기들 때문에 울고 있는데, 후훗… 마치 뿌듯한 일을 했다는 듯한 그 표정은 뭐야……."

그녀는 애버딘을 똑바로 눕히고는 아직도 흐르고 있는 새빨간 피를 힐링으로 깨끗하게 치료해 냈다.

"장점이라고는 예쁜 거밖에 없는데… 이런 상처나 달고 다니면 어떡해……"

그리고 카디프 가슴의 상처 역시 깨끗하게 치료해 냈다.

"더… 자는 것 같잖아……"

힘든 기색도 없이 완벽하게 치료를 끝낸 리즈를 바라보는 신들의 눈에는 놀라움이 가득했다. 주문을 외우지도 않고 단지 떠올리는 것만으로도 마법을 쓸 수 있다니…….

일개 마법사가 캐스팅도 하지 않은 채 단지 떠올리는 것만으로 치료가 가능하다는 것은 마력을 많이 가지고 있다거나 태어날 때부터 타고난 마법의 종족인 드래곤이 아니라면 불가능한 일이었다. 요즘에는 드래곤 하트라는 마법 아이템을 사용하여 설치고 다니는 삼류 사이비 마법사들도 종종 있긴 했었지만, 드래곤 하트라는 것이 그렇게 쉽게 구해지는 아이템도 아니고 주변에 함께 다니는 종족들이 드래곤인데 어떻게 그의 심장을 달고 다닐 수가 있겠는가.

'그래도 혹시 모르잖아… 아이템이야 가공할 수도 있는 거고… 목걸이라든지 반지라든지……'

로잔은 중성 신답게 소녀들의 심리를 잘 알고 있는 만큼 혹시 장신구를 활용할 수도 있다는 사실을 떠올리며 그녀를 천천히 훑어보았다. 마침 고개를 떨구고 있던 리즈의 목에서 목걸이 하나가 유난히 빛나고 있다는 걸 발견한 로잔은 그녀의 곁으로 다가가 후닥닥 그녀의 목에서 목걸이를 낚아채 버렸다. 예상대로 마나의 응집된 기운이 서려 있는 목걸이는 작은 크기이긴 했지만 드래곤 하트를 전혀 가공하지 않은 순수한 것이었다.

'왜 지금까지 아무도 눈치 채지 못한 거지?'

그는 의아한 생각에 목걸이를 발로 밟아 부숴 버리고는 의미심장한 미소를 지었다.

"누구의 드래곤 하트인지는 모르겠지만 이런 것을 아직 앳된 아가씨가 갖고 있다니, 이거 놀라운 일인데요?"

다 부숴 버리고는 뭐가 놀라운 일이냐는 듯 리즈는 멍하니 바닥에 나뒹구는 부서진 목걸이를 바라보고 있을 수밖에 없었다. 어떤 결과를 가져오게 될지는 모르겠지만 훼이나의 심장이 이렇게 어이없이 밟혀 부서지고 만 것이다.

그리고 그 목걸이가 부서지기가 무섭게 이제까지 그답지 않게 가만히 있던 루시아는 갑자기 새로운 사실을 알아냈는지 놀랍다는 듯한 표정으로 돌연 리즈와 애버딘 일행을 번갈아 바라보았다.

"호ー! 숙녀 여러분들께서 신기한 재주들이 꽤 많으신가 보군요."

리도스 역시 충격받은 얼굴로 멍하니 피스와 리즈를 번갈아 바라보았다. 이제까지 리즈와 피스만이 공유하고 있던 기억이, 과거로 돌아갔던 그때의 기억이 그들의 머리 속에 들어와 버린 것이다.

리도스가 홀드에 걸린 채 꼼짝하지 못하는 피스에게 움직이라는 말을 내뱉자 그녀는 외마디 비명을 지르며 애버딘에게로 달려갔다.

"꺄아아아악! 애버딘님, 이게 어떻게 된 일이에요! 제발 일어나 보세요!"

울부짖으며 애버딘을 흔드는 것도 잠시 그녀는 리도스와 신들을 번갈아 노려보며 벌컥 화를 냈다.

"이렇게 될 줄 알았다면 처음부터 서두르지도 않았을 텐데… 왜 진작 말해 주지 않은 거예요! 리도스님은 알고 있었던 거잖아요! 왜 그러신 거예요!?"

따지듯 리도스에게 다그치는 피스였으나, 정작 그는 묻고 싶은 게 있는 듯 그녀의 말을 묵살해 버렸다.

"왜 내 앞에서 훼이나가 쓰러지는 거지? 이거… 어떻게 된 일이야?"

죽음이라는 것이 어떤 것인지 드래곤들은 알지 못한다.

무한의 가까운 삶을 살아가는 자들, 그들에게 있어서 예기치 않은 불상사의 일이 평생을 살아가는 데 있어 자신과 가까운 드래곤들의 죽음을 지켜보는 것은 단 한 번이나 두 번 정도 있을까 말까 한 일이었던 것이다. 리도스는 충격받은 듯한 표정으로 그녀에게 대답을 재촉했다.

"방금… 그거 뭐냐구!"

피스는 긴 한숨을 내쉬며 힘겹게 입을 열었다.

"제가 과거를 되돌려 리즈 언니와 함께 훼이나님을 살려낸 거예요. 길게 설명할 시간이 없으니 간단하게 말씀드릴게요. 그건 모두 사실이고, 과거에 존재했던 일입니다. 그런데… 그 드래곤 하트가 깨어지다니 저로서도 무슨 일이 있을지는 장담 못하겠어요."

그녀의 말에 리도스는 불안한 표정을 짓긴 했지만 정작 이곳에는 그의 불안함의 원인이자 장본인인 훼이나가 없었다.

'그래서 카시우스님께서 훼이나를 데리고 오지 말라고 한 건가? 훼이나는 무사하겠지……'

애써 발상을 전환하려는 그에게 신들의 비아냥거리는 소리가 날아들었다.

"이제 봤더니 위급할 땐 자기 꼬리만 자르고 도망가는 게 아니라, 옆에 있는 도마뱀의 꼬리까지 갖다 바치는 족속들이었군."

"그 더러운 입 닥쳐!"

리도스는 신들에게 버럭 고함을 지르며 파이어 볼을 날려댔다. '쾅!' 하는 폭발음과 함께 그 뒤로 신은 흔적도 남김없이 자취를 감춰 버렸다. 너무나도 어이없고 쉬운 전투였다. 카시우스의 말대로 너무나도 '간단하고 안전하게' 신들을 처리할 수 있는 방법이라 허망하기까지 한 표정의 피스와 리도스에게 리즈는 멍한 얼굴로 물었다.

"…어떻게 된 거야? 애버딘이랑… 카디프 살려달라고 아직 제대로 매달려 보지도 못했는데… 도대체 어떻게 된 거야……? 내가 무릎을 꿇고 소원을 빌어야 할 절대적인… 존재는……?"

"무슨 소리 하는 거예요, 리즈 언니? 아까 애버딘님 살려달라고 그들에게 애원했잖아요. 그래서 그들은 거절한 거고. 언니, 왜 그래요? 정신 차려요!"

피스는 이제까지의 질투심 같은 것은 모두 잊어버린 모양으로 걱정스럽다는 듯 그녀의 얼굴을 살폈다. 초점없는 공허한 눈이 과거 자신의 모습과 겹쳤다.

"절대자는……? 신이라고 불러야 할 존재는… 어디에 있는 거지?"

힘없는 그녀의 목소리에는 최소한의 감정조차 묻어 나오지 않았다. 단지 뭔가를 확인하려는 듯한 절박함만이 느껴질 뿐, 리도스는 시선을 회피하며 회의적인 얼굴로 리즈에게 대답했다.

"소멸됐어……."

리즈는 마치 끈이 끊어져 버린 꼭두각시 인형처럼 풀썩 쓰러졌다. 피스는 황급히 그녀의 곁으로 다가가 그녀를 부축했다.

"언니! 정신 차려요!"

"아아… 소원의 동전… 그래, 그게 있었어. 그래, 그게……"

그녀는 딱딱하고 동그란 차가운 동전을 꺼내어 그것을 던지며 발악에 가까운 목소리로 외쳤다.

"살려내! 살려내란 말이얏!!"

피스가 뒤에서 그녀를 와락 끌어안았다.

"언니! 왜 그래요!? 정신 차려요!"

"그 소원을 들어줘야 할 신이 사라졌어. 소원이 이루어질 수 있겠어?!"

리도스가 급기야 화를 내며 그녀를 다그쳤지만 이게 웬일인가… 피스가 던전에서 나온 이후로 한 번도 꺼내 든 적 없는 트리아를 꺼내 드는 것이 아닌가.

"안됐지만 네겐 자격이 없다. 소원을 빌 수 있는 건 온전한 육체와 영혼을 지니고 있는 자여야만 하지. 도둑질한 몸 따위로 소원을 빌 생각을 하다니 가상하기도 하구나."

트리아의 말에 피스는 이해할 수 없다는 표정을 지어 보였다. 실상은 피스가 단지 소원의 동전에 대해 묻기 위해 검을 꺼내 들었건만 트리아는 평소의 수다스러운 분위기가 아닌 엄숙함이 넘치는 목소리로 피스를 혼란에 빠뜨렸다. 그녀의 목소리는 날카롭고 커다랗게 리도스의 귓전을 울렸다.

"몸을 훔치다니?! 이게 무슨 소리죠, 리즈 언니?!"

피스의 말에 그나마 초점이라도 남아 있던 리즈의 눈에 생기가 사라져 버렸다.

"리즈?"

리도스는 그녀의 곁으로 다가가 눈앞에서 바로 손을 흔들어 보였다.

"리즈 언니!?"

피스는 다급함이 넘치는 목소리로 그녀를 바닥에 눕혔다. 여자의 힘으로는 검과 사람을 함께 지탱하기가 힘겨웠던 것이다. 더군다나 의식이 제대로 박히지 않는 사람은 평소의 체중보다 무겁게 느껴지는 법. 리도스는 리즈의 손을 덥석 잡고는 맥을 짚어냈다.

"리즈?! 어떻게 된 거야!"

"왜 그러세요? 언니, 어디 안 좋아요?!"

"…맥박이 뛰고 있지 않아……."

"네?!"

두 눈을 크게 치켜뜨고는 리즈를 정신없이 흔들어대던 피스는 트리아를 붙잡고 당황해하기 시작했다.

"네가 쓸데없는 소리를 지껄여서 언니가 저렇게 된 거잖아! 어떻게 해야 하는지 말 좀 해봐! 지금 당장!"

"그녀를 애버딘 곁으로 가까이 데려가 봐. 싫어도 내가 한 말의 의미를 알게 될 테니까 말이야."

트리아의 말을 들은 그녀는 트리아의 빈정거림을 무시하고 그저 어떻게 해야 하는지만 알아내면 그뿐이라는 듯 리도스에게 외쳤다.

"리도스님! 언니를 얼른 애버딘님의 곁으로 옮겨주세요!"

그녀의 말이 끝나기가 무섭게 리도스는 리즈를 안아 들고는 애버딘의 곁에 눕혀주었다.

그리고…….

"꺄아아아! 이놈의 트리아가 미쳤군! 미쳤어!"

이제까지 말짱했던 피로 그려진 주술 도형에 불이 붙기 시작했던 것이다. 피스는 검을 바닥에 내팽개치고는 정신없이 불길 속으로 뛰어 들어갔지만, 이미 애버딘과 카디프의 몸을 노리는 듯 새빨간 불길의 기세가 더 더욱 거세게 타오르자 리즈의 모습 역시 자욱한 연기에 가려 아예 보이지도 않게 되었다.

보통 불길은 아니라는 것을 증명이라도 해 보이듯 리도스가 드래곤으로 폴리모프해 불을 끈 그 수초 간의 짧은 순간 동안 모든 것을 삼켜 버렸으며, 이미 한 줌의 재가 되어버린 카디프와 애버딘만 애꿎게도 거센 바람에 의해 공중에서 산산이 흩어지고 말았다(정확히 말하자면 리도스의 콧김 또는 입김이겠지만).

그래도 불행 중 다행이라면 그 와중에도 어쩐 일인지 리즈만은 단 한 군데의 상처도 없이 잠을 자는 듯한 평온한 얼굴로 누워 있다는 것이었다.

"…저건……."

리도스는 리즈의 몸 안에서 누군가가 유령처럼 서서히 일어나는 것을 발견하고는 바싹 타 들어가는 얼굴로 리즈에게 시선을 고정시켰다. 어깨까지 내려오는 은회색의 머리카락을 가진 여인이 자신을 향해 정면으로 바라볼 때까지.

"리즈가 세인트였단 말인가……? 하… 그랬었군……."

"리즈… 언니……?"

피스는 아직도 상황 판단이 되지 않는다는 듯 하얗다 못해 투명해 보이기까지 한 여인을 향해 조심스럽게 물었다.

"리즈 언니인가요?"

"애버딘님께선… 애버딘님께서는 지금 어디에 계신가요?"

차분함이 넘쳐흐르는 목소리에 피스는 쓸쓸한 목소리로 대답했다.

"당신은… 리즈 언니가 아니군요? 리즈 언니는 어디에 계시죠?

애버딘님이라면… 돌아가셨어요. 그런데 당신은… 누구시죠?"

피스의 말에 여인의 표정이 무섭게 변해 버렸다. 너무 오랫동안 잠들어 있었던 것이다. 자신이 인간이라고 착각할 만큼. 세인트는 눈물을 쉴 새 없이 쏟아냈다. 그리고는 바닥에 떨어진 파타의 곁으로 뚜벅뚜벅 걸어갔다.

"이봐요!"

피스가 날카롭게 소리치며 애버딘의 물건을 만지지 못하도록 그녀 앞을 막아섰지만 그녀는 형체없는 유령처럼 그대로 피스를 통과하며 파타 안으로 들어가 버렸다.

"혹시… 세인트?"

피스가 그제야 그게 누구인지를 알았다는 표정으로 고개를 갸웃거리자 이제까지 조용히 있던 리도스의 말이 무겁게 떨어졌다.

"이제야 나타나서 뭘 어쩌겠다는 건지 모르겠지만… 세인트가 맞아."

"그런!"

피스가 세인트를 줍기 위해 파타에 손을 대려는 순간 세인트에서 빛이 쏟아져 나왔고, 하늘에선 그 빛에 대답이라도 하는 것처럼 또 다른 빛을 뿜어내고는 그 빛 안으로 세인트를 빨아들이듯 공중으로 파타를 들어 올리더니 마침내 완전히 사라져 버렸다.

"앗! 저거… 이제 어떻게 하죠?"

"세인트가 올라갔다는 건 그 녀석에게 집착할 만한 신이 있다는 소리니까… 그대로 둬야지. 이게 정말 진정한 신과 대화할 수 있는 마지막 방법인지도 몰라."

"그게 무슨 오크 뒷다리 씹어 먹는 소리예요?!"

"생각해 봐. 아무리 본체 어쩌고저쩌고 해도 신이란 작자들이 이렇게 맥없이 소멸될 수가 있겠냐? 결국은 정말 대단한 녀석은 저 위에 남아 있다는 소리 아니겠어? 그러니 쉽고 간단하게 신을 불러낼 수 있는 방법은 애초부터 세인트를 위로 올려 보내는 것밖에 없다는 거지. 솔직히 얘기해서 세인트는 별로 믿음이 가지 않지만 이제까지 우리와 함께 지내고, 생각하고, 이야기 나누고… 인간의 입장에서 살아온 리즈라면 잘 이야기할 수 있지 않을까?"

리도스가 하늘을 올려다보며 무덤덤하게 말하자 피스는 걱정스럽다는 얼굴로 망설이듯 답했다.

"세인트는… 리즈 언니가 아니잖아요."

"기억과 감정은 고스란히 가지고 있겠지. 그러니까 애버딘이 죽었다고 해도 우리를 가만히 놔둔 거 아니겠어? 막말로 아무것도 기억나지 않는다면 어떻게 죽었는지, 누가 죽였는지 하나하나 다 물어봤겠지. 안 그래?"

"하아, 이제… 우리는 어떻게 해야 하는 거죠?"

리도스는 모든 게 끝났다는 투로 떼떼를 안아 들었다.

"돌아가야지, 프로소로. 피스, 넌 어떻게 할래?"

피스는 생각에 잠긴 듯 고개를 숙였다.

"저도 잠시 신세 좀 지겠습니다."

"그래, 사실은 나도 갑자기 내 곁에 아무도 남아 있지 않게 된다면 힘들 것 같아……."

워프 게이트가 생겨나자 피스는 만감이 교차하는 표정으로 주변을 둘러보며 눈시울을 붉혔다.

'애버딘님, 그럼 잠시 동안만… 헤어져 있겠습니다. 조금만 기다려 주세요.'

"피스, 언제까지 멍하니 있을 거냐?"

리도스의 재촉에 그녀는 워프 게이트 안으로 발을 들여놓았다. 따지고 보면 얼마 되지도 않는 시간에 프로소가 변할 리가 없건만, 그렇게 아름다워만 보이던 경치가 애초부터 보이지 않는 것마냥 하나도 눈에 들어오지 않았다.

"세인트… 지금 뭘 하고 있을까요?"

피스가 하늘을 올려다보며 멍하게 묻자, 리도스는 떼떼를 한번 내려다보고는 긴 한숨을 내쉬며 목소리를 나지막하게 깔았다.

"피스, 미안하지만 당분간 떼떼에게 애버딘이나 리즈들의 이야긴 비밀로 해줘."

"…제가 있는 동안은 이야기하지 않겠어요."

"그렇게 해주면 더 고맙고."

피스와 리도스는 묵묵히 하늘을 올려다보며 세인트를, 아니, 그녀의 마음속에 존재하고 있을 리즈를 떠올리며 깊은 고민에 빠져들었다.

"리즈 언니… 시체라고 해야 하나요? 아무튼… 그거 계속 거기에 둘 건가요?"

"그렇지 않아도 만일의 경우를 생각해서 일단 커틀러스 던전 알지? 거기… 호수 속에 봉인시켜 놓았어. 그곳이라면… 만일 애버딘이 다시 부활한다고 해도 그녀를 찾으러 갈 수 있을 테니까."

"그런 말 하지도 말아요. 애버딘님의 육신은 이미 불에 타고 뼛가루조차도 남지 않았는데 어떻게 되살아난다는 거예요?"

"혹시 모르지, 죽여도 죽을 것 같지 않은 녀석이니까."

답답하다는 듯 그 말 한마디만을 내뱉고는 리도스가 성안으로 들어가 버리자 피스는 긴 한숨을 내쉬며 뒤따라 들어갈 수밖에 없었다. 아무리 과거 속에서 받아 든 훼이나의 심장이라지만 그것이 신에게 짓밟혀 산산이 부서진 지금 그녀에게 무슨 일이 생길지 아무도 알 수 없기 때문에 따라오긴 했지만, 그녀에게는 아직도 리도스를 원망하는 마음이 굴뚝같았다.

'하아~ 리도스님만 잘못한 건 아니잖아. 나도 만만치 않게 리즈 언니랑 애버딘님께 못할 말을 해댄 거잖아. 홋! 내가 죽으면 둘이서 끝내라니까 사라져 버린 걸지도 모르지. 하지만… 리즈 언니가 세인트였다니……'

세인트, 천상으로 돌아가다

"집 나간 녀석이 이제야 겨우 돌아오면서 잘했다는 듯한 그 표정은 뭐냐?"

엄숙해 보이는 목소리가 전혀 엄숙하지 않은 말투로 세인트를 비난하자 세인트는 차분한 목소리로 입을 열었다.

"…언제까지 뒷짐 지고 앉아 존재하지 않는 자처럼 계실 생각이시죠?"

"하핫, 그래서 널 내려보낸 거 아니겠어? 인간으로서 살아본 느낌은 어때?"

"그런 말도 안 되는 말씀 마시고, 빨리 애버딘님과 카디프님이나 살려주세요."

마치 자식이 부모에게 뭔가를 사 달라고 떼를 쓰는 듯한 어조로 그녀가 모습을 드러내지 않은 누군가에게 짜증을 부려대자, 그는 단호한 목소리로 거절의 의사를 밝혔다.

"육체까지 없어진 마당에 그들을 되살리려면 또다시 과거에 개입해야만 한다는 거 잘 알고 있잖니. 너 때문에 인간들의 운명의 궤도를 몇 번이나 수정했는지 도대체 기억이나 하고 있는 거야? 아무리 네가 뭐라고 한다 한들 더 이상은 곤란해. 어차피 없어질 존재들인데 그들 때문에 이 이상 다른 종족들에게 피해를 줄 수는 없어. 너도 양심이라는 게 좀 있어봐라. 아무리 내가 만들어낸 거라지만 좀 너무한 거 같지 않냐? 인간이 뭐가 그렇게 대단하다고… 내가 만들어낸 생명체들은 모두가 똑같아. 슬라임과 인간이라는 존재를 생명으로 본다면 뭐가 그렇게 다를 것 같아? 네 생각은 어떨지 몰라도 내가 보기엔 차라리 인간 쪽이 실패작이다. 그런데 그들만 계속 특별 대우를 해주라는 거냐?"

"인간에 대해서 그렇게 말씀하지 마세요! 이 세상 어떤 종족을 살펴봐도 모두가 선량하고 당신의 뜻대로만 움직이는 종족이 어디에 있겠습니까?"

"선량함과 악랄함… 뭐, 그런 것 가지고 내가 이렇게 화를 낼 거라고 생각하나? 애초부터 인간에게 선량함과 악함은 내가 분배한 거야. 막말로 내가 언제 고블린이나 마족 같은 녀석들에게 화를 내는 거 본 적 있었냐?"

"그러면 왜 그러시는 거죠? 자기들끼리 알아서 잘 살아가도록 내버려 둘 수도 있는 일이잖아요. 어째서 저 같은 소원을 이루어지는 검이니 동전이니 하는 것들을 만들어내서 인간들이 쓸 수 있도록 하는 겁니까?"

"원래 미운 놈 빵 하나 더 준다고, 인간은 욕심이 많은 종족이다. 그들을 위해 뭔가 작은 거라도 주면 그걸 차지하기 위해 상상도 하기 힘든 엄청난 짓들을 벌이고는 한단다. 너도 인간으로 있을 때 많이 느껴봤을 텐데… 끝없는 도미노 게임같이 스스로들을 파멸로 이끌어 결국은 자멸하고 마는 모습들을……."

"너무하시는군요! 그럼 당신의 대리로 만들어놓은 그 가짜 신들은요? 그들은 오만하게도 당신이란 존재를 잊어버리고, 마치 그 자신들이 정말 진정한 신이라도 되는 것 마냥 굴었는데 어째서 그대로 두신 거죠?"

세인트의 불만에 가득 찬 목소리에 안심했다는 듯 안도의 한숨을 내쉰 목소리는 마치 당연하지 않느냐는 투로 그녀의 말에 답했다.

"모든 종족들에게 진짜 내 대신이라고 생각하게 만들어놓은 건데 스스로들이 자신을 대리라고 생각했다가는 곤란하지. 영리한 것들은 금방 눈치를 채버리거든. 뭐, 드래곤 같은 경우는 이번 일로 벌써 다 알아버렸을 테지만… 상관없어. 입이 싼 종족들도 아니고 보통은 눈치를 채고 있는 그 녀석만 알고 있을 가능성이 크니까. 게다가 정도가 심해진 것 같아서 물갈이를 싹 하려고 뭐… 깨끗하게 처리해 버리지 않았니?"

"…무책임하시군요."

"지난번처럼 폭주해서 네가 지닌 힘을 함부로 사용하면 어떻게 해야 하나 걱정했었는데 날 비난하는 것으로 끝낸다니 그나마 다행이군."

"아! 맞아! 그런 방법이 있었지! 리즈로서 적응을 너무 잘했나 보군. 이런 기본적인 일도 잊고 있었다니……."

세인트는 왠지 리즈의 분위기가 물씬 풍겨오는 말투로 손뼉까지 치며 알려줘서 고맙다는 듯한 야릇한 미소를 지어 보였다.

"이, 이봐, 무슨 소리를 하고 있는 거야?!"

"무슨 소리라뇨? 그냥 애초부터 없었던 일로 하겠다는 거죠. 그러면 리절트나 다크에 살고 있는 다른 종족들도 샤아플린처럼 제대로 된 낮과 밤을 즐길 수 있을 테니 잘된 거죠. 안 그래요? 음… 님프의 강이니 뭐니 하는 것들은 없어지겠지만 설마 그 정도의 희생도 안 치르고 처음으로 돌아갈 수 있다고 생각하진 않을 테니까 상관없죠. 뭐, 애버딘님께서 돌아가신 마당에 굳이 제가 인간들의 편에 있었다는 흔적 같은 거 당신의 입장에서 볼 때는 없애는 것이 제일 좋잖아요? 그러니까 지금 당장 원점으로 되돌려 놓도록 하죠. 이제 됐죠? 어렵게 한 결심이니까 말리지나 말아주세요."

"이, 이봐!"

"후후후, 어떤 방법으로 돌려놓는다? 봉인해 둔 지점을 모두 찾아서 없애 버리는 게 좋을까? 아니면 새로운 결계를 만들어봐?"

"무슨 바보 같은 소리를 하고 있는 거야?! 인간들 때문에 고생이란 고생은 있는 대로 다 하고, 이제야 겨우 적응해 가고 있는 것들을 한순간에 죽여 버리고 싶으냐? 그게 아니라면 갑자기 변해 버린 환경에 적응하지 못하는 자들은 어떻게 처리하려고 그러는 거야?!"

화난 듯한 목소리에 세인트는 예의 그녀 특유의 차분한 어조로 날카롭게 목소리의 주인에게 비난을 퍼부었다.

"저와 당신… 뭐가 다른 거죠? 당신께서 인간에게 대하는 태도… 지금의 저와 뭐가 다른 건가요? 신이라… 네, 당신은 절대자입니다. 그러니 어디 한번 말씀해 보시죠. 절대자인 당신께서 인간을 보는 시각과 피조물인 인간들이 자신들이 기르는 애완 동물을 바라보는 눈은 뭐가 다른 것입니까?"

세인트의 말에 목소리의 주인은 한동안 침묵을 지키는 듯했으나 이내 한숨을 쉬며 수긍하는 듯한 말을 던졌다.

"그래… 내 생각이 어쩌면 잘못되었는지도 모르지. 내가 그래서 특별히 널 아끼는 건지도 몰라. 너무 당연하게 생각해서 놓치고 있던 작은 부분들을 넌 너무 잘 잡아내거든. 하아~ 그래, 인간들에게 아무래도 다시 한 번 기회를 주도록 하마. 그런데… 너, 감히 날 협박하다니, 아무래도 너에게 줬던 권능을 없애는 게 나을 것 같구나. 변덕이 심한 네 성격… 솔직히 믿을 게 못 되지."

말이 끝나자마자 세인트의 몸이라고 할 수 있는 파타가 산산조각 나버렸고, 세인트는 너무 깜짝 놀란 나머지 두 눈을 크게 뜨고 비명을 질러 버렸다.

"꺄아아아아!! 어떡해!? 어떡해!"

"어떻게 하긴 뭘 어떻게 해? 내가 너에게 저런 나의 권능이 담긴 검이 아닌 일반적인 종족의 육체를 만들어주면 되는 거지."

"네? 육체라뇨?"

의아한 눈빛으로 목소리가 들려오는 쪽으로 고개를 돌린 세인트는 다시 한 번 ██ 달라는 듯한 표정을 지어 보였다.

"흠… 그건 나중에 설명하고, 뭐 하나 물어보자. 너, 리즈라는 아이의 몸에는 도대체 어떻게 들어간 거냐? 내 기억에 그 아이는 다섯 살을 넘기지 못하고 천계로 불려왔는데……."

"영혼은 당신께 불려왔지만, 자기가 죽으면 슬퍼할 사람 때문에 상심하더라구요. 몸이 좋지 않으니까 그 어린 나이에 자주 그런 생각을 하는 게 안돼서 제가 계속 곁에 있어줬는데, 그 아이의 눈에는 제가 죽음의 천사쯤으로 보였었나 봐요. 불쌍하게도, 죽어가면서도 나더러 자기의 인생을 대신 살아달라고 했어요. 요술 공주가 되는 것이 자신의 최대 소망이라며……."

목소리는 한동안 침묵을 지키다 결국 참지 못하고 폭소를 터뜨렸다.

"요… 술… 공주? 하… 하하하핫!"

"이봐요! 남의 진지한 꿈을 비웃지 말아주세요. 그게 제가 들은 꼬마의 마지막 말… 그러니까 내가 울면서 진지하게 들었던 리즈의 유언이었단 말이에요. 덕분에 그 꼬마… 리즈도 죽어가면서도 고통에 두려운 마음보단 요술 공주가 된 자신을 상상하며 웃으면서 즐겁게 갈 수 있었던 진지한 꿈이라구요. 그 정도로 가치있는 거니까 제가 마지막까지 지켜왔던 거예요! 그 아이를 비웃으면 그 아이의 부탁대로 살아온 저도 같이 비웃는 게 된다는 거 아세요?"

"핫! 이야기가 또 그렇게 되는 건가? 음… 아무튼 그래서 내 눈을 피해 그 리즈라는 아이로서 살아온 거란 말이지? 뭐, 그 아이로 살아온 건 불과 십여 년 동안이긴 하지만 아무튼 이제까지 수백 년 동안을 천계로 돌아오지 않고 말썽을 부리고 디닌 걸 생각하면……."

목소리가 이를 가는 듯한 '뿌드득' 소리를 내자 세인트는 볼멘소리로 툴툴거렸다.

"뭐, 그래도 다 알고 계신 걸 보니 역시 당신의 눈은 못 피한 거잖아요. 알량한 신의 대리는 피했지만……."

"난 신이라 불리는 걸 좋아하지 않는다는 걸 벌써 잊어버린 모양이구나."

"아! 희망이라는 이름으로 불리고 싶다고 하셨던가요?"

"후후훗, 잊지는 않았군. 그래, 신이니 절대자니 하는 것들은 왠지 인간이나 드워프, 엘프 등 존재하는 모든 종족들을 끊임없이 보살펴 주고 소원을 들어줘야만 하는 존재가 되어야 하는 거지만, 진심으로 찾는 이들보단 가식적으로 찾는 이들이 훨씬 많지. 그렇지만 희망이라는 건 뭔가를 스스로 이루려고 노력하는 자들의 전유물이잖니. 나는… 스스로 힘을 내고 열심히 무모한 도전을 계속해서 되풀이하는 바보를 사랑한단다. 그러니 네가 지금까지 살아남은 게 아니겠냐?"

"그 무슨 실례의 말씀을……."

샐쭉한 표정으로 자신에게 툴툴거리는 세인트에게 목소리는 단호한 명령을 내렸다.

"아무튼 넌 앞서 말했듯 용서받기 힘든 일을 벌여놓고 수습도 하지 않은 채 몇백 년 동안이나 천계로 올라오지 않고 나를 피해 다녔어. 어디 그것뿐이냐? 나중엔 인간의 육체에 깃들어 생활하는 등 이미 신성한 검으로서의 임무를 망각했었지."

"아앗! 그거야 그렇지만 그땐 제게 나름대로의 사정이라는 게……."

"시끄럽다! 변명은 그만두거라. 아무튼 네가 벌인 일의 책임은 네게 있으니… 난 너에게 벌을 내리지 않을 수가 없어. 따라서 내가 너에게 내려준 세인트라는 이름을 없애 버리겠다."

"네?! 검에게 있어 이름을 빼앗는다는 건 존재 자체를 부정한다는 뜻 아닙니까?!"

"너… 칼날은 있냐? 아니면 칼집은 있어? 그것도 아니면 손잡이는?"

세인트는 다시 한 번 산산이 조각 나버린 파타를 내려다보며 무심코 중얼거렸다.

"칼날은커녕 손잡이도 없는데요……."

"하! 그런데 네가 검이라고?"

세인트는 그제야 빙긋 미소를 지어 보였다.

"그럼 저는 평범한 영혼이 되는 건가요?"

"야! 야! 내가 언제 너한테 상 준다고 했냐?"

근엄한 목소리는 오히려 장난스럽기까지 한 말투로 세인트의 기대를 무참하게 저버렸다.

"그럼, 전 이제 어떻게 되는 건가요?"

풀이 죽은 듯한 세인트의 목소리에 가볍게 미소를 터뜨린 목소리는 간단명료하게 그녀의 질문에 대한 대답을 끝냈다.

"세인트로서의 모든 기억은 지금 이 순간 그대로 소멸되어 버릴 거다(오직 리즈로서의 기억만을 가지고 그 요술 공주인가 뭔가나 계속하던가, 아니면 다른 무언가를 해야겠지. 뭐, 어차피 그런 걸 선택하는 건 네 자유니까 네가 알아서 하겠지). 그리고 리즈로서의 삶이 완전히 끝날 때까지 그녀의 육체 안에 봉인되는 거야. 말 그대로 봉인이라는 건 몇백 년, 혹은 몇천 년 동안 계속될 수도 있고, 운이 좋으면 몇십 년으로 그칠 수도 있지. 각오하고 있거라. 네 육체는 커틀러스 던전의 호수 속에 잘 보관되어 있으니 일도 간단하겠군."

신의 말이 끝나기가 무섭게 세인트의 모습을 한 여인은 눈앞에서 사라지고 리즈의 모습을 하고 있는 여인이 어리둥절한 얼굴로 그 자리를 대신해 앉아 있었다.

"여기가 어디지?"

"흠… 그런 건 뭐 알 거 없고, 리즈! 너에게 묻겠다."

"누, 누구세요?"

아무것도 없는 하얀 방에 근엄한 목소리만 들려오자 잔뜩 긴장한 리즈는 날카로운 표정으로 목소리가 들려오는 쪽을 노려보았다.

"묻는 말에 솔직하게 대답하거라. 애버딘과 카디프… 모두와 같은 시간을 걷고 싶으냐? 주어진 운명대로 살아가고 싶으냐?"

리즈는 다짜고짜 난해한 질문을 던지는 목소리의 주인에게—비록 보이지는 않지만 소리가 들려오는 쪽으로 고개를 돌린 뒤—살짝 인상을 찌푸리며 반문했다.

"제가 솔직하게 말한다면 들어주시는 겁니까? 만약 그런 게 아니라면 사람 머리만 아프게 괜히 묻지 말아주세요."

"…혹시 당신… 신이 신가요?"

"나에 대해선 알 거 없다고 말했지?"

"하아~ 어려운 질문이긴 하지만 전… 모두와 같은 시간을 걷고 싶습니다. 그게 설령 현실 도피가 될지라도… 아무리 많은 시간을 기다려야 한다고 해도, 애버딘이랑 리도스, 카디프들과 함께 같은 곳을 바라보고 싶어요."

"흠… 그래? 그렇다면 지금부터 넌 오랜 시간 동안 잠들어 있게 될 것이다. 미래에 관한 일상이라면 나중에 불편하지 않도록 꿈의 파편으로 넣어주도록 하지. 너에게 편안한 길이 되도록 행운을 빌어주마."

목소리의 주인공은 자신의 말이 끝나자 리즈가 온데간데없이 사라져 버리는 것을 바라보며 머쓱하다는 말투로 리즈가 있던 자리를 향해 작은 목소리로 중얼거렸다.

"아, 정말이지… 한동안 눈코 뜰 새 없이 바쁘겠는걸. 원점으로의 회귀라……"

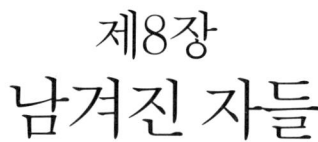

제8장
남겨진 자들

피스 떠나다

"전하! 위트님으로부터 이미지 스크롤이 전송되었기에 집무실 테이블에 올려두었습니다. 급한 일이시라고, 꼭 전하가 돌아오시면 곧바로 봐달라고 하시더군요."

그러지 않아도 피곤하고 우울한 기분이 들어 짜증이 치밀어 오르려는 판인데, 아마도 스크롤에 위트와 훼이나를 재우고 달아난(?) 자신에게 듣지 못했던 답을 들으려는 재촉을 하려나 보다 싶은 생각에 살짝 미간을 찌푸리며 고개를 한 번 끄덕여 보이고는 피스와 떼떼와 함께 자신의 집무실로 향했다. 그의 말대로 테이블 위에 이미지가 담긴 스크롤이 말려 있는 것이 한눈에 들어오자 괜스레 훼이나에게 미안한 마음이 드는 리도스였다.

"그러고 보니 제일 먼저 가기로 해놓고 약속을 깨버렸군. 왠지 훼이나에게 미안한데… 뭐, 미안하지만 속죄하는 셈치고 잔소리부터 제일 먼저 들어줄게."

리도스는 보나마나 성격상 옆에서 끼어들었을 그녀를 상상하며 희미한 미소를 지었다.

"그럼 열어볼까?"

스크롤을 테이블 위에 네모 반듯하게 펼쳐 들자 뭔가 시끌벅적한 분위기의 예상을 뒤엎고 위트의 절박한 목소리가 터져 나왔다.

"훼이나님!"

스크롤 속의 이미지는 어느덧 고통으로 얼룩진 훼이나의 초점 없는 눈동자와 함께 신음 소리로 전환되어졌다.

"아앗… 심장이… 심장이… 쿨럭!"

피를 한 움큼 토해낸 훼이나가 침대에 털썩 쓰러져 버리자 위트는 허겁지겁 치유 마법을 걸었지만 아무리 치유 마법을 반복해 걸어도 소용이 없는 듯 그녀의 얼굴은 점점 더 고통으로 얼룩져 갔다.

"리… 도스… 미… 안……."

다급해진 위트는 훼이나의 몸을 흔들어대며 절박한 얼굴로 외쳐 댔다.

"리도스님! 어서 와주세요! 훼이나님… 훼이나님께서……."

이미지 스크롤이 자신의 안에 담긴 모든 이미지를 다 보여줬다는 듯 허공 속으로 사라져 버리자 리도스는 미친 듯 워프 게이트를 만들어냈으나 정작 뛰어들려고 했을 때는 그렇게 하지 못했다.

머리로는 빨리 가봐야 한다는 생각이 들었지만 가슴에선 예전의 두려운 감정이 물밀듯 쏟아지고 있는 것이다.

"리도스님, 안 가실 거예요?!"

피스의 날카로운 목소리에 정신을 차리긴 했지만 여전히 그의 얼굴에는 두려움이 가득했다.

"하아~ 안 되겠군요. 일단 제가 먼저 상황을 보고 올 테니까 거기 꼼짝 말고 계세요."

피스 역시 훼이나의 죽음이 리도스에게 있어서 어떤 크기의 아픔으로 다가오고 있을지 잘 알고 있었다. 자신 또한 광적으로 좋아하는 애버딘을 잃고 사고 회로가 중지해 버린 듯했지만… 그녀에게는 자신에게 남겨진 뒷정리라는 임무가 있었다는 걸 깨닫고는 악으로 버텨내고 있는 중이기에, 누구보다 미운 리도스지만 그의 마음만큼은 절실하다 못해 뼈저리게 느낄 수 있었던 것이다.

"훼이나님……?"

피스는 조용히 침대 위에 누워 있는 훼이나와 기도하듯 그녀의 곁에서 고개를 푹 숙이고 있는 위트를 발견하고는 조심스럽게 훼이나를 불러댔다.

"리도스님께선?!"

자리에서 벌떡 일어난 위트는 피스의 멱살을 움켜쥐고는 고함을 지르듯 물었다.

"콜록! 콜록! 이거, 콜록! 놓으세요! 콜록!"

"리도스님께선?!"

어서 말하지 않으면 한 대 갈겨 버릴 기세로 피스를 다그치던 위트는 연신 콜록거려 대는 기침으로 말을 잇지 못하고 원망스런 눈길로 자신을 올려다보는 그녀의 시선을 느꼈는지 슬그머니 멱살을 움켜쥐던 손을 풀었다.

"콜록! 콜록! 리도스님께선 프로소 집무실에 계세요."

"뭐?!"

위트의 눈에선 순간 불똥이 튀었다. 리도스와 훼이나가 사귄다는 말에 가슴이 미어지긴 했지만 그녀의 오랜 소망이 이루어진 듯해서 그 사실 하나만으로 어느 정도의 위안을 삼았건만…….

"…혹시 어디 크게 다치신 거냐?"

정말 크게 다쳤으면 어쩌나 하는 표정과 만일 다치지 않았는데도 안 온 거면 가만히 두지 않겠다는 듯한 만감이 교차하는 듯한 얼굴로 피스의 표정을 살폈지만 그녀의 표정에선 아무런 생각도 읽어낼 수 없었다.

"훼이나님 많이 좋아하세요?"

난데없는 그녀의 질문이 당황스러웠는지 위트는 버럭 고함을 질렀다.

"엉뚱한 수작 부리지 말고 묻는 말에 대답이나 해!"

"훼이나님을 리도스님만큼 좋아하세요?"

"무슨 소리야! 리도스님을 보고도 그런 멍청한 소리가 나와? 그분이 훼이나님을 나만큼 좋아한다면 나 같은 녀석이 이렇게 앉아 있을 수나 있겠어? 벌써 리도스님에게 괴롭힘을 너무 많이 당해 자신의 성에서 쿡 처박혀 꼬리도 안 보이지."

"정말 그럴까요?"

"당연하지. 그 왕싸가지로 잘도 좋아하는 여자 옆에 파리가 꼬여드는 꼴을 지켜볼 수 있을 거라 생각하는 거냐? 그렇다면 네가 아둔한 거야."

"위트님 말고도 훼이나님께 다른 드래곤들이 접근해 온 적 없었어요? 위트님께서 그토록 좋아하고 존경하는 리도스님을 연적으로 만들 만큼 매력적인 훼이나님이세요. 그전에도 훼이나님께 접근해 오는 드래곤을 본 적 있었나요?"

또다시 예상외의 질문을 던지는 피스 덕분에 그는 혼란스러워졌다.

"뭐야, 지금 무슨 소리를 하고 있는 거야, 너! 리도스님께서 훼이나님을 지키고 있었다는 소리라도 하고 싶은 거냐?!"

피스의 질문에 위트의 눈엔 노기가 서렸다.

"한마디만 더 해! 난 지금 어떻게 해야 할지도 모르겠고, 가슴이 아파서 죽을 것만 같은 기분이야! 그런데 지금 날 긁어대는 거냐?!"

"딱 삼천만 배예요."

"뭐가?"

"리도스님께선 당신보다 삼천만 배는 더 아파요."

"너 따위가 감히 뭐라고 그딴 소리를 지껄이는 거냐?!"

위트가 또다시 피스의 멱살을 붙잡고는 기분 나쁘다는 듯한 눈빛을 해 보이자 피스는 날카로운 눈빛으로 위트의 복부를 발로 차버렸다. 드래곤 중에서도 강하기로 소문난 리도스의 살기도 겪은 마당에 위트의 위협 따윈 두려운 생각조차 들지 않는 피스였으니 어찌 보면 당연한 결과일 수도……

"우윽!"

"콜록! 콜록! 잘 들어요. 난 당신에게 멱살 잡힐 이유가 없어요. 그리고 지금 리도스님께선 여기에 올 수 있는 상태가 아니에요!"

"왜 못 온다는 거야?!"

"여기가 멎었거든요. 훼이나님께서 잘못되었을까 봐 두려워서……"

피스는 자신의 심장을 가리키며 긴 한숨을 내쉬었다.

"…겁쟁이! 내가 리도스님을 잘못 봤군."

"아무것도 모르면서 또 그딴 소리해 봐욧! 그땐 당신의 그 알량한 혓바닥을 뽑아다가 바늘꽂이로 써버릴 테니까!"

그녀의 욕설에 멍해 있는 위트를 뒤로한 채 피스는 훼이나의 곁으로 다가가 맥박을 짚어보았지만 움직임이 전혀 느껴지지 않았다. 언제나 단정해 보이던 훼이나의 옷에는 그녀의 것으로 추정되는 검붉은 피로 얼룩져 있었고, 입가 역시 엉망이긴 마찬가지였다. 눈마저 감지 못한 그녀의 고통이 얼마나 극심했을지 단적으로 보여주는 예였던 것이다. 피스는 아랫입술을 질끈 깨물고는 멍하니 자신을 바라보고 있는 위트를 향해 고개를 돌렸다.

"이 사실을 알고 계시는 분이 또 있나요?"

"없어."

"잘하셨어요! 절대로 알리지 말아주세요. 그리고 리도스님께선 반드시 오실 거니까 그때도 지금처럼 그분의 속을 뒤집어엎는 소리는 절대로 하지 않으시는 편이 신상에 이로우실 거예요. 아참! 괜찮으시다면 지금 당장 따뜻한 물과 수건 좀 준비해 주세요."

"그건 왜?"

"훼이나님을 엉망인 채로 내버려 두셨다간 리도스님께서 가만히 계시지 않을 테니까요."

위트가 자신의 말에 마법으로 부탁한 것들을 만들어내고는 계속 물끄러미 자신을 바라보며 서 있자 슬그머니 신경질이 나기 시작한 피스는 냅다 소리를 질러댔다.

"훼이나님의 알몸이라도 보고 싶으세요?! 그렇지 않다면 빨리 나가세요! 일을 못하겠잖아요! 정말이지, 이렇게 눈치가 없다니……."

위트는 피스의 질책에 민망하다는 듯 머리를 긁적거리다가 뭔가 생각났다는 듯 소심하게 물었다.

"저기… 달리 내가 해야 할 일은 없어?"

"정말 답답하신 분이군요! 할 일이 없어서 그러시는 거라면 아무도 이 방에 들어오지 못하도록 밖에서 보초라도 서시란 말이에요! 그런 것까지 일일이 제가 가르쳐 드려야 하나요?!"

"아, 아니… 그래, 알았어. 알았으니까 훼이나님을 잘 부탁해."

"제가 잡아먹기라도 할까 봐 그런 말씀하시는 거예요? 쓸데없는 걱정일랑 단단히 붙들어 매시고 빨리 나가기나 하세요!"

거의 내쫓다시피 위트를 방 밖으로 몰아낸 그녀는 긴 한숨을 내쉬며 수건을 물에 적시고는 물기를 꼭 짜내어 피로 얼룩진 훼이나의 얼굴부터 닦아내기 시작했다.

"음… 역시나 그렇지 않아도 무서운 눈동자로 계속 날 노려보고 있다고 생각하니 별로 좋은 기분은 들지 않는군요. 피차 서로 사이좋은 관계는 아니었잖아요? 그러니 눈 좀 감으세요."

피스는 훼이나의 눈을 감기며 그녀의 옷을 벗겨냈다.

"헉!"

심장이 있는 쪽이 마치 누군가에게 심하게 짓밟힌 듯 엉망이 된 것을 본 피스는 갑자기 비명이 터져 나오려는 깃을 꾹꾹 눌러 참았다.

"하아, 훼이나님도 정말 안됐어요……."

그녀는 상처를 제외한 다른 곳의 피부터 깨끗하게 닦아내고는 옷장에서 심플한 옷을 꺼내 갈아입혔다. 생전과 진배없는 깔끔한 모습에 피스는 그제야 만족했다는 얼굴로 위트가 서 있을 문밖으로 나갔다.

"다 됐어요. 리도스님 오실 때까지 아무도 들어와선 안 되고, 훼이나님께서 저렇게 되셨다는 것도 절대 비밀이에요. 지켜주실 수 있죠?"

애교를 부리듯 살짝 눈웃음을 치며 입가에 검지손가락을 가져다 댄 피스의 목소리는 섹시함이 흘러넘쳤다.

"뭐… 좋아, 그런데 리도스님께선… 오시는 거 확실해?"

섹시한 피스의 표정에 반쯤 승낙을 해버린 위트는 재확인하듯 리도스가 올 것인지를 되물었다.

"네, 확실히 오실 거예요. 시간이 좀 걸릴지는 모르겠지만……."

"됐어! 시간이야 상관없으니까 제발 오시기만 하라고 그래. 어떻게든 드래곤들이 알지 못하게 내가 지키고 있을 테니까… 가능한 빨리 모시고 와줘."

위트는 피스가 리도스의 성으로 갈 수 있게 워프 게이트를 열어주었다.

"생각 같아선 리도스님의 집무실까지 바로 연결된 게이트를 열어주고 싶지만, 리도스님의 집무실은… 언제나 리도스님께서 직접 방어 마법을 걸어놓아서… 나로선 역부족이니까 일단 그 문 앞으로 가는 걸 만들어놨어. 다시 한 번 말하지만 가능한 서둘러줘."

"네, 감사합니다, 위트님. 그럼 나중에 뵙겠습니다."

피스는 그가 열어놓은 워프 게이트 안으로 뛰어들었다.

여전히 리도스는 방 밖으로 한 발자국도 나오지 않았는지 굳게 닫힌 문은 좀처럼 열릴 줄을 몰랐다.

쾅! 쾅!

"리도스님, 정말로 훼이나님 안 보실 건가요? 리도스님! 리도스님!"

피스는 문을 두드리며 애타게 리도스를 불러댔지만 단단하게 잠긴 문만큼이나 리도스의 마음은 굳게 닫혀 있었다.

"지금 그렇게 문 잠그고 계신다고 일이 해결된다고 생각해요?

위트님께서 리도스님 오실 때까지 아무에게도 알리지 않겠다고 하셨어요."

피스의 말에 리도스는 아무런 대꾸도 하지 않았지만 왠지 피스는 그의 심정을 이해할 수 있을 것만 같았다. 두 번 다시 떠올리고 싶지 않은 일을 또다시 겪어야만 하는 것이다. 지켜줄 새도 없이 알지도 못하는 사이에, 어느새인가 잃게 되는 가장 잔인한 방법으로 연인을 잃어버린 것이다.

"저 먼저 가볼 테니까 그럼 나중에 오세요. 분명히 말씀드리지만 리도스님께서 후회하고 싶은 게 아니라면 빨리 오셔야 한다는 걸 아셔야 해요. 위트님께서 말씀은 그렇게 하시지만 언제까지고 다른 드래곤들에게 비밀로 할 수는 없을 테니까요."

리도스는 묵묵히 테이블에 기대어 앉아 눈을 감았다. 안하무인의 대표라 불리는 리도스가 뭔가를 두려워한다든지 현실 도피를 행하는 경우는 이제까지 단 한 번도 없던 일이었다.

'가봐야 해. 직접 내 눈으로 확인해야만 믿을 수 있겠어. 그녀가… 훼이나가 그렇게 쉽고 허무하게 죽어버릴 리가 없단 말이다!'

자리에서 벌떡 일어나려는 그를 또 다른 생각이 붙잡았다. 만일 그녀에게 문제가 생겼다면 그는 차분히 모든 상황을 받아들일 수 있을 것 같지가 않았던 것이다.

'두렵다고 생각하는 건가? 이… 내가……?'

그는 얼굴을 테이블에 기댄 채 양팔로 깊이 파묻으며 긴 한숨을 내쉬었다. 이대로 가지 않는다면 그는 언제나처럼 밝고 명랑한… 것이 지나칠 정도로 건강한 훼이나를 떠올리며 그녀가 어딘가에서 살아 있다며 스스로에게 최면이라도 걸어볼 수 있지만, 일단 그녀에게 가게 되면… 고통으로 일그러진 그녀의 표정과 자신을 보고도 반겨줄 수 없는 싸늘한 시체가 되어버린 그녀만을 기억하게 될 것이다.

"카시우스님께서는… 이미 알고 계셨던 것일까?"

그는 아렌에서 돌아온 다음부터 내내 그 생각이 떠나지 않았다. 물론 카시우스를 원망하고 싶은 마음은 없었다. 떼떼와 자신 때문에 얼마나 마음 아팠을지 너무나도 눈에 선했기에 결코 원망하려고 해도 원망할 수가 없는 것이다.

"카시우스님… 어떻게 하면 좋겠습니까?"

그는 긴 한숨을 내쉬며 눈을 감아버렸다. 떼떼에게 미움받을 일도 아직은 터지지 않은 상처였지만 말 그대로 상처는 상처다. 그것도 한참 곪아서 언제 터질지 모르는 상처. 떼떼는 이제까지 줄곧 리도스의 표정을 살피다가 조심스레 입을 열었다.

"리도스 아저씨, 정말 가볼 생각… 없으신 거예요?"

"아… 너, 거기에 있었니?"

"처음부터 줄곧 여기에 있었어요. 잠에서 깨어난 후부터 줄곧 말이죠."

떼떼는 자신을 억지로 재워 버린 데 그에게 불만스런 표정을 짓긴 했지만, 결국 그럴 분위기가 아니라는 것을 깨닫고는 리도스를 재촉했다.

"훼이나 아줌마… 기다리실 거예요."

"떼떼야, 미안하지만 아저씨 혼자 있고 싶거든. 괜찮겠지?"

"네, 알겠어요. 그렇지만 아저씨, 꼭 훼이나 아줌마에게 가보셔야 해요. 아시겠죠?"

"…떼떼야, 아저씨가 알아서 할 테니까 넌 그만 나가볼래?"

"가볼게요."

"편히 쉬어라."

떼떼는 걱정스러운 표정으로 문밖으로 걸어나갔다.

"떼떼야! 지금 아저씨 뭐 하고 계셨어?"

"어?! 아줌마, 거기 계셨던 거예요?"

"아무래도 리도스님이 많이 걸려서 말이야……."

피스는 리도스의 방 입구에서 서성거리다가 생각났다는 듯 떼떼에게 물었다.

"너라도 나랑 같이 다녀올래? 오늘 늦으면 훼이나님을 살려낼 수도 없으니… 나 다시 한 번 다녀와야 하거든."

"살려내다니? 아줌마가 훼이나 아줌마를요?!"

"쉿! 조용히……."

"앗! 네. 아무튼 살려낼 수 있다면 빨리 가야지 왜 이러고 있어요?"

"난… 워프 쓸 줄 모르잖니."

그녀의 말에 떼떼는 복도 한켠에 새겨져 있는 여러 개의 고대 문자를 가리키며 혀를 찼다.

"저거 안 보여요? 저거?"

"저 중 어떤 건 줄 알고?"

"아아, 그런 문제가 있었군요. 그럼 따라오세요. 저도 함께 가줄 테니."

약간은 건방진 듯한 떼떼의 대답에 그녀는 살짝 인상을 찡그렸지만, 고생은 고생대로 하고 일은 일대로 못한다면 그게 더 힘들 것 같아 묵묵히 참아버렸다.

"여기예요."

떼떼는 워프 게이트 안으로 들어가며 손으로 게이트를 가리키고는 살짝 인상을 찡그려야만 했다. 좀 먼 곳에 떨어져 있어 방 안까지 바로 가는 것이 아니라 걸어가야만 했던 것이다. 마침내 훼이나의 방에 노크도 없이 들어서는 떼떼… 뭔가 문 뒤에 있는 듯한 느낌에 고개를 홱 돌려보았다.

"위트 형, 뭐 하는 거예요?"

"아아… 떼떼 왔냐?"

위트는 반쯤 경계하는 표정으로 클럽을 들고 있다가 갑작스럽게 나타난 자가 떼떼와 피스라는 것을 깨닫고는 한숨을 내쉬며 식은땀을 닦았다. 그의 뒤로 몇 명의 다리가 언뜻언뜻 보이는 것이 워프를 통해 들어오는 자들을 클럽으로 내려쳐 기절시킨 모양이었다.

일단 나중에 그들이 길길이 날뛰는 것이야 그때 가서 어떤 식으로라도 해결이 되겠지만—사과를 하든, 몇 대 맞든, 혹은 앙숙이 되든 어떤 식으로라도 해결은 되는 거니까—훼이나 곁으로 가서 그녀가 죽었다는 걸 깨달아 버리면 그걸로 만사 끝장이라던 피스의 말에 그는 필사적으로 그녀를 지켜내고 있었던 것이다.

똑똑—

"훼이나님, 블랙 드래곤들의 건의 사항이 담긴 서류들을 가져 왔습니다. 들어가도 되겠습니까?"

"아, 아니. 피곤해서 그러니까 나중에 내가 찾거든 그때 줘."

"하지만 이건 훼이나님께서 오늘 중으로 끝내실 거라고 하셨던 서류들인데요?"

"시끄러워! 내가 나중에 찾는다고 했잖아!"

"아, 네, 알겠습니다."

문 뒤편에서 '후닥닥' 하는 발소리가 들려왔다. 아마도 그는 훼이나가 자신에게 온갖 행패를 부리기 전에 줄행랑을 친 것이리라.

"우와— 형에게 그런 재주가 있으리라고는 상상도 못했는걸요."

목소리뿐만 아니라 말투까지 똑같이 흉내 낸 위트는 민망하다는 듯한 얼굴로 떼떼를 바라보았다.

"비밀인 거 알지? 절대 비밀이야."

"이봐요, 그런 게 중요한 게 아니잖아요. 세상에! 하나, 둘, 셋, 넷, 다섯, 여섯 명? 이분들 다 어떻게 들어온 거예요?"

"하아~ 이 방으로 직행해 올 수 있는 자들은 리도스님 빼고— 리도스님이야 언제든지 OK니까 굳이 훼이나님에게 허락을 받지 않아도 되는 거고—다들 훼이나님에게 허락을 받으신 분들이야. 그러니까 쓰러지시기 전에 이미 허락을 받고 이제야 꾸역꾸역 모여든 거지."

"흐음… 그래서 그 클럽으로 뒤통수를 치셨다?"

"힐링 걸어뒀으니까 괜찮아. 그것보다 리노스님께선?"

"오시겠죠… 저 말이에요……."

"……?"

"저… 훼이나님을 살릴 수 있는 방법도 알고, 그건 저밖에 못하는 건데……."

"뭐?! 그게 정말이야?"

"…네. 제가 훼이나님을 살려드린다면 위트님은 제게 뭘 주시겠어요?"

"뭐든지."

위트는 비장한 목소리로 대답했지만, 정작 별 상관도 없는 떼떼가 짜증 섞인 눈길로 자신을 노려보자 피스는 한숨을 내쉬며 떼떼에게 살짝 귓속말을 속삭였다.

"걱정 마. 너처럼 위트님에게 뭘 얻겠다는 게 아니니까."

"아줌마, 이럴려고 절 데려오신 거예요?"

"아니, 넌 나중에 내가 리도스님 모시고 오라면 가서 모시고 와야 해. 그리고 이 방으로 바로 안 오시고 떨어진 곳에서 워프하게 시켜서 미리 나부터 만날 수 있게 해줘."

"명령은 마음에 안 들지만… 뭐, 그러도록 하죠."

둘이서 소곤소곤거리는 게 마음에 안 들었는지 위트는 헛기침을 하고는 시선을 자기 쪽으로 모았다.

"흠! 흠! 하던 말은 끝내고 얘기하라구. 훼이나님 살려줄 수 있는 거지? 확실하게 그럴 수 있는 거지?"

"물론. 주술사는 일에 한해서는 거짓말을 하지 않아요. 분명히 제가 원하는 건 모두 들어줄 수 있다고 하셨죠?"

"그래, 몇 번을 확인하는 거야? 드래곤 역시 자신의 입 밖으로 내뱉은 말은 반복하지 않아."

"그게 설령 훼이나님을 포기하는 거라도… 번복하시지 않겠죠?"

위트는 한순간 움찔한 듯 자신을 향해 당돌하게도 정면으로 두 눈을 똑바로 뜨고 바라보는 피스를 향해 기분 나쁘다는 듯한 표정을 지어 보였다.

"흠… 네가 나에 대해 뭘 안다고 그런 소리를 하는 거지? 나에 대해 뭘 알아? 당사자들도 가만히 있는데… 네가 뭐라고 포기하라 마라야!"

"분명히 말해 두지만 위트님께서 비집고 들어갈 틈이 저들에겐 없어요. 더 이상 그 마음을 물고 늘어졌다간 위트님께서 그렇게 좋아하시는 훼이나님께 폐만 될 거예요. 두 분 다 위트님께서 끔찍하게 좋아하는 분들이잖아요. 그러니까 더 이상 질질 끌지 말고 차라리 두 눈 질끈 감고 포기해 버리란 겁니다."

피스는 예전의 리도스가 지금의 자신과 같은 심정에서 애버딘을 포기하란 말을 했다는 걸 깨닫고는 마음이 무거워졌다. 늪이란 점점 깊이 빠져들면 결국은 빠진 쪽만이 형체도 없이 가라앉아 버리고 다시는 헤어날 수 없게 된다. 짝사랑이란, 특히 오래된 짝사랑일수록 깊은 늪에 가깝다는 것을 그녀는 뼈저리게 실감하고 있는 중이었다.

"훼이나님은 위트님께서 포기하셔야만 살아날 수 있어요. 생각할 시간을 드리고 싶지만, 그럴 만한 여유가 없어서……. 죄송해요. 지금 당장 말씀을 해주세요. 포기하시겠습니까? 아니면 훼이나님께서 돌아가시게 놔두실 겁니까?"

피스의 목소리는 크지도 작지도 않았지만 위트의 마음속에선 날카로운 비수가 되어 심장을 긁어대고 있었다.

"…포기하겠어. 그러니 지금 당장 살려내!"

위트의 말에 피스는 싱긋 미소를 지어 보였다.

"당신은 적어도 나보단 낫군요."

"그게 무슨 소리야?"

"훗, 아무것도……."

씁쓸한 미소를 지으며 말을 얼버무리던 피스는 속으로 긴 한숨을 내쉬었다.

'하아, 정말… 나보다 나은 사람이에요. 나를 원망하기야 하겠지만… 좋아하는 사람들은 원망하지 않으니까요. 난 리즈 언니가 진심으로 미웠다구요. 일부러 애버딘님과 리즈 언니 못 사귀게 하려고 내가 죽을 생각까지 한 적도 있어요. 그러니까 당신의 그 심정 백번도 더 이해할 수 있어요. …운 나쁘게 리도스님도 제게 악감정을 가진 게 아니라는 걸 깨달아 버리긴 했지만…….'

그녀는 자신의 가죽 주머니에서 유리 병 속에 담긴 투명한 액체를 흔들었다.

"자리 좀 비켜줘요."

"아줌마, 저도요?"

"그래, 넌… 조금 있다가 내가 문밖으로 나가면 리도스님께 가서 누군가 훼이나님의 시체를 들고 사라져 버렸다고 말해. 바로 리도스님께서 오실 수 있도록."

"알았어요."

위트와 함께 나가는 떼떼를 바라보며 그녀는 인상을 찌푸렸다.

"그런데 저 녀석은 말끝마다 아줌마라네!?"

그녀의 손에 잡혀 있는 액체가 파란색으로 서서히 변해가기 시작하자 피스는 훼이나에게 다가가 그녀의 상처 부위에 들이붓기 시작했다.

"결국은 할머니가 주신 약을 이런 식으로 써버리게 되는군……."

그녀는 쓸쓸한 미소를 지으며 옛일을 회상했다.

"쿨! 오크 부대 건 어떻게 됐어?"

"피스라고 부르라고 했잖아요."

"말대꾸하지 말고. 어떻게 됐어?"

"뭐… 오크쯤이야 가뿐하죠. 이러니저러니 해도 피스는 일 처리가 깔끔하니까요. 스무 마리였던가?"

대여섯 살 정도로 보이는 꼬마 아이는 무표정한 얼굴로 자신의 뒤에 놓여진 오크 머리를 가리키며 확인해 보라는 듯 어깨를 으쓱거렸다. 척 봐도 수북하게 쌓인 오크 머리들은 어떻게 된 것인지 매우 훌륭한 솜씨로 아주 깨끗하게, 오로지 머리만 잘려져 있었기에 그것은 피스가 불러달라던 꼬마가 보통의 소녀가 아님을 암시해 주었다.

"하나, 둘, 셋… 열일곱, 열여덟, 열아홉 뭐야! 너, 숫자 셀 줄도 몰라? 전멸시키라고 명령했다는데 세 마리가 비잖아!"

인상을 찌푸리며 서른 남짓의 육중한 몸매의 우락부락한 청년은 자신의 허리춤에서 길다란 스틱을 꺼내 들고는 그녀의 머리를 툭툭 치기 시작했다.

"전하께서는 너같이 오갈 데 없는 괴물 같은 녀석들을 주워다가 공짜로 먹여주고, 재워주고, 편안하게 길러 거둬주시는데, 배은망덕한 녀석! 어디서 어쩌다 놓친 건지 모르지만 세 마리 채울 때까지 성에 들어올 생각은 꿈도 꾸지 마!"

"피스는 괴물이 아니에요! 오갈 데가 없어서 이곳에 있는 것도 아니구요!"

꼬마는 자신의 머리를 기분 나쁘게 툭툭 치고 있는 스틱을 두 손으로 막으며 자신의 세 배는 거뜬히 넘어갈 만한 키의 청년을 노려보았다.

"어쭈! 네가 그렇게 노려보면 어쩔 건데? 괴물 같은 녀석, 네 이름 같은 건 쿨이면 족해. 피스라니, 쳇! 꿈도 크시지."

"분명히 말해 두지만, 피스는 괴물이 아니에요! 피스는 주술사라구요! 그리고 반드시 다크에서 제일 강한 주술사가 될 거란 말이에요! 아저씨 같은 사람에게 괴물이라는 소릴 들을 이유 같은 거 하나도 없어요!"

그녀의 눈동자가 기분 나쁠 정도로 차가운 눈빛을 내뿜자 움찔한 청년은 스틱을 바닥에 내팽개치며 꼬마의 옆구리를 발로 걷어찼다.

"헉!"

너무 고통스러워 비명 소리조차 내지르지 못하는 그녀에게 그는 노골적으로 재수없다는 표정을 지어 보이며 빈정거려 댔다.

"시끄러워! 건방지게 어디서 감히 눈을 부라려 대는 거야? 주술사? 흥! 그게 뭘 어쨌다는 거지? 괴물 같은 녀석들을 주술사라고 부르든 괴물이라고 부르든 그건 내 마음이다 이거야! 너희처럼 서로를 죽이며 그 목숨을 유지하는 인간 같지 않은 것들을 좋게 말한다고 뭐가 틀려져? 내 말 틀렸으면 어디 말해 보시지 그래?! 재수없는 것들. 퉤!"

그가 자신에게 차여 몸을 가누지 못하고 쓰러져 있는 꼬마에게 침을 뱉고는 다시 한 번 발길질을 가하자 꼬마는 비명 소리 한번 제대로 질러보지 못한 채 그대로 기절해 버렸으나, 청년은 그래도 분이 풀리지 않는다는 듯 성밖으로 꼬마를 내다 버렸다.

그의 얼굴에선 일말의 죄책감도 느껴지지 않았다. 오히려 더러운 것을 만졌다는 듯 손을 탁탁 털며 인상을 찌푸리며 다시 성안으로 들어가 버리는 것이다.

햇볕 한 줌 들지 않는 다크. 그 속에 정신을 잃은 채 쓰러진 대여섯 살 난 꼬마라면 그렇지 않아도 굶주린 몬스터들의 훌륭한 한 끼 식사거리였으며, 꼬마의 위치를 알려줄 만한 달콤한 피의 향기가 친절하게도 끊임없이 흐르고 있었는데도 그는 피스라는 꼬마를 버리면서 그녀가 죽을 거란 생각은 꿈에서조차 하지 못했다(그러니 대수롭지 않게 생각하며 계속 성문이나 지키고 있었던 것이고, 나이 어린 주술사 후보생들이 잡아온 몬스터에 대해 시답잖은 딴지나 걸어대고 있었으리라).

사실 오크를 처리하는 것은 스물이든, 열아홉이든 숫자가 중요한 문제가 아니었다. 만일 문제가 있다면 오크와의 전투를 치를 땐 생존자를 남겨서는 안 된다는 것이었다. 한 마리라도 살아서 부족들에게 돌아가게 된다면 그는 분명 자신의 동료가 인간들로부터 살해당했다는 사실을 말할 것이고, 그 사실을 전해 들은 오크들은 그 즉시 오크와 대대적인 전투에 들어가야만 할 정도로 많은 무리를 이끌고 성을 공격해 올 것이다.

그렇기에 주술사들은 오크를 만났을 땐 인원 파악부터 먼저 할 수 있게 교육을 받아왔다. 때때로 피스같이 어린 예비 주술사들이 이런 기본적인 실수를 저지르면 문지기들은 한 번도 너그러이 봐넘기는 일이 없었다. 다시는 그런 일이 없도록 피눈물을 흘릴 정도로 후회하게 만들어주는 것… 바로 그것이 문지기의 부수적인 임무이며 스트레스를 푸는 법이었다.

"크르르릉……."

한 무더기의 늑대들이 이를 드러내며 경계하듯 그녀를 향해 낮게 울부짖었다.

"으… 음."

피스는 힘겹게 감았던 눈을 뜨며 자신의 주변을 돌아보려 애를 썼지만 몸 전체에서 엄습해 오는 통증은 피스를 고개조차 가눌 수 없게 만들었다.

"크르르릉……."

두 번째의 울부짖음에 간신히 눈동자를 굴리는 것만으로 주변

상황을 파악하기 위해 애를 썼지만 사방이 칠흑 같은 어둠인 다크에선 그 흔한 별빛 하나 찾아볼 수 없는 곳으로, 시각이란 가장 쓸모없으며 믿을 수 없는 감각 중 하나였다. 오로지 믿을 수 있는 것은 동물적인 예민한 온몸의 감각이었다.

"크르르릉……"

늑대는 더 이상 기다려 주지 않겠다는 듯 피스에게로 덥석 커다란 몸을 날렸다.

"…오지 마. 좋은 말로 할 때 돌아가."

꼬마답지 않은 살기등등한 목소리로 위협을 주긴 했지만 자신의 영역에 대한 독점욕이 강한 늑대들이 그녀를 가만히 놔둘 리가 없었다. 게다가 피스라면 그들에겐 진수성찬일 수밖에. 눈앞에 굴러 들어온 먹이를 그냥 돌려보낼 정도로 늑대라는 녀석들은 바보스럽지 않았다.

"크르르릉!"

늑대 한 마리가 피스의 위치를 정확히 파악해 냈는지 그녀의 허벅지를 사정없이 물어뜯었다.

"아아악!"

경악에 찬 비명 소리와 함께 그녀는 또다시 의식을 잃어버렸지만 늑대는 그런 그녀를 인정사정없이 흔들어댔다. 입가의 흥건한 피를 혀로 핥아내던 늑대는 눈에 갑작스럽게 두려움의 빛을 보이며 한 발짝 뒤로 물러섰다.

"좋아, 사람 보는 눈이 있는 것 같으니까 내가 봐줬다. 다섯을 세는 동안 사라진다면 용서해 주마."

카랑카랑한 목소리의 노파가 언제부터 지켜보고 있었는지 의미심장한 목소리로 명령하듯 말했다. 어느새 다가왔는지 늑대의 목을 향해 겨누고 있던 스틸레트의 날카로운 검은 노파의 것이라고 는 믿어지지 않는 솜씨로 노련하게 움직였고, 노파는 그러는 중에 도 주변의 늑대들에게 서늘한 눈빛을 보내는 것도 잊지 않았다.

"하나, 둘, 셋, 넷, 다섯!"

늑대가 할 수 없다는 듯한 표정으로 뒤로 물러서자 노파는 짜 증스러운 얼굴로 정확히 늑대의 미간 한가운데를 스틸레트로 꿰 뚫어 버렸다.

"멍청하군. 분명히 다섯 셀 때까지라고 했건만. 쯧쯧, 쿨럭! 쿨 럭!"

그녀는 자신의 검을 거둬들이고는 정신없이 기침을 해대며 자 연스럽게 피스의 곁으로 다가갔다.

"아직 꼬마인가?"

손으로 피스의 얼굴을 더듬던 노파는 의외라는 듯한 얼굴로 자 신의 로브 안에서 약병을 꺼내 들고는 피스에게 먹였다.

"다들 내가 이애를 데리고 돌아갈 때 달려든다면 저 늑대 꼴 날 줄 알아라."

듣기 싫은 쇳소리까지 섞인 높은 목소리에 늑대들은 기가 죽은 듯 그대로 어슬렁어슬렁 사라져 버렸다.

"오랜만에 운동 좀 할 팔자라더니, 이 나이에 이게 웬 난리 람……"

노파는 언제 자신이 검을 휘둘렀냐는 듯 구부정한 허리를 굽히 고는 피스를 조심스럽게 안아 들었다. '우두둑' 하는 소리와 함께 허리에 전해져 오는 통증도 아랑곳없이 노파는 의기양양한 미소 를 지어 보였다.

"이 꼬마를 안아 들 수 있다는 건 아직은 나도 쓸 만하다는 소리인가."

'우드득 우드득' 거리는 소리를 마치 들리지 않는다는 듯 기분 좋은 얼굴로 성과 정반대로 떨어진 곳으로 향해 발걸음을 돌렸다.

"그것 참… 집에 반찬거리가 다 떨어진 줄도 모르고 하루 종일 돌아다녔네. 쯧쯧."

노파는 식탁 위의 과일 바구니를 바라보며 아쉬운 표정을 지어 보였다.

"과일도 다 떨어져 가고, 요즘은 샤아플린 다녀오기도 예전처럼 쉬운 일이 아닌데……."

뭔가가 달그락거리는 소리에 잠이 깬 피스는 낯선 분위기에 잔뜩 긴장한 표정으로 침대에서 벌떡 일어났다.

"여기가 어디지?"

다크에선 거의 찾아보기 힘든 자연 친화적인—그래 봐야 시력 쪽으로는 많이 퇴화가 되어 주변의 물체들만 식별할 수 있는 정도였으니, 주변의 향기나 소리로 대충 파악을 할 수 있었달까—분위기의 집 안인 듯싶었다.

"이럴 땐 샤아플린에서 그냥 눌러앉아 살 걸 괜히 다크로 내려왔다 싶다니까."

바구니에서 몇 개 남지 않은 사과를 꺼내 껍질째 베어 문 그녀는 아삭아삭 소리를 내며 씹고는 피스가 있는 침대 쪽으로 다가왔다.

"여기가 어디예요?"

"오옷! 깼냐? 이거 먹고 나서 알려주마. 너도 먹어봐. 맛있어."

노파가 건네는 사과를 생전 처음 본 그녀로서는 쉽게 손이 가지 않았지만 배가 고파 주저하며 입에 가져다 댔다. '아삭' 하는 소리와 함께 새콤달콤한 과즙이 입 안 가득히 퍼져 왔다.

"맛있지?"

노파는 나이에 어울리지 않게 귀여워 보이는 표정을 지으려 애쓰며 피스에게 동의를 구했다.

"아, 네. 맛있어요!"

이제까지의 긴장, 초조, 불안… 그 모든 감정들이 사과 앞에서 한순간에 와르르 무너져 버린 피스였다.

"음… 많이 있다면 더 주겠는데 불행히도 과일은 그게 전부라서 말이야. 배고프냐?"

"조금은……."

"흠… 먹을 게 다 떨어져서 말이야. 조금만 기다려라, 곧 구해다 줄 테니까."

"…저도 도울까요?"

"아니, 그럴 필요 없어. 이래 봬도 건강 빼면 시체란다."

노파는 자리에서 일어나며 과시하듯 허리를 곧게 폈다. '우드득!' 하는 소리와 함께 피스의 눈이 동그랗게 커졌다.

"할… 머니, 괜찮으세요?"

"뭐가?"

"그러니까 그 '우드득' 하는 소리……."

노파는 피식 미소를 지으며 피스 가까이에 귀를 가져다 댔다.

"뭐라고 그랬냐? 내가 늙어서 그런지 귀가 잘 안 들려서 말이야……."

"그 '우드득' 하는 소리… 할머니 등에서 나던 소리 아니에요?"

"아아, 그거?"

노파는 별일 아니라는 듯 두 손을 들어 보이며 기지개를 켰다.

우드드드득!

뭉쳐져 있던 근육이 풀리려는 건지 꽤 긴소리가 나자 피스는 아예 침대에서 벌떡 일어나 그녀를 침대에 앉혔다.

"제가 다녀올게요. 어디 가서 뭘 사야 하는지만 알려주세요."

"다친 애가 어딜 간다는 거야?"

"하나도 안 아픈 게… 벌써 다 나았나 봐요. 그러니까 걱정 마시고 말씀해 주세요. 정 안심이 안 되면 약도라도 그려주세요. 저 잘 다녀올 수 있어요. 제 치료도 할머니께서 해주신 거죠? 정말 감사합니다. 그러니까 저도 은혜를 갚을 수 있게, 할머니 일을 도울 수 있게 해주세요."

피스가 자신의 팔다리를 붕붕 흔들며 멀쩡하다는 것을 확인시키려 애쓰자 노파는 그럴 필요 없다는 듯 한 손을 들어 보였다.

"아아, 그래. 네 마음은 잘 알겠는데… 어쩌냐……."

"네?"

"내가 좀 길치라서 워낙 길을 헤매고 다닌 터라 언제나 헤매던 길의 지도라면 몰라도 제대로 된 지도는 그릴 수가 없을 것 같구나."

노파가 겸연쩍은 미소를 지어 보이고는 침대에서 일어나 밖으로 나가 버리자 피스는 엉겁결에 노파의 뒤를 따랐다. 집 밖에서는 피스의 2~3배 정도 되어 보이는 거대한 트랜트가 노파가 나오기가 무섭게 말을 걸었다.

"조제사 양반, 뭐 하고 있느라 아직 성에도 들르지 않은 거요? 혹시 성으로 가던 중 길을 잃어버려서 헤맸다는 소린 안 하시겠죠."

트랜트는 노파와 안면이 있던 사이였는지 꽤나 골치 아프다는 표정을 지어 보이며 노파에 대한 걱정을 해댔다.

"내가 조제사 양반보고 뭐랬수? 성에서 사람 다녀갔다고 꼭 가 보라구 그러지 않았수? 손녀딸 볼 수 있게 생겼는데 뭘 그렇게 빼? 딴 데로 새지만 않는다면 길도 잃어버릴 염려가 없을 텐데… 조제사 양반은 길치가 아니라 그놈의 호기심이 문제야. 나이는 다 어디로 먹은 건지……."

노파는 트랜트의 말에 유쾌하다는 듯 큰 소리로 웃어댔다.

"하하하핫! 뭐, 나이야 챙기지 않아도 자기가 먹고 싶은 만큼 알아서 챙겨먹는 거고, 길치야… 길 못 찾는 사람이든, 중간에서 다른 곳으로 세길 좋아하는 사람이든 길치는 다 같은 길치인 거지, 뭘 따지고 그러나? 넌 너무 말이 많아. 혹시 나무들 세계에서 왕따당하지 않냐? 자고로 나무란 묵직하게 입을 닫고 살아야 하는 법인데, 언제나 수다를 못 떨어서 안달이니……."

노파의 말에 트랜트는 짐짓 나뭇가지로 잎사귀들을 쓸어 내리며 딴 짓을 해 보였다.

"쿡! 쿠… 하하하……."

피스는 이제까지 듣지 않는 척하려 애썼지만 인내심의 한계가 온 것인지 마침내 폭소가 터져 나오고야 말았다. 그제야 트랜트는 피스에게로 시선을 돌리며 누구냐는 듯한 표정을 지어 보였다.

"하핫, 이 아이는 내 손녀야. 우연히 성으로 가던 중에 만나서 그냥 이 길로 도망쳐 오는 거란다. 솔직히 다크보단 샤아플린에서 사는 게 편안할 것 같아서 말이야. 콜록! 콜록!"

"에? 그게 정말이오?"

"거참, 사실이니까 아무한테도 말하면 안 돼. 괜히 나 끌려가서 고생하는 거 보고 싶지 않으면."

노파는 진지한 표정으로 트랜트에게 대답을 재촉하자 트랜트는 비장한 표정으로 안 그래도 굵고 음울한 목소리를 더 낮게 깔았다.

"당연한 말씀 마시죠. 제 입이 얼마나 무거운 줄 잘 아시죠? 사실 말이야 바른 말이지, 언제 내가 남 이야기 하고 다니는 거 보셨수?"

"하핫! 그래그래, 그런 일은 본 적이 없지. 난 네가 다른 녀석들과 이야기 나누는 걸 한 번도 본 적이 없거든. 쿨럭!"

"그거 참, 말을 해도… 그런데 손녀라면서 그렇게 많이 안 닮을 수가 있는 거요? 아무리 부모가 낳고 기른다 해도 서운하겠군요. 뭐, 손녀에겐 행운이겠지만. 쿠쿠쿡!"

트랜트가 마치 사람이 손으로 입을 가리고 웃는 것처럼 나뭇가지로 자신의 입을 가리며 한참 동안 웃어대자 노파는 기분 나쁘다는 듯 스틸레트로 트랜트의 잔가지를 툭툭 찔러댔다.

"아! 농담 좀 했다고 트랜트 잡을 생각이오? 이것 봐요, 수액이 뚝뚝 떨어지고 있잖수. 거기다 가뜩이나 몇 개 남지 않은 잎사귀 다 떨어지면 붙여줄 거유?"

마치 머리를 내밀듯 잎사귀가 달린 나뭇가지를 노파에게 들이대던 트랜트는 짜증 섞인 표정으로 성질을 부려댔다.

"홋! 이봐, 나도 농담이야, 농담! 내가 우리 손녀딸 얼굴을 알아볼 수나 있겠어? 갓난쟁이일 때 뺏겨 버린 아이인걸. 그나마 주술사라는 것이 사람들에게 어떻게 비춰질지 모르겠지만… 아무나 할 수 있는 일이 아니라는 데 위안 삼아야지. 주술사 얼굴 보기가 이렇게 힘든데 잘 키워주지 않겠냐? 약제사로 꼬박 20년을 보냈다구. 처음에는 그냥 돈을 벌겠다고 시작한 일이지만 5년 전 손녀를 빼앗기고 나선 미친 듯이 연구만 하고 다녔어. 제일 솜씨 좋은 조제사가 아니라면 애초부터 성에 들이지 않으니 말이야……"

노파의 얼굴에는 씁쓸함이 서려 있었지만 곧 아무 일도 아니라는 듯 호탕한 웃음을 터뜨렸다.

"아하하핫! 뭐, 곧 만나게 될 텐데 그게 하루나 이틀 정도 미뤄진다고 해서 큰일이야 있겠어? 다크 최고의 조제사가 몬스터에게 비명횡사해서 이 세상과 일별을 하게 된다면 모를까 욕심쟁이 왕이 날 어쩌진 못한다구."

"흠… 그럼 손녀랑 계속 함께 있을 건가요?"

이제까지는 가만히 이야기를 듣고 있기만 했던 피스가 조심스럽게 노파에게 묻자 그녀는 싱긋 미소를 지었다.

"그렇게 하려고 한단다. 쯧… 손녀 일만 아니라면 이 시커먼 나라가 뭐가 좋다고 남아 있겠어? 이래 봬도 난 검술 솜씨도 수준급이라구. 샤아플린으로 넘어가 정착해 사는 것 정도야 식은 죽 먹기야. 네게도 한번 밝은 세상을 보여주고 싶구나. 하핫."

노파는 자신의 실력을 과시하려는 듯 최대한 허리를 쭉 펴고 스틸레트를 로브 자락 안으로 폼나게 집어넣었다. '우드드드드득!' 하는 소리가 노파의 동작이 멈출 때까지 이어지자 피스는 걱정스러운 얼굴로 노파를 올려다보았지만 트랜트는 뭐 별거 아니라는 듯 혀만 쯧쯧 차고 있었다.

"쯧쯧, 확실히 나이는 못 속이겠수. 그거 좀 움직인다고 '우드득!' 소리나 나고… 허리 삐끗하신 건 아니죠?"

"누가 나이를 먹었다는 거야? 웃기지 마. 이만하면 팔팔한 거지, 무슨… 그리고 '우드득!'이나 '뿌드득!' 소리 좀 내면 어때? 이젠 만성이 돼서 난 의식도 안 하는구만."

"쳇! 그렇게 둔해서 어떻게 합니까? 팔, 다리, 목 다 흔들어봐요. 완전히 합주되지. 그게 어디 무시할 수 있는 수준인 줄 아우? 약도 그렇게 잘 만들면서 자기 뼈부터 어떻게 손 좀 볼 일이지. 정말 인간이라는 종족은 알 수가 없다니까……."

"하하핫, 합주하라면 못할까 봐? 고작 30년 된 트랜트가 되게 말 많네."

노파는 팔을 가볍게 흔들자 '우드득! 우드득!' 하는 소리가 났고, 가볍게 목을 흔들자 '삐걱삐걱' 하는 소리까지 나는 게 아닌가.

우드득! 삐걱! 삐걱! 우드득! 우드득!

"이봐요… 추하다구, 이건……."

트랜트는 애도 있는데 이게 무슨 추태냐는 듯한 표정을 지어 보였다.

"아! 미안, 내가 좀 이러고 논다. 하핫, 이해해라, 얘야."

"…네……."

피스는 마지못해 대답하고는 어설픈 미소를 지었다.

"음! 그러고 보니 식사거리 좀 구하러 가려던 길인데 너무 오랫동안 수다를 떨어버렸군. 이게 다 중간에서 널 만났기 때문이잖아. 으으… 뭐, 좋아. 나한테 볼일이 있는 거라면 빈손으로 오진 않았을 테니까."

노파가 트랜트에게 대놓고 손을 내밀고는 먹을 걸 내놓으라는 무언의 협박을 해 보이자 트랜트는 그럴 줄 알았다는 듯 자신의 굵은 나뭇가지만한 호밀 빵을 내밀었다.

"아래쪽 마을에서 촌장이 건네주라고 하셨는데… 상처 소독약

이 다 떨어져 간다고 했으니까 한번 가보시구려. 뭐, 이만 가볼 테
니까 나중에 또 봅시다. 그쪽 꼬마 아가씨도 기회가 되면 그때 모
르는 척하기 없기다. 뭐… 나야 좀 보기 힘든 바쁘신 몸이긴 하지
만 '혹시'라는 게 있으니까."

"아, 네……."

피스가 고개를 끄덕해 보이자 노파는 트랜트의 말을 믿지 말라
는 듯한 얼굴로 피식 미소를 지었다.

"그렇게 얘기하고 반나절도 지나지 않아서 또 쪼르르 달려오지
나 말아줘. 말 그대로 이 늙은이는 기력이 딸려서 네 녀석을 일일
이 상대하자면 지친다구."

"그럴 때만 기력이 딸리신다니… 쳇! 아무튼 베니핏님이 어쩌
고저쩌고하는 인사는 생략할랍니다. 이젠 이 시커먼 하늘이 지겨
울 정도니… 안식이 이런 거라면 차라리 위험하더라도 시끌벅적
한 곳으로 가는 게 좋을지도 모르죠. 아아, 그럼 전 이만!"

트랜트는 자기 할 말만 다 하고는 속이 시원하다는 듯한 표정
으로 쿵쿵거리는 굉음을 만늘어내며 왔던 길을 뇌돌아 나갔나.

"시끄럽긴 했지만 저 녀석 덕분에 우린 다시 집으로 들어가도
되겠는걸? 신선한 우유도 있겠다, 가서 그대로 먹기만 하면 돼."

"아… 네. 그런데 저……."

"왜 그래?"

"제가… 뭐라고 불러야 하죠?"

"하핫! 할머니에게 할머니라고 부르면 그만이지, 뭐라고 부르긴
뭐라고 불러? 그러고 보니 나도 아직 네 이름을 모르고 있었구나.
그래, 넌 이름이 뭐냐?"

피스는 그녀가 성으로 주술사 일―또는 주술사 후보생일―손녀를

찾아가리란 걸 떠올리며 성에서 통용되는 이름을 떠올렸다.

"정식 이름이야 있지만··· 다들 절 쿨이라고 불러요. 하지만 전 피스라고 불러주는 편을 더 좋아한답니다."

"피스라··· 귀여운 이름이구나. 자, 그럼 집 안으로 들어가자꾸나."

노파는 피스와 함께 자신의 집으로 걸음을 옮겼다. 현관 입구에 서부터 나무로 만들어놓은 듯 숲의 향기가 나는 매우 보기 드문 편안한 분위기를 풍기는 집이었다.

"와~ 이런 곳에서 혼자 사시는 거예요?!"

피스는 부럽다는 듯 그녀를 바라보며 탄성을 질렀다.

"혼자 살지 않으면 이때까지 아무도 안 기어나올 리가 있겠냐? 왜, 이런 게 부럽냐?"

"···손녀가 있으시다면 당연히 아이도 있다는 소리일 텐데 왜 혼자 사세요?"

피스의 어린애답지 않은 말에 그녀는 잠시 머뭇거리다 우유와 칼을 꺼내 들고는 빵을 먹기 좋은 크기로 썰어놓았다.

"자, 먹어. 꽤 먹을 만할 거야."

"잘 먹겠습니다."

"그 궁금해 죽겠다는 표정 좀 어떻게 안 되겠냐? 빵이 목에 걸려서 넘어가지도 않겠다."

노파는 피스의 시선이 부담스럽다는 눈빛으로 회피하듯 우유를 마시며 시선을 돌려 버렸다.

"아··· 죄송해요."

"아니다. 뭐··· 어린애가 호기심이 전혀 없는 것보단 호기심이 많은 쪽이 좋은 거라니까 뭐, 그렇다 해도 대단한 이야기는 아니니까 다 듣고 나서 시시하단 소리 하기 없기다. 전부 다 네가 물어봐서 대답하는 거니까 알았지?"

"네."

피스는 고개를 끄덕거리며 빵을 입으로 가져갔다.

"뭐, 주술사라는 게 원래 그런 기질이 조금만 보여도 성으로 데려가야 하는 거라… 난 딱히 좋아하지 않았단다. 주술사로서의 삶이 얼마나 외롭겠니? 아주 어릴 때부터 부모와 떼어놓고 원하지도 않는 전투를 시키면서 그것을 무슨 커다란 축복이라도 받은 사람인 양 취급하고, 부모가 기르기에도 똑바로 기르기 힘든 아이들을 데려가선 집안 식구들에겐 완전히 연락을 끊게 만들어놓지, 그 아이가 지금 살았는지 죽었는지조차 행방이 묘연하게 만들어 놨어. 망할 놈들! 그런데… 불행히도 내 아들이 주술사의 기질을 타고났단다. 난 그걸 철저하게 숨겨왔고, 그 녀석은 무사히 평범한 성인으로 성장할 수가 있었지. 그리고 예쁜 아내와 결혼도 하게 되었고, 딸도 낳았단다."

"그런데… 왜 할머니 혼자 계시는 거예요?"

"…누군가가 우리 가족 중 주술에 재능이 있는 사람이 있다는 제보를 했단다. 성에서는 우리를 불러들였고, 겁이 많았던 아들은 손녀를 성으로 보냈단다. 그 아이는 정상일 거라 생각한 거지. 그러면 헛소문이라고 아이를 집으로 데려올 수 있을 테니까 말이다. 그런데 그게… 오히려 실수였어."

노파의 눈은 옛일을 회상하는 노인의 눈으로 그리움과 회한을 담아냈다. 마치 어제의 일처럼 생생하게 떠오르는 악몽 같은 시간들…….

"그 아이가… 주술사의 자질을 가지고 있었을 거라고는… 아무도 상상조차 하지 못했어. 다른 십여 명의 사람들과 앉아 있었지만, 아이를 두고 가라는 사람은 우리밖에 없었지."

피스는 바싹바싹 타 들어가는 입술을 우유로 축이며 노파의 말을 기다렸다.

"눈에 넣어도 아프지 않을 자신의 딸을 빼앗긴 그 아이들은 결국 시름시름 앓기 시작하더니 얼마 지나지 않아 죽어버렸다."

"에? 죄, 죄송해요. 괜히 물어봐서……."

"…라고 하면 네가 그런 소리나 해대겠지? 하핫! 워낙 네가 울 것 같은 표정을 하고 있길래 장난 좀 쳐본 것뿐이야. 애들까지 그렇게 되면 늙은이가 살아 있을 수 있겠냐? 제일 먼저 천계의 부름을 받게 되지."

"할머니~!"

"후후, 아이들은 모든 게 다 내 탓이라고 날 버리고 떠났다. 들리는 소문에 의하면 샤아플린에 가서 살고 있다고는 하는데 내가 그렇게 뻔질나게 드나들어도 얼굴 한번 보기 힘들더구나. 뭐, 그렇게 하려고 떠난 거니까 어쩌면 안 보이는 게 당연하겠지만……."

"…꼭 나중에 할머니께 돌아올 거예요."

"후훗, 착한 아이구나."

노파는 피스의 머리카락을 쓰다듬으며 자상한 미소를 지어 보였다. 손녀가 지금 살아 있다면 딱 피스만한 나이일 터.

"넌 어째서 그런 곳에 엉망진창으로 뻗어 있었던 거냐? 온몸이 상처투성이라 치료를 해두긴 했지만… 성에는 무슨 볼일이 있다고 너 같은 어린아이 혼자 간 거야?"

"전 성을 찾아간 게 아니에요. 제 집이 성인걸요……."

"뭐? 피스, 네 부모님께선 성에서 일하시는 분이시냐?"

"…전 주술사 후보생이에요. 아기 때 성으로 와서 지금까지 오직 주술사가 되기 위해 길러졌지만, 점점 제 자신이 나쁜 아이가 되는 것 같아 두려워요. 더 이상은 성으로 돌아가고 싶지 않아요. 부모님은 이름조차 모르고 살아 계신지 어떤지도 몰라요."

그녀는 묻지도 않는 말까지 해가며 공포에 질린 얼굴로 눈물을 흘렸다.

"전 거기가 정말로 싫어요."

주술사라는 말을 엄마라는 말보다 많이 하고, 놀아달라며 재롱부릴 시간에 주술 부리는 법과 검술 훈련으로 다 써버리는 유년 시절이다. 질릴 정도로 몬스터를 접하고 일반 아이들이 부모님 품에 안길 때 그들은 몬스터의 품에 안긴다(베어내기 위해). 처음부터 빌어먹을 선택을 당한 뒤부터는 그 능력이 바닥나거나, 혹은 죽음에 이르는 그날까지 주술사로서 살아가는 것이다.

"…정말이냐?"

노파는 두려움에 떨고 있는 피스의 등을 가볍게 토닥거렸다.

"아마 그자가… 널 때렸다는 그자가 어린 여자 아이는 어떻게 대해야 하는지를 몰랐나 보구나."

피스가 너무나 서럽게 흐느끼자 노파는 그녀를 살짝 안아주었다. 노파의 눈에는 분노가 실려 있었지만 누가 그랬는지 알 수가 없으니 어쩌겠는가.

"피스, 모든 주술사들을 그렇게 다루냐?"

"아니에요. 주술사 후보생만요. 주술사가 되면… 주술사는 귀하고, 또 마음만 먹으면 복수할 수 있으니까 아무도 건들지 않아요. 그래서 아이들은 빨리 주술사가 되길 원하는 거죠."

어느새 눈물을 그친 피스가 반짝거리는 눈으로 주술사에 대해 설명하자 노파는 측은한 마음이 일었다. 모두… 주술사로 자라기까지 고생을 많이 하고 자라고 있다는 생각에 슬그머니 손녀에 대한 걱정이 생긴 노파는 자리에서 일어나 주섬주섬 약재와 지시 약들을 챙겨 들기 시작했다.

"저… 할머니, 피스… 이곳에 있으면 안 될까요?"

순간 노파의 바쁘게 움직이던 손이 멈칫거렸다. 짧은 만남이긴 하지만 인연은 인연이다 싶은 아이였고, 왠지 모르게 호감이 느껴지는 아이였다. 그러나 노파에겐 손녀가 존재하고 있었다. 피스의 말대로라면 자신의 손녀도 불쌍하게 고생하고 있을 터, 노파는 멈췄던 손 놀림을 움직이기 시작했다.

"자고 가는 거라면 그렇지 않아도 그렇게 하라고 말하려 생각 했단다. 내가 아무리 솜씨는 좋다지만 혹시 어딘가 발견하지 못한 상처나 후유증이 있을지도 모르잖니."

노파는 짐짓 피스의 말을 못 알아들은 척하고는 그녀를 향해 자상한 미소를 지어 보였다. 피스는 뭔가 다른 이야기를 꺼내려는 듯했으나 노파가 워낙 분주하게 움직이는 바람에 아무런 말도 할 수가 없었다.

"오늘은 저 아이와 함께 자고 내일 아침 일찍 손녀에게 가봐야 겠어."

노파는 필요한 짐을 다 꾸렸는지 다시 식탁에 가서 앉았다. 아무 말 없이 꾸역꾸역 음식들만 집어삼키고는 서로 한마디도 나누지 않았다. 하루를 어떻게 보냈는지 생각하면 아무것도 떠오르지 않았건만… 시간은 흘러 어느새 아침이 찾아왔다(아침이라고 해도 다크는 언제나 어두운 저녁이다).

어제 먹다 남은 빵과 우유로 아침 식사를 해결한 그들은 밖으로 나왔다. 언제나 쌀쌀한 날씨이긴 하지만 유난히 차갑게 느껴지는 바람에 피스는 몸을 움찔거렸다. 노파는 자신의 숄을 피스에게 걸쳐 주고는 앞으로의 행방을 물었다.

"이제 어떻게 할 거니?"

"…성으로 돌아가겠어요. 그리고 하루빨리 주술사가 될래요. 언젠가 다크 최고의 주술사가 되어서 꼭……."

"……?"

"당당히 다크에서 도망칠 거예요."

"그런 건 도망이라기보다 떠난다는 말이 더 어울릴 듯싶구나."

"…그런가요? 아무튼 어차피 같은 길을 가는 거 제가 안내해 드릴게요."

"후후, 그러면 난 고맙지. 어쨌거나 길치는 길치니까 말이다. 그럼, 슬슬 일어나 볼까?"

노파의 말에 피스는 빙긋 미소를 지으며 고개를 끄덕였다.

"어? 둘이서 어딜 가는 겁니까?"

어제 본 트랜트가 그들이 밖으로 나오는 것을 확인하고는 반색을 하며 아는 척을 해댔다.

"내가 어제 이야기하지 않았던가, 성에 갈 거라고?"

"아! 아! 이렇게 아침 일찍부터 나서시는 겁니까?"

"…그래야 저녁쯤에는 도착할 수 있을 테니까……."

"쯧쯧, 길 가는 도중에 옆으로 새지만 않으면 그렇게 헤매지도 않을 텐데 정말이지 알 수 없는 분이시라니까요, 당신은."

"하핫! 우리 사소한 것에 연연하지 말자구."

노파는 대범한 표정으로 트랜트를 탁탁 치며 예의 그 '우드드득' 소리를 내며 허리를 곧게 폈다.

"하, 할머니, 괜찮으세요?!"

"뭐가?"

"무, 무릎이 꺾였잖아요!"

피스의 당황한 듯한 말에 노파는 자신의 다리를 바라보았다.

"음하하하핫! 안짱다리 같아! 안짱다리!"

다리는 구부린 채 허리만 곧게 펴진 것이다. 트랜트는 한심하다는 듯한 어조로 혀를 차댔다.

"잘하는 짓이군요, 저번에 제가 치료 좀 하라고 할 땐 괜찮다더니……."

노파는 자신의 두 손에 힘을 주고는 구부러진 뼈들을 바로 맞추기 시작했다. 우드득거리는 소리도 소리지만 표정의 변화도 없이 아무렇지도 않게 자신의 뼈를 맞추는 노파를 보고 있자니 피스는 벌써부터 걱정이 되기 시작했다.

"뭐, 그래도 검을 쓸 줄 아시니까 적어도 몬스터에게 잡아먹히는 일은 없을 거다. 그러니 너무 그렇게 걱정하지 않아도 돼."

트랜트가 피스의 걱정이 무엇인지 잘 알고 있다는 듯한 표정으로 그녀를 안심시키자 노파는 누굴 노인 취급이냐며, 멀쩡해진 모습으로 일어서서는 트랜트를 구박하기 시작했다.

"아무리 생각해도 넌 말이 너무 많아. 다시 돌아왔을 땐 네 입을 막아버릴 만한 약을 개발해 봐야겠군. 감히 날 늙은이 취급하다니……. 피스, 넌 저 녀석 말에 신경 쓸 거 없단다. 알겠지?"

노파가 피스에게 트랜트의 말을 무시하라는 듯한 어조로 말하자 트랜트는 지겹다는 듯한 어조로 되받아쳤다.

"네네, 아무 말도 하지 않을 테니까 알아서 잘 다녀오기나 하세요. 괜히 또 옆길로 새지 마시구요. 아무튼 꼬마야, 만나서 반가웠다. 무조건 할머니 말대로 가지 말고, 이상하게 샌다 싶으면 마구 끌고 가버려. 그 정도 힘은 있지?"

트랜트는 잔가지 하나를 들어 악수를 청하듯 피스에게 내밀었다. 그녀는 조금 망설이는 듯한 표정으로 주저하다 손을 맞잡으며 악수를 하고는 쑥스러운 듯한 미소를 지어 보였다.

"뭐… 집에 들고 갈 만한 물건들이 있는 건 아니지만, 혹시 모르니까 오다가다 한번씩 살펴나 봐줘."

노파의 말에 트랜트는 고개를 끄덕였다.

"뭐, 그런 건 말하시지 않으셔도 알아서 할 테니까 걱정하지 말고 잘 다녀오기나 하시죠. 아무래도 지금 걱정해야 되는 건 그거인 것 같으니까."

"이번엔 피스의 안내를 받기로 했으니까 그런 걱정은 안 해도 될 거야. 그럼! 다녀와서 보자구. 잘 부탁해."

노파와 피스는 트랜트를 뒤로하고 자신의 길을 가느라 트랜트가 중얼거리는 소리를 알아들을 수 없었다.

"손녀 이름이 쿨 피스 마스라고 하지 않았었나? 눈매라든지, 얼굴형이라든지 분위기만 해도 상당히 많이 닮았는데… 설마 그… 에이, 아니겠지?"

트랜트는 무심코 자신의 생각을 흘려 버리고는 자신의 시야에서 사라져 가고 있는 그녀들을 바라보았다.

"피스야, 우리 저 길로 가보지 않을래? 왠지 좋은 약재들이 많이 있을 것 같은데……."

"에? 하지만 아까도 다른 길로 새지 않았나요?"

"이번이 마지막이야, 마지막!"

노파는 나이에 어울리지 않게시리 억지를 부리며 피스를 질질 끌고는 방향을 바꾸어 버렸다.

　"할머니! 이번이 벌써 다섯 번째란 말이에요. 이러다간 길을 잃어버리겠어요."

　"그런 사소한 거에 연연하다간 큰일을 못해. 길도 많이 잃어버리고, 뜻하지 않은 상황도 많이 겪어봐야 사람이 유연해지는 법이란다."

　"저기… 할머니, 지금 이 상황이랑 할머니 말씀은 뭔가… 어울리지 않아요."

　"아하하! 그러니까 사소한 거에 연연하지 말라는 거지. 오! 저기 사람들이 있는 것 같은데… 한번 가보지 않으련?"

　노파는 웅성거리는 소리가 들려오는 쪽으로 피스의 대답도 채 듣지 않고는 그녀의 손을 잡아끌었다.

　'할머니, 어쩌죠? 왠지 점점 트랜트가 저에게 무슨 말을 하고 싶었던 건지 감이 잡히려고 그래요.'

　피스는 울며 겨자 먹기로 사람들 속으로 들어갔다.

　"무슨 일 있어요? 왜 이렇게 사람들이 많이 모인 거죠?"

　피스는 밖으로 나와서 생전 처음 만나보는 많은 사람들이 적응이 안 된다는 표정으로 주변을 비집고 들어서며 곁에 있는 사람에게 물었다.

　"이런! 못 보던 꼬마구나. 이런 위험한 곳에 어떻게 온 거냐?"

　무뚝뚝해 보이는 마을 청년이 험악하게 인상을 쓰며 피스를 노려보자 노파가 얼른 피스의 앞을 막아섰다.

　"내 손녀인데 왜 그러시나?"

　"어랍쇼. 꼬맹이랑 당신… 지금 단둘이서 이곳까지 왔다는 말을 하고 싶으신 겁니까?"

"뭐 잘못됐나?"

노파는 자신을 노인 취급하는 청년이 마음에 들지 않았는지 얼굴 가득 불쾌하다는 심기를 드러내며 청년을 노려보았다. 왠지 범상치 않은 눈빛에 반쯤 기가 꺾여 주춤거리던 그는 얼른 고개를 저었다.

"아닙니다. 다만… 오크 무리를 본 적 없으신가 하고……."

"오크 무리라니요?"

이제까지와는 다르게 피스의 눈은 살기를 띠었다.

'묘하게 저 아이의 눈이 반짝이고 있다는 건 나만의 착각인가?'

"어디에 있어요?"

"우리가 반대로 피해 오긴 했지만 그 숫자로 보건대 당신들이 왔었던 길에도 깔렸을지 모르지."

다른 누군가가 피스의 말에 대답하자 노파는 고개를 저어 보였다.

"단언컨대, 우리가 왔던 쪽으로는 몬스터의 낌새는 전혀 없었어. 피하려거든 아래로 내려가도록 해."

노파의 말이 채 끝나기가 무섭게 피스는 사람들 속을 뚫고 달리기 시작했다. 어린아이의 속도라고는 생각되지 않을 만큼 빠른 속도, 발소리조차 나지 않는 세심한 주의력, 이미 그녀의 몸은 몬스터의 이름에 반응하는 것이다.

"이런이런… 요즘 아이들은 참을성이 없어서 큰일이야."

노파는 자신의 허리춤에서 스틸레트를 꺼내 들었다.

"어디 가시려는 겁니까? 여기에 계세요."

"꼬마가 오크들이 득실거리는 곳에 가버렸다네. 당연히 어른인 내가 동행해 줘야 하지 않겠나?"

노파는 천천히 걸음을 옮겼지만 신기하게도 우드득거리는 소리 따윈 들려오지 않았다.

"적당한 긴장감도 좋은 법이지. 잘 부탁한다."

그녀마저 오크들이 득실거리는 곳으로 가버리자 청년 몇 명이 자리에서 벌떡 일어났다.

"힘없는 노파와 꼬마가 오크들에게 죽게 할 순 없지 않습니까? 우리도 도와주러 갑시다!"

"그들은 스스로 위험 속을 자처하고 떠난 것인데 왜 우리가 도와야 하나? 정 가고 싶다면 자네들이나 가도록 해."

"좋아요. 대신 저와 생각이 같은 분들은 따라와 주세요!"

몇 명의 청년들이 자리를 뜨긴 했지만 대부분의 사람들은 아래로 도망칠 생각도, 그렇다고 도와주러 올라갈 생각도 하지 않았다. 아마도 다리가 땅에 붙은 것처럼 꼼짝도 하지 않았다는 것이 정확한 표현일지도 모르겠지만. 그들의 표정은 하나같이 어두웠다. 과연 이대로 있는 것이 잘하는 일인 걸까.

"꾸에엑～ 인간이다!"

누군가 피스를 발견하고는 큰 목소리로 자신들의 일행에게 적의 출현을 알리자 한바탕 시끄러운 소리가 들려왔다.

"꾸에엑～ 아직 어린데… 꾸엑～"

"꾸에엑～ 그렇군."

언제 오크들이 어리다고 봐주거나 하는 일이 있었던가. 그저 단순히 느끼는 대로만 웅성거린 것뿐이었으며 본능에 따라 적인 피스를 향해 글레이브를 날렸다.

피스는 오크들의 움직임을 미리 알고 있었다는 듯 최소한의 동작만으로 여유있게 글레이브들을 피해 버렸다. 자신의 근처 바닥에 꽂힌 글레이브를 뽑아 든 그녀는 야릇한 미소를 지으며 정확히 자신의 앞에 있는 오크의 머리를 베어 넘겼다.

마치 자로 잰 듯 깨끗하게 떨어져 나간 동료의 머리를 바라보는 오크들의 눈에는 어느새 분노의 빛이 맴돌았고, 누가 뭐라고할 틈도 없이 피스를 에워싼 오크들은 앞뒤 가리지 않고 글레이브로 피스를 찔러댔다.

그러나… 정작 글레이브는 애꿎은 바닥에만 박혀 버렸고 공중으로 뛰어오른 피스는 자신의 허리춤에서 차크람을 꺼내 들었다.

"이제부터 아무도 이 사각 지대에서 빠져나갈 수 없어."

어른스러운, 마치 다른 사람의 목소리인 듯한 울림이 피스에게서 새어 나왔다.

"Game Over!"

장난스런 목소리로 차크람의 안쪽 고리에 둘째 손가락을 집어넣고는 빙빙 돌려 가속도를 붙이며 공중으로 던지자, 차크람은 마치 원을 그리듯 공중을 화려하게 수놓으며 오크의 목을 꿰뚫고지나갔다.

"꾸에엑~!"

정말 눈 깜짝할 사이라는 말이 어울릴 정도로 반경 40m에 이르는 오크들의 머리 위치에 붙어 있는 것들은 설령 그것이 나무라할지라도 우지끈 하는 소리와 함께 넘어가 버린다(물론 지금이야피스가 최대한 배려한 덕분에 잔가지 몇 개가 꺾이는 것을 제외하고는별다른 피해는 주지 않았다). 깨끗하게 처음부터 분리가 가능한 조립식 장난감의 목을 떼어내듯 오크들의 목이 차례차례 떨어져 나가는 것을 느긋하게 바라보고 있던 피스는 무심코 손뼉을 치며 즐거워했다.

"마치 도미노 게임 같아. 헤헷."

날카로운 바람을 가르는 소리에 일순 노파는 납작하게 몸을 엎드렸다. 그리고 뒤따라오는 발소리에게도 커다란 목소리로 명령을 내렸다.

"엎드려!"

영문을 모르는 청년들은 노파의 목소리에 바닥에 납짝 엎드리긴 했지만 멍청하게 서 있던 청년 하나가 기어이 차크람에 목을 내주고야 말았다.

"우아아앗!"

익숙한 얼굴 하나가 자신의 어깨에 떨어지자 청년은 그 자리에서 입에 거품을 물고 기절해 버렸다.

"이게 무슨……?!"

또 다른 청년이 말을 제대로 잇지 못하고 분노의 눈길로 피스를 바라보았다. 아무리 봐도 예쁘장한 꼬마일 뿐이었다. 날카로운 원형의 차크람만 손에 들고 있지 않았다면.

"이런이런, 그러게 엎드리라고 했더니… 쯧쯧."

노파는 '우드득' 소리를 내며 자리에서 벌떡 일어나 청년들의 표정을 살피고는 자신의 미간을 찌푸렸다. 게다가 도착하자마자 상황 종료라니, 기껏 긴장했던 몸이 원상태로 돌아가는 순간이었다.

"피스, 괜찮냐?"

이제까지 쓰러진 오크들을 흡족하게 바라보던 피스는 노파의 목소리에 정신을 차린 듯 그녀에게 다가갔다.

"할머니, 언제 오신 거죠?"

차크람을 마치 못 볼 걸 보인 사람처럼 옷 속으로 감추며 어색한 미소를 짓던 피스를 곁에 납짝 엎드리고 있던 청년이 벌떡 일어나 순간적으로 목을 졸라 버렸다.

"너 때문에… 너 때문에 사람이 죽었어!"

"으윽… 이거 놔……!"

피스는 발버둥을 치며 괴로운 표정을 지어 보였지만 이미 넋이 나가 버린 청년에게 그녀의 얼굴이 들어올 리가 없었다. 노파는 한숨을 내쉬며 청년의 목을 살짝 찔러 버렸다.

"하아~ 하아~"

겨우 그의 손에서 풀려난 피스는 가쁜 숨을 몰아쉬며 영문을 모르겠다는 눈으로 기절해 버린 청년을 바라보았다.

"어째서인지 모르겠다는 얼굴이구나?"

노파는 차분한 표정으로 두려움에 온몸을 덜덜 떨고 있는 청년을 자리에서 일으켰다.

"이봐, 그렇게 떨고 있지 말고 가서 사람들에게 오크는 처리했으니까 가던 길이나 계속 가라고 해. 어이! 듣고 있어?"

노파는 청년의 등을 툭 치며 정신 차리라는 듯 인상을 찌푸려 보였지만 청년은 피스와 노파의 얼굴을 번갈아 바라보더니 기어이 비명을 지르며 도망쳐 버리고 말았다.

"우아아앗! 사람 살려!"

그가 떠나간 자리에선 채 눈도 감지 못한 얼굴 하나가 피스를 원망 어린 눈초리로 노려보고 있었다. 피스는 질끈 눈을 감아버렸다. 생각하지 않으려 했지만 그녀에게 살인이란 처음 겪는 일이 아니었다. 후보생끼리의 결투에서 살아남았다는 건 다른 후보생이 눈을 감았다는 것을 뜻하는 거니까.

"괜찮은 거냐?"

노파는 걱정스러운 표정으로 피스를 내려다보았다. 자신의 허리 정도의 키밖에 되지 않는 어린아이.

'누가 이 아이를 이렇게 만든 걸까? 이 아이를 성으로 데려가는 게 과연 잘하는 것인지… 내 손녀를 구하겠다고 이 아이를 다시 그 어둠 속으로 밀어 넣어 버리라는 건가……'

"아… 아앗! 피가… 네 손에 피가……! 싫어! 싫어엇!!"

피스는 긴 비명을 지르며 땅바닥에 털썩 주저앉아 버렸다.

"싫어! 이러지 마! 죽고 싶지 않아! 죽이고 싶지 않아! 아아 악—!"

여섯 살짜리 어린아이가 마치 간질 환자처럼 발작을 일으키며 입에 거품을 물었다. 노파가 그녀를 위해 할 수 있는 일은 아무 것도 없었다. 그저 조용히 그녀가 제정신을 차릴 때까지 지켜봐 주는 것 말고는. 한참을 상처 입은 작은 새 마냥 덜덜 떨던 피스 는 노파가 자신의 주변에서 사라졌다는 걸 깨닫고는 고개를 들어 두리번거려 댔다.

"할머니?"

버림받은 것인가…….

"할… 머니……?"

버리고 갔을 리가 없다.

"할머니!?"

피스는 눈물이 그렁그렁 맺힌 눈으로 주변을 바라보며 필사적 으로 노파의 모습을 찾았다. 그렇지 않아도 앞이 보이지 않는 어둠이다. 뿌옇게 흐려진 시야로 노파의 모습이 보일 리가 없었다.

"하아~ 추워……."

피스는 자리에서 일어나 쭈그려 앉으며 눈물을 닦아냈다. 버림받은 거라면 어차피 성으로 돌아가기로 한 거 이상한 노파에게 휘둘리지 않고 편안하게 움직여도 된다는 소리다.

"난 손해 볼 거 하나도 없어."

피스는 여전히 주변을 두리번거리면서도 오기를 부리며 애써 아무렇지 않다는 표정을 지어 보였다.

"피스, 정신 차렸니?"

노파는 차가운 물을 건네며 쭈그리고 앉아 있는 피스의 어깨를 툭툭 쳤다.

"할머니?"

"내가 할머니지, 그럼 할아버지냐?"

노파는 여전히 사람 좋은 얼굴로 피스의 눈 높이에 자신의 시선을 맞추며 이제까지 불안해하고 있던 잡념마저 깨끗하게 떨쳐 주었다.

"어디 갔다 오시는 거예요. 피스는 할머니가… 할머니께서 길이라도 잃어버린 건 줄 알고 걱정했잖아요."

"아, 그게… 아무래도 네가 깨기 전에 처리해 두는 것이 좋을 것 같아서 말이다."

노파는 미안스럽다는 표정으로 자신의 머리를 긁적거려 댔다. 그러고 보니 청년의 시체가 보이지 않았다. 오크의 시체들은 너무나도 많이 늘어져 있어 아무래도 짧은 시간 안에 노파가 처리하기엔 힘든 일이지만, 청년의 시체를 사람들에게 인계하는 일 정도는 손쉬운 일이었다. 노파는 그저 멍하게 가만히 있는 것보다 피스를 위해 움직일 수 있는 거라면 뭐든지 해주고 싶었다.

"이제 괜찮은 거냐?"

"…네. 사람들은요?"

"다들 제 갈길 찾아갔단다."

"그럼 여긴 아무도 없는 건가요?"

"그래, 그러니까 좀 더 마음을 편안하게 가지렴. 그 청년이 죽은 건 네 잘못이 아니잖니. 운이 나빴던 거야……."

"단순히… 그런 이유라고 생각하고 싶지 않아요."

"뭐?"

"운이 나빴다는 거… 제 잘못이 아니라는 거……."

피스는 주저하며 노파를 바라보았다.

"애초부터 따라온 사람의 잘못이잖아요. 능력도 안 되면서… 그 오빠가 오크 한 마리를 죽이려면 얼마나 많은 시간이 걸리는 줄 알아요? 오빠가 끼어드는 바람에 차크람을 쓰지 못했다면 간단하게 해결되었을 일도 더 많은 희생이랑 더 많은 시간을 낭비하게 되는데… 그 오빠가 나쁜 거지, 피스는 나쁘지 않아요."

왠지 피스의 생각이 아닌 다른 사람이 불러준 대로 쓰여진 대사를 읽어 내려가는 것처럼 피스의 얼굴엔 표정이라는 걸 찾아볼 수 없었다.

"피스, 그 이야기 누가 가르쳐 준 거니?"

"가르쳐 준 사람 없어요. 피스가 느끼는 대로 이야기하고 있는 거예요! 그것뿐이에요……."

피스의 말에 노파의 부드러운 표정이 돌처럼 딱딱하게 굳어졌다.

"이 나이 먹도록 거짓말과 진심을 구분하지 못할 거라고 생각하니? 피스야, 말해 보렴. 할머니는 세상에서 거짓말하는 사람을 가장 싫어한단다. 피스, 넌 미움받는 아이가 되고 싶은 거냐?"

노파의 진지한 목소리에 움찔한 피스는 고개를 저었다.

"싫어요, 미움받고 싶지 않아요. 피스는… 미움받고 싶지 않아요."

"그럼 사실대로 말해 주겠니? 누가 너에게 그런 못된 생각을 심어준 거야?"

"…그렇게 배웠어요. 주술사는 주인이 시키는 대로 움직이는 거니까 절대로 실수하거나 잘못하는 경우 같은 건 있을 수 없다고……."

노파는 인상을 찌푸렸다. 세뇌 교육이라니…….

"주인? 왕을 이야기하는 거냐?"

"네."

"언제부터 다크의 국민들이 왕의 노예가 되기로 한 거지? 이곳은 노예 제도가 없는 나라 아니던가?"

노파의 안색이 점점 어두워지자 피스는 불안한 눈초리로 노파를 바라보았다.

"피스가 나쁜 거죠? 사실은 피스가 잘못한 거예요. 그렇죠?"

"아니야, 절대로 피스가 잘못한 게 아니야."

노파의 목소리는 다시 부드러워졌다. 피스는 촉촉하게 젖어든, 마치 길 잃은 강아지 마냥 측은한 표정을 지어 보이며 노파를 바라보았다.

노파는 왠지 모르게 마음 한구석이 아파왔다. 이대로 피스만이라도 어디 다른 안전한 곳으로 보내주고 싶었지만, 손녀가 바로 코앞에서 손짓하고 있는 것만 같아 성급하게 움직일 수가 없었다.

'피스에게 내가 뭐라고 할 자격이 있는 건가? 나야말로 이기적

인 게 아닌가… 눈앞에 있는 이 가엾은 아이를 계속 못 본 척하고 있어야 하다니……'

"할머니?"

"아! 왜 그러냐?"

"이제 피스 괜찮으니까 그런 표정 짓지 마세요. 피스도 사람을 죽이는 일 만큼은 하고 싶지 않아요. 그러니까 차크람도 쓰지 않겠어요. 물론 꼭 필요하다면 어쩔 수 없겠지만 가능한 사용하지 않을 거예요. 할머니께 맹세할 테니까……."

피스는 죄 지은 사람 마냥 고개를 푹 숙이고는 노파의 대답을 기다렸다.

"피스, 주술사가 되고 싶으냐?"

"아니요. 전… 주술사가 되고 싶은 게 아니라 주술사가 될 거예요."

"훗! 그렇구나. 왕은 네 주인이 아니란다. 네 주인은 피스 바로 너 자신이야. 주술사가 된다면 왕을 위해 살지 말고 너를 위해 살거라. 정말로 도와주고 싶은 사람들을 도우면서 너 스스로가 살아 있다고 느낄 수 있는 삶을 살아야 해. 알겠지?"

피스는 고개를 끄덕이며 빙긋 미소를 지었다.

"똑똑한 아이구나. 하하핫, 그럼 슬슬 일어날까?"

"네."

노파는 손을 내밀어 피스를 일으켜 세웠다. 비록 '우드득' 소리가 나긴 했지만, 사람이 곁에 있다는 것이 이렇게나 소중하고 든든한 일이라는 것을 피스는 이제야 깨달을 수 있었다.

"그럼 길 안내 부탁드립니다."

노파는 장난스러운 표정으로 피스를 향해 가볍게 목례를 해 보였다.

"앗! 어떡하죠?"

"왜 그래?"

"…길이 생각나지 않아요."

"어어… 그럼 정말로 길을 잃어버린 건가?"

"아마도 그런 것 같아요. 죄송해요~!"

"뭐, 억지로 이곳저곳 생각없이 마구 끌고 다닌 내가 문제지. 하아~ 오늘 저녁까지는… 도착할 수 있을 테니까 신경 쓰지 마. 괜찮아."

노파는 이미 길을 잃어버리는 일에는 이골이 났다는 듯한 얼굴로 태연히 피스의 손을 잡고는 길을 헤매기 시작했다. 점심은 대충 열매들을 모아다가 허기를 때웠지만, 지치고 힘든 줄을 몰랐다. 노파는 피스가 만난 최초의 사람다운 사람이었으며, 보고 있노라면 저절로 미소가 지어질 만큼 유쾌한 사람이었다. 여행길이(?) 다소 길어진다 해도 그것이 불만이 될 수 없을 만큼.

"정말이지, 나이에 걸맞지 않은 호기심부터 어떻게 해야지, 큰일이야. 지금쯤이면 도착하고도 남는 거리를 아직까지 헤매고 다닐 줄이야……"

노파는 미안하다는 듯한 얼굴로 자신을 탓하며 투덜거렸지만 노파 역시 길을 헤매고 있는 것이 그리 싫지만은 않은 표정이었다. 성에 다다랐을 땐 이미 초저녁일 때라 뭔가 한산한 분위기였다.

"성에는 무슨 일로 오신 겁니까?"

"난 약 조제사라네. 왕의 부르심을 받고 온 거니까 가능한 빨리 들여보내 줬으면 좋겠군."

노파의 말에 여태껏 건방진 표정으로 발을 건들건들 거려대던 경비병의 표정부터 틀려졌다. 가로막고 있던 창을 바로 세워 들고 노파를 들여보냈던 것이다.

"폐하께서 기다리고 계시니 지체 마시고 바로 폐하께 가보십시오."

"수고하시게."

노파가 경비병에게 싱긋 미소를 지어 보이고는 안으로 들어가기가 무섭게 경비병은 피스를 발견해 내고는 걸쭉한 비난의 말들을 뱉어냈다.

"지금까지 뭘 하다가 이제야 나타난 거지? 쿨, 이 배은망덕한 것아! 오크 머리 수를 채워 오라고 했더니 어디서 어슬렁거리며 놀다 오는 거냐?! 이 게을러 빠진 것!"

피스는 눈을 질끈 감았다. 곧 이어질 둔탁한 소리의 정체를 누구보다 더 잘 알고 있었던 것이다.

"이거 뭡니까?"

그 순간 노파에게 팔을 잡힌 경비병은 경계의 눈빛을 띠고는, 일단은 손님이므로 신사적으로 '참견 마'라는 눈빛을 보냈다.

"어린 여자 아이를 때리려고 하면 쓰나."

노파는 최대한 타이르는 조로 경비병의 팔을 잡아내고는 눈동자 가득 적의를 담아냈다.

"이 아이는 주술사 후보생입니다. 평범한 소녀가 아니란 말입니다. 게다가 주술사 후보생에게 무슨 짓을 하든 당신과는 상관없을 텐데요? 그러니 간섭하지 마십시오."

경비병은 팔에 힘을 주어 노파의 손을 떨쳐 버렸다.

"쿨 피스 마스! 너, 오늘 운 좋은 줄 알아라."

씩씩거려 대는 경비병과는 달리 그의 입에서 튀어나온 피스의 정식 이름에 노파의 얼굴은 핼쑥하게 질려 버렸다. 유일한 단서이자 손녀에 대해 알고 있는 딱 하나의 정보… 쿨 피스 마스라는 그녀의 이름과 여섯 살 가량의 꼬마라는 것이다. 노파의 가슴이 일순간 내려앉았다.

'설마… 아니겠지.'

우연이라는 것이 이렇게 잔인하게 찾아올 리가 없다는 듯 그녀는 피스에게 가볍게 손을 흔들어준 다음 왕을 향해 성안으로 들어가 버렸다.

화려하기 짝이 없는, 길기만 한 복도를 거쳐 마침내 왕에게 도착했을 때는 온갖 인사를 주고받으며 시간을 낭비해 대는 왕의 면상을 날려 버리고 싶었으나 꾹꾹 눌러 참을 수밖에 없었다. 기나긴 말들을 주고받던 중 노파는 힘들게 고개를 들었다.

"청이 있습니다만, 들어주시겠습니까?"

노파가 어렵사리 말을 꺼내자 왕은 기분 좋게 고개를 끄덕였다.

"내가 들어줄 수 있는 한 뭐든지 들어주겠네."

"쿨 피스 마스라는 제 손녀와 이곳에서 헤어졌습니다. 죽었는지 살았는지 확인도 안 되고, 이제까지 어떻게 컸는지도 모릅니다. 그 아이를 제게 돌려주실 수 있겠는지요?"

카랑카랑한 노파의 목에선 순간 서늘한 기운이 뿜어져 나왔다. 참느라 참았지만 그동안 쌓였던 울분만큼은 아무리 숨길래야 숨겨지지 않았던 것이다.

"6년 전?"

왕은 의아한 목소리로—마치 그런 일이 있었냐는 듯한 표정으로—자신의 옆에 서 있는 대신에게 물었다.

"그런 일이 있었소?"

"최근에 들어온 아이들은 없지만 쿨 피스 마스라는 여섯 살짜리 여자 아이라면……."

대신이 잘 알고 있다는 듯한 표정으로 왕에게 귓속말을 속삭이자 왕은 알아들었다는 듯 고개를 끄덕였다.

"주술사로 키워지고 있는 쿨 피스 마스가 당신의 손녀였단 말입니까?! 정말이지, 놀랍습니다. 세상은 좁다지만……."

왕은 신하를 시켜 피스를 불러오도록 명령했다.

"쿨 피스 마스를 불러오도록."

노파의 가슴이 두근두근거리기 시작했다. 쓰러져 있던 피스의 얼굴과 겹쳐지며 불안한 마음을 억누를 수가 없었다. 옛일이 떠오른다. 손녀만이 성에 맡겨지게—빼앗긴—되던 그날의 악몽이.

"거기 앉거라."

왕이 누군가에게 명령을 내리는 걸 들은 노파는 천천히 고개를 돌렸다.

'…벌인가? 눈앞의 아이를 구해내지 못했으면서 손녀만을 생각하던 내게 내리는 벌인가…….'

노파는 질끈 눈을 감아버렸다. 피스… 쿨… 왜 진작 눈치 채지 못한 걸까. 우연과 행운을 믿지 않은 탓인지도 모른다. 소중한 것은 언제나 힘겹게 얻어진다는 이상한 논리에 빠져들어 버린 건지도 모르겠다.

"왜 그러고 계십니까? 설마 못 알아보시는 것은 아니시겠죠? 그래도 명색이 핏줄이라는 게 있는 법인데."

피스는 대신의 말에 크게 눈을 치켜떴다. 핏줄이라니?

"흠… 아무래도 너무 긴장하신 모양이군요. 쿨 피스 마스, 네 할머니시다.”

“에엣? 할머니요?!”

“그 경박스러운 말투는 뭐냐?”

대신은 피스에게 가볍게 주의를 줬지만, 그런 말이 지금의 피스에게 먹혀 들어갈 리가 없었다. 노파와 피스… 두 사람은 한동안 서로를 말없이 바라보며 나름대로 상황 정리라는 것을 시작했다.

“음… 이거이거, 난 눈물겨운 상봉이 될 거라고 생각했는데……”

왕이 분위기 파악조차 제대로 하지 못하고 끼어들자 노파는 그제야 정신이 들었다는 듯 입을 열었다.

“죄송하지만, 이 아일 제게 돌려주실 순 없겠습니까?”

“곤란합니다. 아무래도 주술사는 귀하고, 이 아이는 자질이 뛰어난 아이입니다. 보통은 생사 확인도 되지 않는데 이렇게 얼굴까지 보고 잘 컸다는 것으로 위안을 삼아주십시오.”

대신의 말에 피스의 얼굴에는 어둠이 드리워졌다. 자신이 혼자가 아니라는 사실을 증명해 준 할머니와 함께 살고 싶지만, 저들은 주술사 후보생들을 인간이 아닌 소유물이라 생각하는 족속들이다. 허락이 떨어질 리가 없었다. 노파 역시 잘 알고 있는 사실이지만 쉽게 물러설 수 없었다.

“그럼, 이 아이와 며칠만이라도 함께 생활하도록 해주면 안 되겠습니까?”

“성에서 머물고 싶다면 얼마든지 환영이죠. 당신같이 유능한 조제사라면 일반인들을 위해 그 아까운 능력을 쓰느니 성안의 모두를 위해 일해 주는 것이 낫지 않겠습니까?”

“뭔가 오해하고 계시는군요. 전 제가 살고 있는 집에서 단 며칠만이라도 좋으니까 손녀와 함께 살아보고 싶다는 겁니다.”

치밀어 오르는 화와 구겨지는 자존심 따윈 상관없었다. 이 더러운 나라를 떠나는 것이다. 사랑하는 손녀 피스와 함께! 그것을 위해선 다소 비굴해진다 해도 신경 쓰지 않을 것이다. 노파에게 중요한 것은 체면 따위가 아니었다.

"미안하지만, 제가 당신을 어떻게 믿겠습니까?"

"이 노파의… 목숨을 걸겠습니다!"

비장해 보이는 눈에 꽉 다문 입술.

"거짓말하는 것 같진 않군요. 그 목숨 잠시 보관하도록 하겠습니다."

왕은 호의적인 미소를 지으며 피스에게 명령했다.

"이틀입니다. 그 이상 같이 지내고 싶다면 성으로 같이 들어오도록 하십시오."

다크 최고의 조제사는 세계 제일의 조제사와도 같은 말이었다. 어느 나라에서든 그녀를 거부하는 나라는 없을 것이다. 마음이란 잡아둘 수 있을 때 잡아둬야 하는 법. 성으로 들어간다고 해도 피스를 볼 수 있는 시간은 거의 없다. 주술사 후보생의 하루는 몬스터 잡기로 시작해서 몬스터 잡기로 끝나는 경우가 허다했다.

"그럼, 물러나겠습니다."

노파는 자리에서 일어나 피스의 손을 잡았다. 따스한 온기……

"당신을 믿고 아무런 감시도 붙이지 않겠습니다. 부디 그 신뢰를 저버리지 않으시길."

마치 노파의 속마음을 꿰뚫고 있는 사람처럼 왕의 말은 날카롭게 그녀의 양심을 후벼팠지만, 자기 손녀 자기가 데려가겠다는데 저따위 말이나 늘어놓는 쪽이 따지고 보면 웃기는 녀석인 셈이다.

'양심의 가책'. 그것은 여유있는 자들이나 느끼라고 해. 난 앞으로의 일을 떠올리는 것만으로도 골치 아파!

노파는 가볍게 목례를 해 보이고는 성 밖으로 빠져나왔다.

"할머니 손녀가 피스라니… 정말 믿어지지가 않아요."

기쁨에 들뜬 목소리로 자신에게 말을 거는 피스를 바라보며 노파는 가슴이 아팠다.

"처음부터 한눈에 알아봤으면 좋았을 텐데… 할머니로서 실격이구나, 난."

"아니에요! 저도 할머니 몰라봤잖아요. 그야, 피스가 할머니 손녀였다면 좋겠다는 생각은 했었지만. 헤헤."

만나고 나서 처음으로 피스가 보여준 여섯 살짜리의 밝은 미소.

"그럼 집으로 갈까?"

"이번엔 엉뚱한 길로 새기 없기예요. 이번에도 다른 길로 가자고 하시면 그땐 억지로라도 끌고 갈 테니까."

피스가 애초부터 단단히 다짐을 받아두겠다는 듯 으름장을 놓자 노파는 머쓱한 표정으로 미소를 지었다. 피스의 말대로 딴 길로 새지 않고 집으로 향하는 길은 가까웠고, 무엇보다 편안했다.

"어? 어떻게 이렇게 일찍 오시는 거유? 게다가 그 아인……?"

트랜트가 집을 봐주고 있었던 듯 자신들이 도착하기가 무섭게 아는 척을 해댔다.

"아, 집을 봐주고 있었던 거냐?"

"성이라면 이런 집보다 편할 텐데 하루 정도 자고 오지 그랬수?"

"그놈의 성 얘긴 꺼내지도 마. 다크가 안 좋은 나라라는 생각은 했지만 왕이고 대신이고, 하다못해 문지기들까지 마음에 드는 놈이 하나두 없다."

"하하, 사는 게 다 그렇죠. 그런데 진짜 이 아인 어떻게 된 거유?"

트랜트의 말에 노파는 머리를 긁적거리며 곤란한 듯한 표정으로 미소를 지었다.

"뭐… 일단은 내 손녀야."

"에이~ 또 속이려고 그러죠? 트랜트가 같은 말에 몇 번이나 넘어갈 정도로 멍청하게 보이십니까?"

트랜트는 두 가지를 흔들며 이젠 안 속는다는 표정으로 피식 미소를 짓자 가만히 있던 피스가 뭔가 쑥스러운 표정으로 다시 악수를 청했다.

"쿨 피스 마스예요. 이래 봬도 할머니 손녀니까 이틀 동안 잘 부탁드릴게요."

피스의 말에 트랜트는 갈등에 빠져 버렸다. 설마 자신을 속이려고 되돌아온 것은 아닐 테고, 그렇다고 해서 진짜 노파의 손녀라고 보기엔…….

"저 아이가 손녀라면 도대체 성엔 뭐 하러 간 거유?"

"…몰랐지."

"몰랐어요……."

"으아아아아—! 바보들!"

"이봐! 그 무슨 실례의 말을……."

노파는 스틸레트를 꺼내고는 트랜트를 꾹꾹 찔러댔다.

"아야얏! 그것 참, 내 껍질 다 벗겨지면 누구 책임인 줄 알아요?"

"약 주면 될 것 아냐. 짜식이!"

노파는 더욱더 힘을 가해 트랜트를 찌르고는 병 주고 약 준다는 식의 말을 내뱉었다.

"헤헤, 비록 이틀이긴 하지만 무척 재미있을 것 같아요. 할머니랑 사는 건……."

"에? 왜 이틀뿐이야?"

트랜트의 질문에 그들은 침울한 표정을 지어 보였다.

"왜 그러는 건데?"

"내가 멍청하게 손녀를 못 알아보고 성으로 갔기 때문이지 뭐."

노파가 스틸레트를 거둬들이며 자신의 허리춤에 꽂자 트랜트는 긴 한숨을 내쉬었다.

"하아~ 역시 주술사도 제약사도 놓아주고 싶지 않다는 건가요?"

"그런 셈이지. 딱 그때 바로 샤아플린으로 갔어야 했는데……."

"지금이라도 늦지 않았어요! 그야 햇빛 있을 때는 곤란하겠지만, 낮에 출발해서 진실의 숲만 잘 지나가면 바로 샤아플린 국경인데……."

"어디 가서 그런 소리하지 마. 괜한 오해 사서 트렌트란 트랜트는 죄다 뽑아버린다고 난리 치면 괜히 피해 보는 건 너희 트랜트들뿐이니까."

"쳇! 정말 할 이야긴 아니지만 난 가끔 인간이라는 종족이 싫어져."

툴툴거리며 뒤돌아서는 트랜트에게 노파는 마치 지나가는 말인 것처럼 한숨 섞인 말을 내뱉었다.

"그러니까 건강하라는 거야. 비실비실거리기만 하는 종족은 인간들에게 별 영향을 줄 수 없어. 아무리 싫다고 해봤자 어디 눈이나 깜빡하냐?"

"쩝, 그것도 그렇죠."

"이깟 스틸레트로 찔린 정도는 아무것도 아니라는 듯한… 그런 트랜트가 되는 거야. 그래야만 먼 훗날 우리 피스가 마음 놓고 널 찾아올 수 있지."

"쳇! 결국은 손녀 걱정이었군요. 뭐… 이렇게 정정하신데 손녀야 할머니가 알아서 잘 챙기는 법 아니겠수?"

"나라고 천년만년 살 줄 알아?"

"후! 당신이라면 능히 그러고도 남지."

"그래, 이 빌어먹을 트랜트야. 잘 먹고 잘 살아라."

노파는 쓸쓸한 미소를 지으며 트랜트에게 인사를 하며 피스와 함께 집 안으로 들어가 버렸다. 트랜트는 이제까지의 장난기를 싹 지워 버리고는 심각한 표정으로 노파의 집을 바라보며 고개를 갸웃거렸다.

"여행이라도 떠나려는 건가… 하긴 저 양반 성격을 보건대 성에 들어가 생활하면 일주일도 못 가서 화병으로 죽을 테지. 그렇다고 다크에 남아 있자니 손녀 생각으로 잠도 못 잘 테고. 답이 없군, 답이 없어."

트랜트는 안됐다는 표정으로 긴 한숨을 내쉬고는 자신이 있을 곳으로 걸음을 옮겼다.

"시끄러운 녀석, 이제야 갔나 보군."

노파는 아쉬운 눈으로 잠시 트랜트가 있던 쪽을 바라보았다.

"다크에서 살아서 좋았던 점이라면 저 녀석을 만날 수 있다는 거였는데, 하~ 다시 살아서 만날 수 있을런지……."

"할머니, 어디 가세요?"

피스의 의아한 표정에 노파는 고개를 끄덕여 보이며 옷장을 뒤적거렸다. 오늘을 위해서 준비해 둔 것인지 귀엽고 깜찍한 옷들이 꽉꽉 들어차 있었다.

"우와~! 이게 다 뭐예요?"

"샤아플린에 갈 때마다 나도 모르게 이쁜 여자 아이 옷들을 보면 손이 가더라구. 하핫! 이 옷 좀 입어보겠니? 특가 세일할 때 아줌마들을 밀쳐 내고 사 온 건데……."

노파는 기대에 찬 눈빛으로 연한 남빛의 원피스를 꺼내 들었다. 노파의 취향인지 심플한 디자인에 양 옆 트임에 단추가 달려 있어서 단추를 채우면 롱 스커트의 이미지에 깔끔한 느낌을 주고, 단추를 풀면 활동적이고 발랄한 느낌이 물씬 풍기는 세련된 디자인의 옷이었다.

"예쁘냐? 이 색깔이 한참 배를 타고 나가야만 만날 수 있는 색이란다."

"예뻐요."

피스는 노파가 건네주는 원피스를 황홀한 표정으로 바라보며 행복한 표정을 지어 보였나.

"하하, 그렇게 좋아하고만 있지 말고 입어보렴. 어울리는지 아닌지를 봐야 하니까."

"이거… 정말 제가 입어도 되는 거예요?"

"그럼 내가 입어? 아마 모르긴 몰라도 오크 패션쇼 보는 기분일걸."

"헤헤."

"아까운 옷 터지면 손해니까 빨리 갈아입어 봐."

"네."

피스는 얼른 노파가 준 옷으로 갈아입고 한 바퀴 빙글 돌아 보였다.

"어때요?"

"으음, 아직 감동이 부족한걸."

노파는 뭔가 골똘히 생각에 잠긴 듯한 눈으로 피스를 바라보다 손뼉을 쳤다.

"그래! 머리도 좀 묶어보고, 신발도 다른 걸로 바꿔 신어보고 꾸며 보면 훨씬 귀엽겠다. 아무래도 우리 피스는 예쁘니까."

노파는 생긋 미소를 지으며 어느새 꺼내 들었는지 빗과 체크무늬 리본을 가지고 와서는 피스를 자신의 앞에 앉혔다.

"자! 자! 빨리 끝낼 테니까 움직이면 안 돼."

"뭐 하시려구요?"

"하핫! 우리 피스 예쁘게 꾸며주려고 그러지."

노파는 조심스럽게 헝클어진 피스의 머리를 빗어 내리며 머리를 하나로 틀어 올렸다.

"어디 좀 볼까?"

피스는 전형적인 미인형이었다. 아무리 생각해도 노파가 생각한 귀여운 손녀딸의 이미지와는 동떨어진 느낌이지만, 눈에 넣어도 아프지 않을 손녀가 아닌가.

"정말 예쁘구나. 피스는 할머니랑 함께 살고 싶지 않니?"

"할머니랑 함께 살고 싶어요. 그치만… 그랬다간 할머니께서 곤란해지시잖아요."

피스는 고개를 푹 숙여 보였다. 아무도 없다고 생각했지만 아빠와 엄마—비록 만나진 못했지만—자신을 이렇듯 아껴주는 할머니가 있었다. 그것으로 그녀는 만족할 수 있는 것이다. 혼자가 아니니까.

"주술사가 되면 성에서 떠나 명령대로 움직이긴 하지만, 명령만 이행한다면 주술사 후보생들과는 달리 자유라는 게 있으니까… 그때 할머니랑 함께 살래요. 물론 할머니만 좋으시다면요."

"피스, 할머니는 그렇게 오래 살 자신이 없단다. 주술사가 몇 살에 된다라는 제도가 있는 것도 아니고, 주술사가 된다고 해도 그 주술사들 모두가 성을 떠날 수 있는 게 아니잖니?"

"적어도 마스터 급은 되어야 성을 떠날 수 있죠. 전 마스터 급이 돼보일 거구요. 어차피 할 거… 제대로 해내야죠. 그래야 저 스스로도 만족할 수 있을 거 같고……."

피스는 애써 자기 자신의 마음을 억눌렀다. 노파는 그런 피스의 얼굴을 빤히 바라보며 긴 한숨을 내쉬었다.

"하아~ 할머닌… 거짓말하는 사람은 싫다고 했었지?"

"…진심이에요."

"피스, 네 착한 마음은 정말 마음에 들고 감사하게 생각한단다. 그치만 사람은 하고 싶은 일과 꼭 해야 하는 일에는 오기와 인내심을 부릴 줄도 알아야 해. 그런데 그 오기를 다른 말로 하면 뭔지 아니?"

"아니요."

"억지라는 거지. 할머니는 너와 살고 싶어. 설령 피스, 네가 싫다고 해도 할머니는 너와 같이 살겠다는 억지를 부리려고 하는데 어때? 싫어?"

"아니요. 그렇지만… 다크에선……."

"그래, 다크에선 힘들겠지만 다른 나라로 망명한다면 얼마든지 함께 살아갈 수 있어."

노파의 눈은 진지했다. 다크라는 나라는 손녀와 자신 둘 모두에게 적합하지 못한 나라라는 생각이 바뀌지 않은 것이다.

"망명이라면……?"

"진실의 숲으로 돌아가서 국경을 넘는 거지. 그리고 샤아플린의 성으로 찾아가 내가 그 나라의 백성이 되고 싶다는 말을 전하는 거야. 다크에서 벗어나야만 했던 이유와 함께. 그렇게 어려운 일은 아니야. 게다가 이 할머닌 어딜 가나 서로 제발 와달라고 애원할 정도로 솜씨 좋은 조제사라고."

"그럼 전 어떻게 해야 하죠?"

"뭐… 평상시랑 같게 움직이면 돼. 낯선 사람 조심하고……."

"낯선 사람……?"

"감시를 붙이지 않겠다 어쩌겠다 라고 이야기해도 결국 뒤로 호박씨 까는 녀석들이 귀족이라는 녀석이야. 뭐… 내 집은 내가 잘 아니까 침입자 방지 부적이니 소리가 새어 나가지 않는 시약 같은 걸로 도배를 해뒀지만 정작 저 문밖으로 한 발자국이라도 나간다면 무슨 일이 어떻게 새어 나갈지 짐작조차 할 수 없어. 이런 외딴 곳에 집이라고는 달랑 여기뿐인데 사람들이 갑자기 지나다닌다면 뭔가 이상하다는 생각이 들지 않나?"

"사람이 있다는 자체가 신기한 거네요."

"그렇지. 약속한 이틀은 이곳에서 즐겁게 보내고… 그 다음에 여길 뜨는 거야."

24시간 깜깜한 다크와는 달리 샤아플린은 빛이라는 것이 존재하는 나라였다. 가능한 컴컴한 저녁에 도착해야만 빛 가리개나마 안전하게 마련할 수 있는 것이다(다크인들은 태어날 때부터 아예 빛이라는 것을 본 적이 없기에 잘못했다간 송두리째 시력을 잃게 된다).

"할머니, 후회 안 하실 자신 있으세요?"

"그런 거… 할 사람 같냐?"

피스는 묘하게 노파의 말에 수긍해 버렸다. 솔직히 노파가 자신이 저질렀던 일에 관해 후회한다느니 실수였다느니 하며 한숨짓는 장면 같은 것은 상상이 가지 않았다.

"할머니, 저 졸려요."

피스는 하품을 하며 노파의 난감한 시선을 피해 버렸다. 마음은 기쁘지만 단순하게 생각하기엔 피스는 너무나 조숙했다.

"잘 자라."

노파는 피스의 뺨에 뽀뽀를 해주고는 침대에 눕는 것을 확인했다.

'후회하지 않는다라……'

노파의 얼굴에는 어느덧 비장함이 서렸다.

'후회하지 않도록 하는 거겠지.'

노파 역시 침대 한편에 드러누우며 싱긋 미소를 지었다.

"하핫, 기껏 예쁘게 꾸며놨더니 그대로 자는 거냐?"

원피스나 머리에 꽂은 리본 그대로 누워 버린 피스에게 노파는 자상한 얼굴로 불편함을 살펴주었다(가령 리본을 빼준다든지, 이불을 다시 덮어주는 것과 같은 행동들).

노파는 그날 저녁 모처럼 편하게 잠들 수 있었다. 아침의 새가 지저귀는 소리는 어디서나 비슷했다. 보이지 않는 벽에 부딪쳐 다크가 만들어진 300년 남짓을 이곳에서 적응해 온 새는 이미 하늘을 나는 법을 잊어버렸다. 인간의 시력이 퇴화되어 가는 것처럼 새들도 집오리처럼 뒤뚱거리며 인간들이 간혹 던져 주는 모이나 받아 먹듯 그들의 세계로 뛰어들어야만 했다.

"잘 잤나?"

어디서 구해온 것인지 과일 한 아름을 가지고 들어오던 노파는 이제 막 잠에서 깨어난 피스를 바라보며 생긋 미소를 지어 보였다.

"아함—! 좋은 꿈꾸셨나요?"

"너무 푹 자느라 꿈꾸는 것마저 잊어버렸지 뭐냐. 하핫, 씻고 오너라. 그동안 짐이라도 챙겨두고 있으마."

"아, 네."

피스는 자리에서 벌떡 일어나 밖으로 나왔다. 워낙 인적이 드문 곳이라 여러 가지로 자연 환경만큼은 어디에 내놓아도 흠 잡힐 데 없을 만큼 깨끗했다.

"어? 씻으러 왔냐?"

"아, 네. 그런데……."

"아아, 난 물 좀 마시러 왔지."

피스가 이제 막 씻기 위해 물속에 손을 담궜던 그곳에 안면이 익은 트랜트가 바로 뿌리를 물에 담그고는 시원하다는 표정을 짓고 있었다.

"아아, 그게 아니라 그 발을 물에……."

"응? 아~! 그거야 나무니까 당연히 뿌리로 물을 전달하면 개운해지지. 그게 왜?"

대놓고 '찝찝해서 그러지, 왜 그러긴 왜 그러냐?'라고 말을 꺼낼 수 없었던 피스는 망설이는 표정으로 애꿎은 물만 두 손으로 첨벙거려 댔다. 그녀가 왜 그러는지 영문을 알 리 없는 트랜트는 여전히 호의적인 미소를 지으며 노파의 안부를 물었다.

"할머니는 일어나셨냐? 부탁한 과일은 현관에 두고 좀 바빠서 이제야 확인하러 가는 길인데, 네 할머니 깨 있으시면 그 잔소리

감당하기가 벅차서 말이야."

"할머니라면 벌써 일어나셔서 뭔가 잔뜩 들고 정리 같은 거 하시는 모양이던데요."

피스는 기어이 그 자리에선 씻을 수 없겠다는 결론을 내렸는지 소심하게 트랜트의 눈치를 살피며 그보다 조금 위쪽으로 올라가 얼굴을 씻기 시작했다.

머리까지 맑아질 정도로 상쾌한 차가운 물이 자신의 얼굴에 와 닿자 피스는 기분이 좋아졌다.

"할머니 화 많이 나셨냐?"

"아니요, 기분 좋아 보이시던데요."

"그럼 다행인데… 그 깐깐한 양반이 심술 부리기라도 하면 대책이 안 서거든. 그러면 아무래도 골치깨나 아파지는데… 하아~"

트랜트가 한숨을 내쉬며 걱정스러운 눈으로 자신을 바라보자 마음이 약한 피스는 슬그머니 자리에서 일어났다.

"저, 다 씻었으니까 할머니께 함께 가보실래요?"

"하긴 이왕 맞을 매라면 말릴 사람이 있을 때 맞는 게 좋겠지. 그래, 가자."

트랜트는 물가에 내린 뿌리를 밖으로 드러내고는 피스와 함께 노파의 집으로 향했다. 언제나 외로워 보이던 분위기의 집이 오늘은 왠지 정겹게 느껴진 트랜트는 뭔가 알겠다는 듯한 표정으로 미소를 지어 보였다.

"그 깐깐한 양반이 왜 화를 안 냈는지 알 것 같군."

피스는 트랜트의 말뜻을 알아들을 수 없었지만, 그가 도착했다는 것을 노파에게 알려주기 위해 집 안으로 들어갔다.

"피스, 깨끗하게 씻고 왔냐?"

노파는 그 짧은 사이에 떠날 준비를 완벽하게 마친 듯 꽤나 두 둠해진 배낭을 탁자 위에 올려놓았다.

"할머니, 밖에 누가 오셨어요."

"응? 이 시간에 누구지? 그래, 알았으니까 여기서 과일이나 좀 먹고 있거라."

노파는 피스에게 사과를 던져 주었고, 사과의 달콤함을 알아버린 피스는 그녀가 주는 것에 대해 전혀 거리낌이나 망설임없이 덥석 베어 물었다.

"난 또 누구라고… 무슨 일이야, 이런 이른 시간에?"

"아아, 아침에 너무 바빠서 현관에다 과일 바구니만 두고 갔던 게 마음에 걸려서 찾아온 건데… 표정을 보니 쓸데없는 짓을 한 것 같군요."

"아니야, 과일 고마워. 안 그래도 뭘 먹을까 고민하던 차에 잘됐지. 이제 용건 끝난 거냐?"

노파가 볼일 다 봤으면 얼른 가라는 듯한 표정으로 트랜트를 바라보자 그는 시무룩한 얼굴로 노파를 바라보았다.

"피스가 자기 할머니 바쁘다고 하더니만, 그 말이 사실인 것 같군요. 어째 오늘은 아무래도 날 바로 보내지 못해 안달하시는 게……."

"미안하지만, 오늘은 바쁜 날이거든."

"아참! 성으로 돌아가야 하는 날? 뭐, 그렇다고 해도 이렇게까지 서두를 필요가 있수?"

"상관 마. 난 조금이라도 더 많은 경치를 보여주려는 것뿐이니까."

"흐음, 길치니까 안 그래도 가던 길만 가야 하는데 그전에 할머니가 어디서 어떻게 살아왔는지 보는 것도 나쁘진 않겠죠. 아아, 다녀오세요. 집은 제가 봐드릴 테니까."

"그래, 고맙다만… 오래 걸릴지도 몰라."

"어차피 빨리 오리라는 생각은 하지 않았수."

"하핫! 마음대로 해. 그렇지만 너무 오래 기다리진 마라."

"남는 게 시간인걸. 그럼 잘 다녀오슈."

트랜트는 노파에게 가볍게 손을 흔들어 보이며 발길을 돌렸다. 노파는 트랜트의 발소리가 아예 들리지 않게 될 때까지 멍하니 서 있다 피스가 부르는 소리에 정신을 차렸다.

"할머니?"

"이런이런, 왜 나온 거냐?"

"무슨 생각 하고 계셨어요?"

"아, 들어가자."

노파는 피스의 손을 잡고 집 안으로 들어가 기껏 꾸린 배낭을 뒤적거리며 약병 하나를 건넸다.

"피스, 이 약은 아주 특별한 약이야. 죽은 이를 다시 살려낼 수 있는 아주 귀한 약이지."

"에? 어떻게 그런 일이 가능하죠?"

"어린 너에게 설명을 해줘도 이해할 수 없을 테니 그냥 할머니 이야기를 들어주지 않을래?"

"네."

"착하구나, 하핫. 그래, 이 약은 죽은 이를 다시 살려낼 수 있지만 그 외의 것은 힘들단다. 영혼은 내 관할이 아니거든. 그렇기 때문에 인간에게 이 약을 붓거나 먹게 되면 그건 식물인간에 지나지 않아. 그렇지만 트랜트나 드래곤과 같이 영혼이 없는 녀석들에겐 아주 유용한 약이 될 거야. 그러니 이 약은 너와 나… 두 사람이 한 병씩 관리하도록 해. 좋지?"

"이런 걸 저에게 주셔도 되는 거예요?"

"무슨 일이 생길지 알 수 없으니까. 자! 이제 슬슬 가볼까?"

노파는 그것을 피스에게 건네고는 배낭을 메었다.

"할머니, 그럼 이거 인간에게 쓰면 안 되는 거예요?"

"좋아하는 사람이 식물인간으로 있으면 좋겠니? 양쪽 모두에게 안 되는 소리야, 그건."

노파의 단호한 말에 피스는 고개를 끄덕였다.

"그렇군요……. 할머니, 아무것도 안 드실 거예요?"

이야기만 들려주는 노파를 피스는 걱정스러운 눈으로 바라보며 과일을 집어 건넸다.

"하핫! 고맙다. 손녀가 있으니 확실히 좋구나. 걱정하고 챙겨주는 사람도 다 있고."

노파는 덥석 사과를 베어 물고는 미소를 지으며 자리에서 일어났다.

"그동안 고마웠다, 나의 집……."

잠시 감상에 잠긴 눈으로 집을 둘러본 노파는 피스와 함께 밖으로 나가 전혀 망설이는 기색 없이 성과는 반대 방향으로 걸어갔다.

"아무도 없나?"

웬 낯선 남자 한 명이 노파의 집을 기웃거린 것은 간발의 차였다. '쿵쿵'거리는 시끄러운 소리와 마치 지진이라도 난 것처럼—물론 그렇게 큰 흔들림은 아니다—흔들리는 바닥으로 보건대 트랜트가 이 근방을 지나가나 보다 생각한 그는 별 생각 없이 노파의 집에 들어가기 위해 문을 열었다. 순간 누군가가 자신의 등을 툭툭 치는 것이 아닌가.

"넌 누구길래 남의 집에 함부로 들어가려는 거냐?"

음울한 목소리. 그는 놀라 자신의 뒤를 보자 50년이나 되었을까? 트랜트치고는 꽤 애송이 같아 보이는 녀석이 자신을 노려보고 있는 것이다.

"아! 여기에 조제사 할머니 한 분이 사시지 않습니까?"

"흐음— 자네, 그분의 아들인가?"

"그렇습니다만, 인기척이 없어서 들어가 보려던 참입니다."

그는 트랜트가 멋대로 오해하는 것을 이용해 어느새 당당하게 그 집의 문을 열어보았다. 예상대로 안은 인기척이라고는 전혀 들려오지 않았다.

트랜트는 노파의 아들과 며느리를 평소부터 탐탁지 않게 생각해서 슬그머니 장난기가 발동하기 시작했다. 노파가 보이지 않는데도 걱정조차 하지 않는 것이 괘씸한 생각이 들었던 것이다.

"큰일이 생겼어. 그분께서 손녀를 찾아오신 건 아나? 아, 모르겠구만. 하긴 큰일은 그 다음이니까……."

"큰일이라뇨?"

"글쎄, 오늘까지 손녀를 성으로 돌려보내야 하는데 샤아플린으로 손녀와 함께 탈출한다지 뭔가. 지금 한창 진실의 숲으로 가고 있는 중일 걸세."

"샤아플린이라고 하셨습니까?"

"그렇다네. 자네랑 간발의 차였으니까 빨리 가면 만날 수 있을 걸세. 함께 살겠다고 위험하게 그러지 말고, 다크에서 사시라고 말려보게."

트랜트의 말에 그는 뒤도 돌아보지 않고 후닥닥 달리기 시작했다.

"쩝, 그렇게 걱정이 되었다면 진작에 찾아뵐 일이지. 하여튼 요즘 젊은것들이란……."

트랜트는 씁쓸한지 입맛을 쩝쩝 다시긴 했지만, 그래도 좋은 일 해서 뿌듯하다는 표정이었다.

"모름지기 화해하려면 누군가 나서줘야 하는 법이지. 후훗!"

추적자는 트랜트가 보이지 않는 곳에서 단칼을 꺼내 들고는 자신의 팔에 글자를 새겨 넣었다.

'쿨 도망치다.'

그의 표정에선 아무런 고통도 찾아볼 수 없었다. 잠시 후 그는 미간을 찌푸리며 자신의 팔을 내려다보았다. 놀랍게도 그의 팔에선 다른 글자가 나타났다.

'노파는 포기하더라도 쿨은 찾아라.'

다크 최고의 조제사는 다른 나라에 넘기지만 않는다면 손해 볼 것이 없지만, 주술사는 사정이 다르다. 피스는 어린 나이에도 불구하고 무기면 무기, 주술이면 주술 척척 해내는 천재인 것이다.

"꼬맹이 하나 잡자고 마스터가 움직이다니……."

그는 어떻게 하면 피스를 다치지 않고 포박할 수 있을까 생각하다 조류 몬스터 잡을 때나 사용하던—일반보다 두 배나 큰—볼라를 꺼내 들었다. 역시나 주술로 단련되었다고는 해도 노파가 끼어 있다면 이동하는 시간이 평소의 배는 걸리게 된다. 그렇게 오래 걸리지도 않아서 그녀들의 모습이 보였던 것이다.

"어디 잡아볼까?"

그는 재밌다는 표정으로 세 개의 작은 추를 들고 나머지 작은 추를 머리 위에서 휘두르기 시작했다. 휙휙 바람을 가르는 소리와 팽팽한 느낌이 그의 손에 전달되자 그는 피스의 다리를 노리고 볼라를 던졌다.

"꺄아아!"

피스가 나뒹굴자 노파는 놀란 표정으로 그녀를 일으켰다. 마치 들짐승이라도 사냥하는 것처럼 정확하게 두 발을 볼라로 묶어버린 그는 믿어지지 않는 속도로 노파의 앞에 나타났다.

"누구냐!"

"얌전하게 성으로 갔으면 이런 고생은 하지 않았어도 됐잖아."

그는 귀찮다는 표정으로 피스를 들쳐 안고는 피스의 두 손마저 눈 깜짝할 새에 묶어버렸다.

"지금 내 앞에서 내 손녀를 끌고 가려는 건가?"

노파는 스틸레트를 빼어 들고는 단단히 화가 났다는 듯한 목소리로 그에게 명령했다.

"지금 당장 피스를 놓아줘."

주술사는 비웃는 듯한 표정으로 노파를 바라보았다.

"안됐지만 난 시체하고 대련하는 취미는 없습니다."

"무슨 소리냐!"

노파는 두 눈을 크게 뜨고는 그를 노려보았지만 곧 피를 한움큼 토해내고 말았다.

"나는 마스터 급의 주술사. 나보다 시간을 능숙하게 다룰 수 있어야 날 쓰러뜨릴 수 있죠."

그는 재미없다는 듯 노파가 쓰러지는 장면을 바라보며 비웃었다.

피스의 눈에 순간 눈물이 맺혔다. 위험한 과거를 떠올릴 뻔한 것이다. 시간의 주술사, 마스터… 지금의 피스에게 따라다니는 호칭들.

"음… 깨끗하게 재생되고 있으니까… 조금 있으면 눈 뜨겠군요."

피스는 천천히 훼이나의 상태를 살피고는 다시 그녀의 옷을 갈아입혔다. 피가 흐르던 상처들은 흔적조차 남기지 않고 말끔하게 사라지고 있었다.

"우리 할머니도 드래곤이었으면 좋았을 텐데… 하아~!"

두근두근.

훼이나의 심장이 뛰기 시작했다.

"으음… 약이 정말 잘 듣는데……."

피스는 감상에 빠져 있던 자신에게 정신을 차리라는 듯 살짝 인상을 찌푸리며 자리에서 일어났다.

"정신 차려, 피스! 이제 곧 다 만날 수 있어."

그녀는 문을 열고 이제까지 애타게 자신을 기다렸을 떼떼와 위트에게 안심하라는 듯한 미소를 지어 보였다.

"조금만 있으면 깨어나실 거예요. 떼떼는 빨리 리도스님 모시고 와. 알겠지?"

"그러도록 하죠."

떼떼는 말이 끝나기가 무섭게 복도에 새겨진 고대 문자 중 낯익은 문자에 들어갔다. 빛과 함께 떼떼가 사라지자 난감한 표정의 위트가 물었다.

"이제 난 뭐 하지?"

피스 역시 한참 난감한 표정으로 위트를 바라보다 겨우 입을 열었다.

"그냥 하던 일 계속하세요."

"아, 역시……."

위트는 비장한 표정으로 고개를 끄덕였다.

"아저씨, 저 떼떼예요."

"아… 무슨 일이지?"

멍한 얼굴로 집무실의 문을 연 리도스의 뒤로 몇 번이나 워프 게이트를 뚫었다 닫았다를 계속했는지 마나의 기운이 엉망진창으로 풍겨왔다.

"훼이나 아줌마… 사라져 버렸어요."

"그게 무슨 소리야?!"

"피스 아줌마에게 가보세요. 성에서 좀 떨어진 곳에 있겠다고 했으니까… 빨리요!"

리도스는 그제야 타우린으로 가는 게이트 안으로 뛰어들었고, 떼떼는 리도스가 완전히 사라지는 것을 확인하고는 그제야 미안한 듯한 표정으로 머리를 긁적거렸다.

"죄송해요. 제가 연기력이 탁월하다 보니 아저씨를 속이게 됐어요. 아휴~ 정말이지, 영웅은 쉽게 만들어지는 법이 아닌가 봐요."

"무슨 소리야? 훼이나가 사라지다니?"

훼이나의 성으로 가는 입구에 나와 있던 피스는 갑자기 나타난 리도스를 보고도 전혀 놀라는 기색 없이 태연했다.

"이제야 움직이시다니……."

"그런 소리 들으려고 온 거 아니야. 훼이나가 없어지다니… 그게 무슨 소리야?!"

피스는 묘한 표정을 지으며 리도스를 바라보았다.

"리도스님, 한 가지만 물어볼게요. 솔직하게 말씀해 주세요."

리도스는 자신의 질문에 피스가 대답은커녕 시간만 끌고 있다는 생각이 들자 울컥한 표정으로 화를 냈다.

"훼이나는?!"

"사랑하는 분을 잃은 느낌이 어떠세요?"

리도스의 눈에서 살기가 뿜어져 나왔다.

"지금 뭐라고 했냐? 내게 복수라도 하겠다는 거냐?"

"그냥… 느낌이 궁금했을 뿐이에요. 제가 느꼈던 감정과 같은 것인지… 뭐, 그런……."

리도스는 분한 표정으로 워프 게이트를 만들어 냈다.

"도망치시려는 건가요?"

"떠나라. 그리고 두 번 다시 내 앞에 나타나지 마라. 그땐 네 목숨을 보장할 수 없을 테니까."

피스는 게이트를 바라보며 만족스러운 표정을 지어 보였다.

"이 게이트가 다크로 통하는 거였음 좋겠지만… 아무래도 상관없겠죠, 리도스님껜."

"너를 처음 만난 그곳이다. 마음 같아선 지금 당장이라도 뒤집어엎어 버리고 싶지만, 그간의 기억을 떠올려서 참고 있는 거니까 지금 당장 떠나라!"

피스는 왠지 모르게 편안해 보이는 표정으로 리도스에게 생긋 미소를 지었지만, 등을 돌려 버린 리도스가 그 사실을 알 리가 없었다.

"떼떼에게 안부 전해주세요. 그리고 훼이나님 말인데요, 어떻게 된 건지 알고 싶으시다면 방에 가보세요."

"뭐?"

리도스는 뒤를 돌아보았지만 이미 피스의 자취는 찾아볼 수 없었다.

"도대체 여긴 왜 나와 있었던 거지?"

그는 미간을 찌푸리며 서둘러 훼이나의 방으로 향했다. 빨리 가보고 싶긴 했지만 여전히 어두운 탓에 그녀의 방으로 워프를 할 순 없었던 것이다. 한참을 걷다 보니 위트의 실루엣이 그의 눈에 들어왔다.

"이제 오시는 겁니까?"

원망 섞인 표정으로 리도스를 바라보던 위트는 긴 한숨을 내쉬었다.

"하아— 들어가 보십시오."

위트의 원망 쉰 눈길은 리도스가 늦어서도 아니있고, 훼이나가 잘못되어 그런 것도 아닌, 일종의 자괴감으로 보여졌기에 리도스는 고개를 갸웃거렸다. 뭔가 일이 이상하게 돌아가는 것이다.

'확실히… 이상하긴 하지만 이보다 안 좋을 수야 있겠어?'

리도스는 떨리는 손으로 문을 열었다. 가장 먼저 눈에 들어오는 것은 차곡차곡 쌓아둔 드래곤들이었다.

"뭐가 어떻게 된 일이지?"

리도스는 워프 게이트를 열어 각 드래곤들을 제 위치로 돌려보내고는 훼이나의 방을 둘러보았다. 그가 슬리핑으로 잠재우고 난 그 모습 그대로였다.

"뭐야, 없어졌다고 해놓고는……."

훼이나마저 잠자는 듯한 편안해 보이는 모습 그대로 침대에 눕혀져 있자 리도스는 안도의 눈빛인지 허무함이 실린 것인지 모를 얼굴로 훼이나를 천천히 바라보았다.

"깨어난다면 네가 원하는 일은 뭐든지 해줄 수 있을 것 같은데… 평생 너만 바라보고 살아달라고 해도 그럴 수 있을 것 같은데……."

리도스는 침대에 얼굴을 파묻고는 긴 한숨을 내쉬었다.

"정말 그럴 수 있을 것 같아?"

"내가 이런 걸로 거짓말할 놈 같아 보이냐?"

"사랑한다는 말해 달라고 해도 해줄 거야?"

"내가 훼이나를 사랑한다는 건 이제 위트까지 알고 있어. 그나저나 아까 드래곤들 다 보냈는데 누가 자꾸 귀찮게… 헉! 훼이나?!"

침대에 바로 앉아 자신을 바라보며 생글생글 웃고 있는 훼이나를 바라보는 리도스의 입이 쩍 벌어졌다.

"빨리 말해 봐. 시키는 대로 다 한다며?"

여전히 생글생글 미소 짓고 있는 훼이나.

"저… 저기… 훼이나?"

"뭘 더듬고 그래? 못 볼 거라도 본 거야?"

"그러니까 너… 죽지 않았던 거냐……?"

"무슨 실례의 말씀을. 난 네가 뭐든지 해준다는 소리에 근성을 발휘해 본 거라구."

"어버… 어버버……."

"농담이야! 농담."

살짝 미간을 찌푸리며 훼이나는 리도스의 등을 툭툭 쳤다.

"다행이야, 정말… 걱정했어."

리도스는 훼이나를 와락 끌어안았다.

"리도스, 울어?"

훼이나는 얼떨떨한 표정으로 리도스의 품에 안긴 채 리도스를 달래기 시작했다.

"울지 마, 응? 리도스~"

"안 울어, 안 운다니까."

위트는 문틈으로 살짝 그들을 엿보고는 긴 한숨을 내쉬었다. 오랜 짝사랑에 마침표를 찍어야 하는 것이다.

"끼어들 틈이 없다라."

"형, 뭐 해요?"

언제 왔는지 떼떼가 위트의 허리를 쿡쿡 찔러댔다.

"피스 아줌마, 안에 있어요?"

"아니, 없어."

"어딜 간 거지. 아빠랑 엄마가 안 보여서 물어보려고 했는데……."

"그러고 보니 엘프도 안 보이는데?"

떼떼는 시무룩한 얼굴로 방문을 확 열어 젖혔다. 리도스와 훼이나가 화들짝 떨어지는 것을 본 위트는 한숨을 내쉬며 피스를 떠올렸다.

"하아~ 이 정도 심술은 용서해 주는 거지?"

"떼떼, 표정이 왜 그래?"

리도스는 걱정스러운 표정으로 떼떼를 내려다보았다.

"아빠랑 엄마, 카디프 아저씨도 안 보이더니 피스 아줌마까지 사라졌어요. 어디 있는지 아저씨, 몰라요?"

"피스에게 고맙다고 해야 하는 거 아시죠? 어떻게 한 건지는 모르겠지만, 훼이나님 살려준 건 그녀니까요. 난 이제 두 사람 사이에서 빠지기로 했는데 쩝, 마지막으로 고맙다고 할 건 해야 하니까 그녀에게 갈 거면 동행하게 해주세요."

위트와 떼떼의 말에 리도스의 안색이 창백하게 변해 버렸다.

피스라는 소녀 말입니다. 인간으로서 살아갈 수 없을 겁니다.

카시우스의 일기에 쓰여 있었건만 리도스는 끝내 마지막 희생마저도 막아낼 수 없었다.

"다크에 가봐야겠어."

우울한 얼굴로 워프 게이트를 만들어낸 리도스에게 그들 모두는 이번에는 놓치지 않겠다는 듯한 표정으로 입을 모았다.

"우리도 함께 데려가."

"이번에도 슬리핑이니 뭐니 하는 마법을 썼다간 두고두고 후회하게 해드리겠습니다."

"엄마랑 아빠 있는 거라면 나도 갈래."

"하아, 마음대로 해라."

워프 게이트를 통해 밖으로 나온 곳은 바로 코앞조차 식별이 불가능한 암흑의 땅 다크였다.

"이거이거, 언제 봐도 기분 나쁜 곳인데……"

"그러길래 누가 따라오라고 했어? 이거나 써."

리도스는 눈 보호개를 꺼내 들고 모두에게 나눠주었다.

"겨우 잘 보이네. 정말이지 인간의 몸은 불편한 게 한두 가지가 아니야."

훼이나는 입술을 씰룩거리며 주위를 두리번거렸다. 카디프의 활을 가지러 갔던 광신도들의 마을이 있는 동굴은 그곳에서 추억이라고 할 만한 일을 만든 떼떼와 리도스를 제외한 그들에겐 그저 다크에 속한 기분 나쁜 땅일 뿐이었다.

"저 동굴 안에는 라고데사니 세실리아니 하는 훼이나 네가 싫어 할 만한 벌레들이 가득해. 그런데도 갈 거야?"

리도스는 애초부터 불만이 터져 나오지 못하게 하려는 것인지, 혼자 가고 싶어 그러는 것인지 그답지 않게 말이 많았다.

"분명히 말해 두지만, 이곳에 애버딘이랑 리즈, 카디프… 모두 없어. 단순히 그들만 찾아온 거라면 훼이나랑 손잡고 타우린으로 돌아가, 떼떼."

위트는 미간을 찌푸리며 자신을 바라보는 리도스에게 미리 쐐기를 박아버렸다.

"뭔가 쓸데없는 소리 하려거든 그만두십시오. 무슨 소리를 해도 제가 할 말은 '간다' 니까."

"넌 관련없는 일이야."

"글쎄, 관련이 있든 없든 가겠습니다. 그러니까 앞장서십시오. 제가 볼일이 있는 사람은 피스지, 리도스님이 아닙니다."

리도스는 한숨을 내쉬며 동굴 안으로 들어갔다. 아무도 돌아간 자는 없었고, 오히려 자신들을 두고 갈까 봐 경계심만 커져 버렸으니 저절로 한숨이 나올 만도 했다.

"여기선 가급적 소리 내지 말아요, 귀찮은 일이 생기니까."

떼떼는 옛 기억이 떠올랐는지 입가에 검지손가락을 들이대며 모두에게 주의를 주었다.

"피스?"

한참을 걷던 중 리도스는 누군가가 동굴 벽에 기대어 앉아 있는 걸 발견할 수 있었다. 후닥닥 뛰어가 보니 웨이브진 머리카락에 훤칠한 키, 새 하얀 피부와 요염해 보이는 눈초리, 틀림없는 피스였다.

"아줌마! 정신 차려요!"

금발 머리의 누군가가 이미 초점을 잃은 피스의 눈앞에서 아른거렸다.

"애버딘님……?"

뭔가 웅성거리는 소리는 들리지만 그게 무슨 소리인지 집중해서 듣기에는 벌써부터 의식이 공중에 붕 떠 있는 중이었다.

'내가 왜 그러는 걸까?'

피스는 몸을 가누려 했지만 힘이 들어가지 않았다. 자신의 발밑에는 트리아가 나뒹굴고 있고 뭔가 끈적거리는 액체들이 바닥을 붉게 물들이고 있는 중이다.

'아아… 손목을 그었다. 그래, 애버딘님… 마중 나와주신 건가?'

피스는 싱긋 미소를 지어 보였다. 구원받은 생각이 들었다. 자신이 리즈와 애버딘에게 쓸데없는 말만 지껄이지 않았어도 이렇게 괴롭진 않았을 텐데.

"용… 서해… 주시는… 건가요……?"

움직이지 않는 입을 들썩거리며 간신히 목소리를 쥐어짜 보지만 여전히 그의 목소리는 들려오지 않았다.

"애… 버딘님……."

"널 만나게 되어서 기뻤어. 편안하게 쉬어라."

귓가에 또렷하게 들려오는 그리운 목소리… 피스는 행복한 미소를 지으며 살며시 눈을 감았다. 오랫동안 편안한 잠을 잘 수 있을 것만 같았다. 피스의 얼굴이 점점 아래로 쳐지기 시작하자 위트는 그녀를 편안하게 눕혀주었다.

"위트 형?"

떼떼가 의아한 듯한 목소리로 위트를 불러댔지만 위트는 눈물을 흘리며 점점 온기를 잃어가고 있는 피스의 손을 잡았다. 그리고 예전에 들은 적 있는 애버딘이란 녀석의 목소리를 흉내내며 같은 소리를 되풀이했다. '고마워'라는…….

"어떻게 된 건지 설명해 줄 수 있겠어?"

"…뭐가 알고 싶은 건데?"

"애버딘이랑 리즈… 그리고 그 뻔뻔한 엘프. 다 어디 갔는지."

화이트 드래곤답지 않게 언제나 핵심을 찌르는 데 일가견이 있는 훼이나가 날카로운 눈빛을 빛내며 리도스를 추궁했다.

"피스가 죽었어. 우리야 드래곤이니까 상관없다고 쳐. 아니, 리도스는 일행이었으니까 상관없다고. 말하면 냉정하니까 위트에겐 상관없다고 치자구. 그치만 애버딘 일행에겐 제일 먼저 알려야 하지 않아? 그녀가 무엇 때문에 어떻게 죽었는지… 그러니까 지금은 피스에 대해서 묻지 않겠어. 대신 애버딘 일행이 어딨는지는 알아야겠어. 어딨어? 그애들 지금 어디 있는 거야?"

리도스는 잠시 곤혹스러운 표정을 짓다가 카시우스의 일기장을 꺼내 들었다.

"결과적이긴 하지만, 여기 적힌 대로야."

"이건 떼떼의 육아 일기잖아? 육아 일기랑 애버딘 일행이 무슨 관곈데?"

빼앗듯 리도스에게서 일기장을 받아 든 훼이나는 책장을 넘기며 쭉 훑어 내려갔지만 말 그대로 육아 일기는 떼떼의 어린 시절을 충실하게 묘사해 놓았을 뿐이다.

"뒤에 있어. 뒤쪽을 봐."

"그냥 말로 해줘도 될 텐데 그거 참."

훼이나는 거칠게 책장을 넘기며 피식 미소를 지었다.

"뭐야? 카시우스님도 참 리도스에게만 따로 메세지를 남기다니. 리도스, 너 일부러 자랑하려고 그러는 거야?"

"좀 더 뒤야. 차분히 읽어보면 안 되겠어?"

"리도스도 뭘 쑥스러워하고 그러는 거야?"

훼이나의 웃는 얼굴이 일순간 굳어져 버렸다.

"이거… 뭐야?"

훼이나의 목소리와 일기장을 든 손이 가볍게 떨렸다.

"본 그대로야."

"간단하고, 안전한… 이라고, 설마, 너… 카시우스님께서 시키는 대로 다 한 거야?!"

훼이나의 목소리가 앙칼져지자 떼떼는 후닥닥 그녀의 손에 있던 일기장을 낚아채고는 후닥닥 밖으로 나갔다.

"…안 말려도 되는 거야?"

"어차피 알게 될 거야."

체념한 듯한 리도스의 목소리에 훼이나는 질끈 눈을 감았다.

"위트."

"네?"

"가서 말려. 잘못하다간 프로소 섬 통째로 날려먹게 생겼으니까."

"무슨 말씀이십니까?"

"빨리 떼떼 쫓아가서 일기장 뺏으라구. 그리고 당분간 네가 데리고 있어줘."

훼이나의 말이 끝나기가 무섭게 마치 지진이라도 일어난 것처럼 섬이 흔들리기 시작했다. 훼이나의 인상이 찌푸려졌다.

"늦었군."

위트는 그녀의 말에 놀라 영문도 모르는 채 후닥닥 성 밖으로 나갔다. 거대한 골드 드래곤이 꼬리로 바닥을 치고 있는 것이 한눈에 들어왔다. 위트는 한숨을 내쉬고는 블루 드래곤으로 폴리모프해 떼떼의 꼬리를 지그시 밟아버렸다.

"끄아앗! 이게 무슨 짓이에요?!"

"눈동자 봐라. 시뻘건 게 어디 가서 핫 소스라도 집어삼키고 왔냐? 멀쩡하던 녀석이 갑자기 뛰쳐나가서 뭐 하는 짓이야?! 확 꼬리를 뽑아서 질겅질겅 씹어버릴까 보다!"

"형은 몰라! 모른다구!"

떼떼는 있는 힘껏 앞발로 성을 차버렸다.

"어떻게 이럴 수가 있냐구요! 어떻게!!"

벽 한쪽이 무너져 내리자 당황한 듯 성안의 모두는 일제히 뛰쳐나왔다.

"아빠랑 엄마, 카디프 아저씨 모두 내게 얼마나 소중한 존재였는 줄 알아요?!"

우르르 무너지는 또 다른 성벽을 바라보며 위트는 자신의 꼬리로 떼떼의 머리를 후려갈겼다.

"문제는 나한테 소중한 훼이나님이랑 리도스님이 저 성안에 계시다는 거야."

'쿵!' 하는 소리와 함께 떼떼가 바닥에 나뒹굴자 위트는 자신의 앞발로 사정없이 떼떼를 밟아버리고는 냉정한 눈빛을 보냈다.

"해츨링을 괴롭히는 건 내 취향이 아니다만, 마음에 안 드는 일이 있다고 난리 부리는 녀석이라면 얼마든지 상대해 주지."

"웃기지 말아요! 난리?! 그 정도라면 애초부터 소동 부리지도 않았어요! 멋지게 뒤집어놓을 테니까 거기서 구경이나 하시란 말입니다!"

"이 자식이!"

'퍽!' 하는 소리와 함께 떼떼는 그 자리에서 기절해 버렸다. 힘을 조절한다는 게 무심코 감정이 실려 그만 있는 힘껏 차버리고 말았던 것이다.

"넌 역시 꼬맹이가 어울려."

위트는 떼떼를 인간으로 폴리모프시키고는 자신도 인간으로 폴리모프해 버렸다.

"너, 내 구역에서 또 난리 떨어봐. 확 찜을 쪄버릴 테니까."

떼떼를 옆구리에 낀 위트는 절반 가량 부서져 버린 성을 바라보며 혀를 찼다.

"쯧쯧, 드래곤이 단체로 탱고를 춰도 백년은 버틸 거라더니, 이놈의 드워프들, 이름만 장인이지……"

"떼떼는 괜찮아?"

언제 나왔는지 훼이나가 위트를 바라보며 걱정스럽다는 듯한 얼굴로 떼떼의 안부를 물었다.

"괜찮아요. 살살 했으니까."

눈 하나 깜빡거리지 않고 거짓말을 해버린 위트는 흘낏 리도스가 있는 방향을 향해 손을 들어 보이며 큰 소리로 외쳤다.

"당분간 제가 데리고 있을 테니까 걱정 마세요!"

"잘 부탁해."

"훗, 이제야 저한테 반말을 써주시는군요. 그래요, 이젠 편안하게 생각해 주세요. 곧 멋진 여자 친구도 만들어서 인사시켜 드릴 테니까."

위트는 자신의 바다로 통하는 워프 게이트를 만들어내고는 미소를 지었다.

"제게는 소중한 분입니다. 리도스님을 잘 부탁드려요."

"솔직해져서 좋구나. 그래, 걱정 말고. 떼떼가 난동 부릴지도 모르니까 이거 채워두고."

훼이나는 마력 제어 팔찌를 떼떼의 왼팔에 채워 버리고는 만족의 미소를 지어 보였다. 팔찌는 처음에는 헐렁한 듯 보였으나 점점 줄어들더니 어느새 떼떼의 손목에 딱 맞게 변해 버렸다.

"이렇게 말썽 부리는 녀석이 아닌데… 뭔가 있는 겁니까?"

"그 일기장 한번 읽어봐. 그러면 이 아이가 왜 그렇게 날뛰었는지 알 수 있을 테니까."

훼이나는 안쓰럽다는 듯한 얼굴로 떼떼를 바라보며 긴 한숨을 내쉬었다.

비록 인간이긴 했지만 떼떼가 엄마 아빠라 부르며 누구보다 따르던 존재들을 친아빠의 명령을 받아 자신을 길러준 우상이 해치워 버린 것이니 얼마나 괴롭고 혼란스럽겠는가.

"카시우스님 바보! 무책임하다구요! 처음부터 그런 기록은 왜 괜히 남기셔서 리도스만 이렇게 힘들게 만드셨어요! 세상의 섭리가 그런 거라면 말씀하지 않으셔도 카시우스님께서 생각했던 그대로 됐을 텐데 괜히 리도스만……."

위트는 아쉬운 얼굴로 워프 게이트 안으로 들어가 버렸다. 자신의 존재는 마치 없다는 듯 아랑곳하지 않고 리도스에 대한 걱정만을 늘어놓는 훼이나라니…….

리도스에게는 어떨지 모르겠지만 훼이나님에겐 자식이 들어갈 수 있는 틈이 전혀 존재하지 않았다. 그가 할 수 있는 거라고는 애꿎은 떼떼를 흘겨보는 것밖에 없었다.

"전하? 그분은……?"

"떼떼지, 누군 누구냐. 얘가 여기 한두 번 왔었냐? 아무튼 여기서 꼼짝 못하게 할 테니까 혹 깨어나서 말썽 부리거든 나에게 바로 알려."

기절이 잠으로 이어진 건지 떼떼는 좀처럼 눈을 뜨지 않았다. 위트는 떼떼를 손님 방에 눕혀 두고는 보초를 세워놓았다.

"카시우스님의 일기라……"

어느덧 자신의 방에 들어선 위트는 카시우스의 일기장을 펼쳐 들었다. 처음에는 그저 어느 부모에게나 그렇듯 세상에서 가장 귀한 자식의 이야기로 빼곡하게 차 있는 평범한 육아 일기인 듯 보였지만, 읽어 내려갈 수록 위트의 표정도 어두워졌다.

"쯧쯧, 리도스님 또 나쁜 버릇 나오셨네. 혼자 먼지 다 뒤집어쓰시려나… 원……"

오랫동안 지켜봐 온 리도스다 보니 지금쯤 그가 무슨 생각을 하는지 훤히 알 수 있을 것 같았다.

"정말이지, 둘 다 안됐어."

"이거 풀어줘! 여기에 날 가둬두기만 하면 내가 스스로 얌전히 있을 것 같아?!"

'챙그랑!' 하는 꽃병 깨지는 소리가 나자 밖에서 감시하던 보초는 후닥닥 위트에게로 달려갔다.

"위트님! 떼떼님께서 지금 깨어나신 듯합니다."

"뭐야, 안에 들어가 본 거야?"

"아닙니다. 감시만 하고 오는 길입니다."

"그런데 그애가 일어난 건 어떻게 알아?"

"물건 던지는 소리를 들어보면 대충 알지 않겠습니까?"

"대충이 아니라 확실하지, 그건!"

그는 용수철을 온몸에 달아놓은 사람처럼 앞으로 툭 튀어나오며 떼떼가 있는 방으로 달려갔다.

"이거 풀어줘요!"

떼떼는 자신의 방문을 열고 들어온 위트를 노려보며 똑바로 자신의 의사를 밝혔다.

"지금 절 풀어주지 않으시면 절 데리고 온 걸 후회하게 만들어드릴 거예요!"

떼떼는 자신의 곁에 있던 수정 장식품을 손에 들고는 위트를 노려보았다. 떼떼도 이런 치사한 방법을 쓰고 싶진 않았지만, 정체모를 팔찌가 끼워진 다음부터는 폴리모프를 시도해 봐도 몸에 아무런 변화가 일어나지 않았다. 손목이 빨갛게 될 때까지 팔찌를 빼보겠다고 그 난리를 쳐도 손목만 긁혀서 다칠 뿐, 여전히 팔찌는 꼼짝도 하지 않기에 그것에 대해선 포기해 버린 것이다.

"웃! 꽃병, 액자, 거울 등등 이미 이 방에서 깰 건 다 깨버렸군 그래."

위트는 미간을 찌푸리며 엉망진창이 되어버린 바닥을 마법으로 깨끗이 정리했다.

"그거 깨면 총 50만 루비아다."

"무슨 말씀이세요!? 거울이나 꽃병이나 전부 싸구려인데!"

"이 몸을 직접 움직이게 한 값은 비싸. 게다가 그걸 고르고 배치하고… 아무리 생각해 봐도 50만 루비아는 족히 넘어가지."

뻔뻔스러운 위트의 말에 떼떼는 왠지 맥이 풀렸다는 듯 침대에 털썩 주저앉아 버렸다.

"형은 분위기 파악이라는 것도 모르시죠?"

"그런 게 꼭 필요한 거냐?"

"적어도 제게는 그래요. 형이잖아요! 제가 얼마나 괴로운지 형은 아세요?! 태어나서 처음으로 제대로 아버지에 대한 걸 알 수 있겠다 싶었는데… 처음 알아낸 게 아버지께서 우리 아빠랑 엄마, 카디프 아저씨를 죽게 했다는 거예요. 그것도 제가 제일 좋아하는 리도스 아저씨를 시켜서요. 아버지도, 리도스 아저씨도 모두 미워요! 저만은 절대로 아저씨 미워하지 않기로 했었는데… 아저씨가 미워 죽겠다구요!"

떼떼는 눈물을 터뜨렸다. 언제나 떼떼는 일이 터지고 나서야 그 일이 무엇인지 알 수 있었다. 해츨링에게는 아무도 앞일에 대해 알려주지 않는다. 그리고 언제나 그 일을 보호라는 명목으로 그럴싸하게 바꿔놓는 것이다. 리도스만큼은 뭔가 틀릴 줄 알았었는데……

"리도스 아저씨도 다른 드래곤들과 다를 바가 없는 거예요. 결국은……"

"그래서?"

위트의 목소리가 묘하게 가라앉았다.

"그래서라뇨?"

"리도스님께서 다른 드래곤들과 다를 바가 없다… 그래서 뭘 어떻게 하겠냐는 거다."

그답지 않은 냉정한 말에 떼떼는 소리 내어 우는 것도 잊어버렸지만 위트는 자신의 말을 멈추지 않았다.

"너야말로 아주 웃기는 녀석이다. 널 감싸려고 이제까지 리도스님께서 얼마나 많은 손해를 보셨는지 제대로 알고나 있냐? 네가 가출했을 때도 그랬고, 넌 네가 일을 저지를 때 그분을 염두에 두고 움직여본 적이 있느냔 말이다. 그런데 그런 네가 리도스님께 한다는 말이 다른 드래곤들과 다를 바가 없다? 그렇게 오랜 시간을 함께 보내왔으면서도 네 입에서 제일 처음 튀어나오는 말이 미워 죽겠다는 말이냐? 그분께서 왜 그렇게 했어야만 했는지에 대해서는 전혀 알아볼 생각조차 하지 않고, 너에게 중요한 건 그분께서 애버딘이라는 인간과 리즈, 카디프라는 엘프를 죽였냐 아니냐, 뭐 그런 거 아니야? 실제로 리도스님께서 죽였는지 아닌지도 모르잖아. 무턱대고 그분을 비난하는 게 네게는 가장 중요한 일인가?!"

위트의 비꼬는 솜씨는 가히 수준급이라 할 수 있었나(오죽하면 리도스 2세라고 불리겠는가). 어린 떼떼가 그의 비아냥을 받아치기에는 아직 몇백 년은 이른 소리였다.

"아무리 그렇게 리도스님을 옹호하려고 해봤자 내 귀에는 지금 아무 소리도 들리지 않아요. 날 여기서 내보내 주세요!"

떼떼는 눈물을 닦으며 위트에게 단호한 목소리로 부탁했다.

"그래, 좋아. 내가 백번 양보해서 널 보내주기로 하자. 그러면 넌 어디로 갈 건데?"

"갈 데 없을까 봐 걱정해 주시겠다는 겁니까? 그런 건 상관없으니까 빨리 절 풀어주기나 하세요."

거의 오기조의 말투에 위트는 한숨을 내쉬며 고개를 저었다.

"그러니까 네가 아직 어리다고 하는 거다, 이 녀석아! 감정적으로 해결할 문제가 있는 거고, 그렇지 않은 일도 있는 법이야. 당분간 마음이 가라앉을 때까진 여기 있어. 그리고 괜찮아지면 바로 리도스님께로 돌아가. 난 리도스님처럼 마음이 넓지 않아. 한번씩의 투정이라면 받아줄 수도 있고, 동생으로서 예뻐해 줄 수도 있지만, 만일 나더러 너의 보호자가 되라고 한다면 난 절대로 사절이야. 나뿐만이 아니라 드래곤들 대부분이 널 받아줄 수는 없을 거다. 그건 딱히 네가 싫어서가 아니라, 네가 지상에서 하나밖에 남지 않은 골드 드래곤이기 때문에 부담스러워서 그런 거야. 그런 너를 선뜻 받아준 리도스님이시라구! 뭔가 다른 생각이 있는 게 아니라면 리도스님 밑에 얌전히 있어. 때가 되면 사실대로 말씀해 주실 거야."

"사실대로라니요?"

"리도스님께서 생략해 버리시고 입을 닫아버린 나머지 진실에 대해서 말이다. 설마 떼떼, 너 진짜 리도스님께서 그들을 일방적으로 해친 것이라고 믿는 건 아니겠지?"

"……."

"내가 아는 한 리도스님께서는 자신이 일행이라고 인정한 작자들을 그렇게 쉽게 놓아버리는 분이 아니셔."

"언제부터 형이 우리 아저씨를 그렇게 잘 알았다고 그러시죠?"

"어이~ 내가 리도스님과 잘 아는 척하고 친한 척하는 건 싫은가 보지? 멋대로 의심은 하면서 말이야."

그는 갈팡질팡하고 있는 떼떼가 얄미운 듯 살짝 떼떼를 흘겨보았다.

"나도 잘 모르겠어요. 단순히 리도스 아저씨를 믿고 있다가 뒤통수 맞은 기분이라서… 사실은 마음 한편에선 진심으로 아저씨를 믿고 싶은 건지도 모르겠어요. 그치만 아저씨는 단 한 마디의 변명도 해주시지 않으니까 더 미운 거예요."

"나는 애들을 좋아하긴 한다마는… 이럴 때 보면 정말 싫어. 어떻게 울기만 하면 만사 다 해결될 것처럼 행동하는 건지 이해할 수가 없거든. 모르는 문제는 스스로가 부딪쳐 봐야 답이 나오는 건데도 절대로 움직이려 들지 않아."

위트는 인상을 구기며 떼떼를 못마땅한 얼굴로 바라보았다. 잠시 동안 어색한 침묵이 흘렀다.

"넌 뭔가 다르다는 것을 보여다오."

위트는 얌전해진 떼떼의 등을 토닥거리며 그의 방에서 나왔다.

"조용해진 것 같은데… 무슨 마법이라도 쓰셨습니까?"

그의 말에 위트는 피식 미소를 지으며 고개를 흔들었다.

"뭐, 해츨링 달래는 거야 몇 마디면 간난히 해결되시 않겠어? 갈등하고 고민하는 건 떼떼의 몫이니까. 난 그냥 저 녀석이 말썽만 부리지 않게 하면 그걸로 족해."

"역시나……."

"그게 솔직한 거지. 떼떼를 걱정하느니 뭐니 하는 것보다 단순히 난 말을 잘하니까 아무래도 저 녀석 난리 부리려는 걸 어떻게든 막을 수 있지 않을까 싶어서 데리고 온 거야. 무슨 이유로 난동을 부리는 건지는 알 수 없지만."

"정말 솔직하시지 못한 분이시군요. 그냥 떼떼랑 리도스님이 걱정돼서 그랬다고 하면 끝날걸."

"시끄러워!"

그 한마디만 남기고 위트는 빨갛게 달아오른 얼굴로 자신의 집무실로 후닥닥 가버렸다.

"요즘은 다들 독심술이라도 쓰는 건가… 정말 말도 함부로 하기 힘들군."

궁시렁거리며 테이블에 올려져 있는 서류들을 훑어보던 위트는 의자에 털썩 주저앉으며 한숨을 내쉬었다.

"리도스님은 지금 뭐 하고 계시려나?"

"리도스! 괜찮아?"

"난 괜찮으니까 제발 좀 가봐. 드래곤 로드가 너무 오랫동안 자리를 비우면 다른 드래곤들이 욕해, 욕!"

"욕하라지 뭐. 드래곤에게 있어서 해츨링보다 더 중요한 문제가 어딨어? 일주일 동안 골방에 틀어박혀서 아무것도 안 하고 있다는데… 걱정돼서 일이 손에 잡혀야지."

"말은 그렇게 하면서 몸은 왜 여기 있는 건데? 그런 거라면 드래곤 로드답게 떼떼에게 가봐야 하는 거 아냐?"

"그래, 한동안 나 구박 안 한다 했다. 우씨! 알았으니까 제발 리도스, 너도 그 구리구리한 기운 좀 걷어내 봐. 우중충한 게 꼭 무슨 암흑의 자식 같잖아."

훼이나는 워프 게이트를 뚫으며 리도스를 향해 따끔하게 충고하곤 게이트 안으로 들어가 버렸다. 떼떼가 사라진 지 일주일이 지나가 버렸다.

"카시우스님 예지가 이번만큼은 빗나갈 것 같군요… 하

아……."

애초부터 일주일 안으로 화가 풀려서(?) 리도스에게 돌아올 만한 성질의 문제는 아니었다. 떼떼에게 있어 애버딘들이 가지는 의미는 특별했다. 그걸 아무리 카시우스님의 예지라 한들 일주일용으로 가볍게 치부해 버리다니…….

"카시우스님의 예지가 빗나가는 일도 있다니, 이거 오래 살고 볼일이군요."

리도스는 씁쓸한 표정으로 집무실에 쌓여 있는 서류 뭉치들을 훑어보았다.

"그래, 나도 일에 손도 못 대고 있었지."

서류 뭉치를 손에 든 순간 누군가의 시선이 느껴졌다. 누군가가 이곳에 워프했다는 걸 알려주는 마나의 흔들림. 리도스가 자신의 집무실에 워프를 할 수 있도록 허락한 존재라면…….

"리도스 아저씨……."

"떼떼냐."

리도스는 차마 들어시지 않는 얼굴을 떼떼에게로 향했다. 일주일이란 시간을 이토록 길다고 느껴본 적이 있던가. 그리고 이토록 짧고 허무하다고 느껴본 적이 있던가.

"변명할 기회를 드릴게요. 왜… 그러셨어요?"

핼쑥해진 얼굴은 떼떼가 일주일 동안 무슨 고민을 했었는지를 잘 알 수 있게 해주었다.

"변명이라……."

리도스의 눈에는 많은 감정들이 스치고 지나갔지만, 그 많은 것들은 결코 그의 입 밖으로 새어 나오는 일이 없었다.

"아저씨께서 아무런 이유도 없이, 아무리 아버지의 말씀이라고 해도 아빠랑 엄마, 카디프 아저씨를 해치는 일인데… 순순히 따르진 않았을 거잖아요. 나름대로 다른 방법들을 찾으셨을 텐데 왜 아무 말씀도 안 해주시는 거예요? 변명이 구차하게 느껴지신다고 해도 저를 위해서 딱 한 번만 해주시면 안 되는 거예요?"

리도스의 얼굴이 딱딱하게 굳어졌다. 언제나 떼떼에겐 손해만 보게 되는 그였다.

"솔직하게 말해서… 이젠 아저씨께서 무슨 말씀을 하신다고 해도 저… 옛날의 떼떼로 돌아갈 순 없을 것 같아요."

떼떼의 말에 리도스는 긴 한숨을 내쉬었다.

"하아, 그래… 애초부터 네가 돌아와 주리란 기대는 하지도 않았다. 그래… 이제부터는 어떻게 할 생각이냐?"

"엄마랑 아빠… 카디프 아저씨 모두 어디에 계시죠?"

"애버딘이랑 카디프라면 더 이상 찾아볼 수 없게 되었지만, 리즈라면……"

리도스가 눈을 감고 회상에 잠기자 집무실이었던 이제까지의 배경이 예전에 커틀러스를 찾아냈던 호수로 바뀌었다.

"봉인 해제."

리도스의 낮은 목소리에 호수는 반으로 갈리면서 투명한 유리 구슬 안에 봉인되어 있던 리즈의 몸이 공중으로 천천히 올라왔다.

"엄마……."

떼떼는 리즈에게로 날아가 그녀의 몸을 흔들어보았다.

"엄마……!"

마치 편안한 잠 속에 빠진 사람처럼 평온한 얼굴을 하고 있지만, 왠지 모르게 리즈를 바라보고 있는 떼떼의 눈에선 눈물이 핑

돌았다.

"다들… 나만 두고 가버렸어요……."

"…리즈는 죽은 게 아닐지도 몰라."

처음으로 리도스가 입을 열자 떼떼는 그게 무슨 소리냐는 듯한 얼굴을 그에게로 돌렸다.

"리즈는 처음부터 죽었다거나 그런 상태가 아니었으니까."

"그렇게 얘기하면 제가 어떻게 알아듣겠어요? 제대로 말씀해 주세요."

"내가 이야기하지 않아도 적임자가 나타났으니까 걱정 마. 안 그런가요, 투희야님?"

리도스가 아무것도 보이지 않는 공중을 향해 시큰둥하게 말을 걸자 예의 친숙한 얼굴이 튀어나왔다.

"오랜만에 뵙겠습니다."

"당신이 나타났다는 것은 피스가……."

"안식을 얻었다는 이야기가 되는 셈이죠. 리도스님과 애버딘님들 덕분에 영원히 소멸되있을 제가 다시 부활할 수 있세 되있으니, 감사드려야 하는 걸까요?"

투희야의 말에 리도스는 한숨을 내쉬었다.

"하아, 피스의 육체는 어떻게 되었습니까?"

"마을 사람들이 데리고 갔으니 아마 여기에 있는 리즈님보다 덜 외로울 것입니다."

투희야는 리즈를 바라보며 걱정스럽다는 표정을 지었다.

"…리즈는 어떻게 되는 겁니까?"

"걱정 마세요. 당신의 추측대로 죽진 않았으니까. 얼마나 오랫동안 기다려야 할진 모르겠지만, 그녀는 애버딘님과 카디프님의 영혼과 같은 분들이 태어날 때까지, 그래서 그들이 리즈님을 찾아오실 때까지 잠들어 있을 겁니다. 물론 그동안은 늙지도, 병들지도 않겠죠. 다만……."

"무슨 문제라도 있는 거예요?"

떼떼가 걱정스러운 표정으로 투희야를 올려다보자 그녀는 슬쩍 리도스의 눈치를 살폈다.

"흠… 말씀해 보십시오. 뭔가 제가 도와드려야 하는 일이라도 있는 겁니까?"

"눈치가 무척 빠르시군요. 뭐… 그 편이 편하긴 하니까 상관없겠죠. 아무튼 잘 모르니까 쉽게 이야기하도록 하겠습니다. 그녀의 시간을 멈추는 거야 제가 해도 상관없는 것이고, 실제로도 제가 이미 해버렸습니다만, 리즈님께서 계실 만한 장소가 없습니다. 이 던전이 가장 적합한 듯해서 리즈님을 부탁드리고 싶은데… 괜찮겠습니까?"

"얼마나 걸릴지 모른다?"

"네, 그게 가장 솔직한 대답입니다."

떼떼는 그녀의 말에 초조하게 리도스를 바라보았다. 이 던전의 주인은 어디까지나 리도스였기에.

"뭐, 그런 거라면 제 허락이 뭐가 필요하겠습니까? 당연한걸."

"그 말은 허락하시겠다는 뜻입니까?"

"제 일행이니까요. 당연한 거 아니겠습니까?"

"감사합니다. 차후 또 만나뵐 일이 있기를……."

"전 당신이 그리 달가울 것 같지 않군요. 심장에 좋지 않을 것 같아서."

투희야는 왠지 모르게 우울한 얼굴로 고개를 끄덕여 보이고는 그대로 사라졌다.

"떼떼, 이 던전 말이다. 네게 주고 싶은데 받아주겠니?"

리도스는 리즈를 바라보며 그나마 다행스럽다는 표정으로 떼떼에게 물었다.

"…아저씨, 저 하고 싶은 일이 생겼어요."

"그래? 그게 뭐냐?"

떼떼는 빙긋 미소를 지으며 리즈를 바라보았다. 예전과 다름없는 그의 미소에 리도스는 왠지 모르게 안심이 되었다.

"아빠가 오실 때까지 엄마를 지켜드리고 싶어요……."

"이 던전에서 살겠다는 말이냐?"

"이대로 살기는 힘들 테니까 성을 짓는 것도 나쁘진 않겠죠."

"뭐, 네게 준 거니까 네가 알아서 하거라. 드워프들에게 부탁하면 아마 친절하게 잘 도와줄 거다."

"그전에 먼저 아저씨에게 도움을 받아야 하는데… 도와주시겠어요?"

떼떼의 진지한 눈빛에 리도스는 자신도 모르게 고개를 끄덕였다.

"말만 해. 내가 할 수 있는 거라면 뭐든지 다 들어줄 테니까."

"해츨링인 저에겐… 힘이 없어요. 엄마를 지켜드릴 만한 힘이라면 이제부터라도 키우면 되지만, 그 힘을 기를 동안이 문제예요. 아저씨께서 제가 혼자서도 엄마를 지킬 수 있을 때까지 도와주시겠어요?"

떼떼의 말에 그는 살짝 눈을 감았다.

"나보고 크로매틱 왕 노릇을 때려치우라고 하는 소리냐?"

떼떼는 힐끔힐끔 눈치를 보며 어렵게 말을 꺼냈다.

"…힘들까요, 역시……?"

"하하핫! 힘드냐고? 당연하지."

리도스는 호탕한 미소를 지으며 한 손을 내저어 보였다.

"아, 역시……."

"그러니까 훼이나를 설득하는 건 네 몫이다."

"아? 네… 그렇군요."

안도의 눈빛과 난해함이 뒤섞인 떼떼의 표정에 리도스는 또다시 웃음을 터뜨렸다.

"정 안 되면 둘이서 잠적해 버리지 뭐. 여차하면 리즈 데리고 튀면 되니까."

"후훗! 정말 그러면 되겠군요."

"이, 이봐, 떼떼… 농담인 거 알지?"

"리도스 아저씨께선 한번 말씀하신 건 무슨 일이 있어도 꼭 지키시는 분이라는 거, 저 잘 알고 있어요."

"아아, 그런그런……."

"그러길래 말은 조심해서 하는 법이라구요. 후훗!"

떼떼와 리도스는 시원하게 불어오는 바람을 맞으며 기분 좋은 표정으로 미소를 지었다. 드래곤에게 있어 시간이란 무한에 가까운 것.

기다릴지라…….

그리하면 예전의 친구들을 다시 만날 수 있을 것이다.

떼떼와 리도스의 마음속에는 새로운 희망이 싹텄다. 기다림이란 드래곤들에게 있어 얼마든지 가능한 일이기에…….

마지막 장

Epilogue··· 그리고
그들은 평안하였다

Epilogue… 그리고 그들은 평안하였다

"여긴 어디지?"

"네 얼굴 보이는 거 보니까 죽은 거네. 그럼 천계겠지 뭐."

"전에도 말했지만, 그 엘프답지 않은 소리 좀 어떻게 안 돼? 얼굴 볼 때마나 거참, 엘프인지 엘프의 탈을 쓴 드워프인지 의심스러워서……"

애버딘의 말에 카디프는 '그러는 너도 만만치 않아!' 라는 눈빛을 보내다가 갑자기 태도가 바뀌었다.

"애버딘님, 우리는 지금 경건하고도 신성한 천계에 와 있는 것 같습니다만… 어떻게 생각하십니까?"

정중한 카디프의 말에 애버딘은 뭔가 못 들을 소리를 들었다는 듯한 표정으로 돌변해 버렸다. 카디프 역시 자신이 오랜만에 정중한 말투를 쓰는 게 머쓱하다는 듯한 표정을 짓긴 했지만 어디까지니 '네가 시킨 거니가!' 라는 뻔뻔스런 얼굴로 애버딘에게 되물었다.

"이제 만족하냐? 뭐… 원한다면 기꺼이 평범한 엘프들의 말투를 사용해 줄 수도 있으니까 정중한 쪽이 좋다면 말만 해, 말만."

"…내가 잘못했어. 그냥 하던 대로 해, 하던 대로. 정말이지, 순간이긴 했지만 네 공손한 말투에 머리가 텅 비어버리는 줄 알았다. 진짜 안 어울려……."

애버딘은 엘프가 존댓말이 어울리지 않는 이유를 알 수 없다는 듯한 얼굴로 인상을 찡그렸지만 카디프는 승리감에 도취된 듯한 얼굴로 싱긋 미소를 지었다.

"하하, 그러게 내가 뭐라고 하든? 꼭 내 말 안 듣다가 후회하잖아, 너."

"그러게 말이야, 음… 그런데……."

"……?"

"천계라는 곳… 원래가 이런 곳이었나? 프리스트들은 좋은 사람은 좋은 곳으로, 나쁜 사람은 나쁜 곳으로 간다. 뭐, 대충 그런 말들을 했던 것 같은데……. 이곳에는 마중 나온 사람도 안 보이고, 존재하는 거라고는 너랑 나밖에 없는 것 같지 않아?"

애버딘의 말에 카디프 역시 뭔가 이상하다는 것을 느꼈는지 주위를 두리번거리기 시작했다.

"음… 뭐, 꼭 죽은 다음 바로 신을 만나라는 법은 없으니까."

"그런 건가? 설마 반항 좀 했다고 천계에서 쪼잔하게 안 받아주니 뭐니 하진 않겠지?"

애버딘이 농담조로 말하며 자신의 머리 위를 올려다보았다. 아마도 신보고 들으라는 소리인 듯하다.

"흠… 안 받아주면 반항 몇 번 더 하지 뭐. 그게 뭐 힘들다고."

"카디프, 너 재미 붙였냐?"

"후후후, 뭐, 느긋하게 안내인을 기다리는 것도 나쁘진 않잖아."

"속 한번 정말 편하구나."

애버딘은 혀를 내두르며 바닥에 털썩 주저앉았다.

"지금쯤 다들 뭐 하고 있을까?"

"글쎄… 앗!"

애버딘의 옆에 털썩 주저앉아 버린 카디프는 반가운 표정을 지으며 자리에서 벌떡 일어났다.

"시에라님?!"

"이렇게 금방 뵙게 될 줄은 몰랐지만… 아무튼 반가워요! 카디프님, 애버딘님."

한눈에 들어오는 초록빛의 머리카락은 자신들에게 다가오고 있는 갸냘픈 여인이 시에라임을 금방 알 수 있게 해주었던 것이다.

"제가 카디프님과 애버딘님의 안내를 맡게 되었습니다. 잘 부탁드려요."

그녀의 연갈색의 눈동자와 마주치자 카디프는 살짝 얼굴을 붉혔지만, 애버딘은 어디까지나 넉살 좋은 미소를 지으며 그녀에게 물었다.

"이제부터 뭘 하면 되는 거죠?"

"뭘 할 것 같으세요?"

"설마… 프리스트들 말대로 이제까지의 삶을 보여주며 얼마만큼 착한 일과 나쁜 일을 했나, 뭐 그런 것들을 일일이 기록한다거나 하진 않겠죠?"

"예를 들면 개미를 몇 마리나 죽였느니, 파리를 몇 마리나 잡았느니 하는 그런 것들 말이죠?"

시에라는 그 정도는 당연하다는 듯한 눈빛으로 애버딘을 바라보며 반문하자 애버딘은 피식 미소를 지었다.

"헤… 그건 솔직히 말해서 너무 쪼잔하지 않아요? 여름철 모기에게 물려서 제가 미친 듯 모기를 잡았다고 쳐요. 그건 정당방위잖아요. 제 몸을 지키기 위해서—라면 좀 거창하긴 하지만—잡은 건데 설령 제가 평생 동안 몇백 마리가 넘는 파리니 모기니 하는 것들을 죽이고 살았다고 쳐요. 그럼 바로 '경축! 애버딘 지옥으로 떨어지다!' 뭐, 그런 걸로 낙찰될 텐데 뭐 하러 귀찮게 그런 기록들을 하는 거죠?"

"보는 관점에 따라서 틀려지겠죠. 사실… 순전히 제 생각이긴 하지만 꼭 뭔가를 없앤다고 해서 그걸 나쁘게 보시진 않아요. 신께서는 이런 것들을 알려고 하시는 게 아마도 애버딘님과 카디프님께서 얼마나 삶에 대한 애착이 강한가, 그런 걸 알아보려고 그러시는 것 같아요. 실제로 이런 비유, 이상하긴 하지만 전쟁이 났을 때 자신이 살기 위해 남을 죽이는 건 비난할 수 있는 게 아니잖아요?"

"삶에 대한 집착이라……."

애버딘이 의외라는 듯한 얼굴로 시에라의 말을 되풀이하자 카디프는 뭔가 의아하다는 듯한 얼굴로 그녀를 바라보았다.

"엘프들은 남들과 싸우는 것을 싫어합니다. 전쟁이라는 걸 일으키는 자들을 혐오하죠. 그런 엘프들이 삶에 대한 애착이 없다고 생각하십니까?"

"그런 것과는 별개예요. 전쟁을 좋아하는 자들은 아무도 없잖아요. 그 무식한 오크들조차 싸움을 위한 싸움은 하지 않아요. 그들이 하는 싸움은 풍요를 위한 전쟁이니까 그들 역시 삶에 대한 집착을 보이는 거라고 생각하시는 편이 옳죠. 엘프들도 나무를 태운다던가, 자신을 위협하는 걸 그냥 보고만 있지는 않잖아요. 특히 카디프님께선 고귀함이나 우아함을 지키기 위해 자신의 목숨을 포기하는 바보가 아니시니까… 엘프들이 삶에 대한 애착을 보이지 않는다는 말을 할 수가 없죠."

시에라의 말에 애버딘이 불쑥 끼어들고 나섰다.

"헤에~ 그거야, 카디프는 보통 엘프가 아니니까 그런 거죠. 이 녀석은 차라리 드워프 쪽에 가까워요. 뭐… 카디프가 엘프답지 않다는 건 누구보다 시에라님께서 더 잘 아실 것 같은데 제 말이 틀렸나요?"

애버딘의 말에 시에라는 살짝 인상을 찌푸렸다.

"카디프님께 '이 녀석'이라는 표현은 사용하지 말아주세요."

"아아, 이런이런, 실례했습니다."

닌김한 표정으로 미리를 숙이는 애버딘에게 그녀는 실쩍 미소를 지으며 용서해 주겠다는 듯 고개를 끄덕였다.

"후후, 앞으로 조심하시면 되니까 그렇게 곤란한 표정은 짓지 마세요."

그녀는 애버딘과 카디프의 주위를 한 바퀴 돌아보더니 난감한 표정을 지으며 고개를 갸웃거렸다.

"죄송해요. 안내인과 함께 신께 가는 것이 원칙인데, 신께서 두 분만 뵙고 싶다고 하시는군요. 직접 알아보신다고 하니까 곧 만나 뵐 수 있겠죠."

"이런, 그럼 두 사람 이걸로 또 헤어지는 건가?"

애버딘이 아쉽다는 표정으로 카디프를 흘낏 바라보자 그 역시 아쉬운 표정을 지으며 시에라를 바라보고 있는 중이었다.

"뭐, 곧 만날 수 있을 텐데… 그렇죠?"

"네, 그럼 다녀오세요."

"하핫! 왠지 신혼부부 대화 같잖아."

애버딘이 카디프를 놀리는 듯한 목소리로 말하자 그의 얼굴이 순식간에 붉게 물들었다.

"무슨 소리야~?!"

"어머! 카디프님… 제가 싫으신 건가요?"

시에라가 상처 입었다는 듯한 표정으로 카디프에게 금방이라도 눈물을 쏟을 것처럼 말하자 그는 대번에 손을 흔들었다.

"앗! 그런 게 아니에요. 시에라님, 오해하지 마세요."

"그럼… 저랑 사이좋다는 게 창피하신 모양이군요."

"아앗! 아니라니까요. 잘 아시잖습니까? 제가 시에라님을 얼마나 사랑하고 있는지를……."

"정말이죠?"

드리드어스는 집요하다.

특히 사랑에 관한 것이라면 두려울 정도로 끈질겨지는 것이다.

그녀는 무섭도록 초롱초롱한 눈빛을 내뿜으며 카디프의 대답을 유도해 냈다.

"진심입니다."

사탕보다 더 달콤하고, 초콜릿보다 부드럽다는 엘프의 눈빛에선 어느덧 비장함이 흘러넘쳤다. 나중에 애버딘이 아무리 놀리고 갈군다 한들 시에라가 자신의 진심을 오해하는 것보다 두렵진 않왔다.

"시에라님, 웬만하면 이쯤에서 그만 하고 이제 보내줘야 하는 거 아닌가요? 신께서 기다리고 계신다면서요?"

애버딘의 말에 정신을 차린 시에라는 새빨개진 얼굴로 신이 기다리고 있는 곳으로 애버딘과 카디프를 보내 버렸다.

"우웃! 눈부셔!"

너무나 강렬한 빛 덕분에 제대로 눈도 뜨지 못하는 애버딘을 반기는 듯한 목소리가 빛으로 부터 흘러나왔다.

"종착지에 도착한 기분이 어떤가?"

카디프가 빛으로부터 나오는 약간은 장난스런 말투에 살짝 미간을 찌푸리며 자신의 로브 자락으로 애버딘의 앞을 가리며 그늘을 만들어주자 그제야 정신을 차린 애버딘은 입맛을 쩝쩝 다셨다.

"뭐, 얼떨떨하죠."

"당신은 제가 알고 있는 신이 아닌 것 같은데요. 이거 왠지 누군가에게 속았다는 기분이 제일 많이 드는군요."

카디프의 말에 목소리는 호탕하게 웃어댔다.

"하하핫! 신을 알고 있다면 그거야말로 대단한 일이지. 많이 실망하셨나?"

"조금은 그렇죠. 뭐, 그것보다 이제 우리에게 어떤 판결을 내려주실 겁니까?"

"흠… 그게 힘들어서 너희들을 부른 것이다. 살아온 거라면 누구보다 열심히 살아줬지만……."

"신에게 반항했다고 치사하게 '당첨! 지옥행!'을 외치시진 않겠죠? 그건 너무 쪼잔하고 유치하다구요."

"하핫! 그런가? 뭐… 내가 곤란해하는 건 믿음이라든지 뭐, 그런 문제들이라기보다 애버딘과 카디프… 너희들이 자신들의 삶을 너무 쉽게 포기했다는 점이다."

신은 정말 난감하다는 듯한 표정으로 애버딘들을 바라보며 한숨을 내쉬었다.

"만일 다시 태어날 수만 있다면 그때도 인간으로 태어나고 싶은가?"

"갑작스런 질문이시지만 뭐, 그렇죠. 인간이고 싶습니다. 카디프 녀석에게 물어보십시오. '다음 생에서도 엘프로 태어나고 싶냐'고. 웬만하면 다들 자기 살던 대로 태어나고 싶다고 말하게 되어 있어요. 왜냐, 이건 네 삶이 얼마나 보람되었는가에 대한 유도 심문에 가까운 질문이니까요."

애버딘의 거침없는 말에 카디프가 멍청한 얼굴로 되물었다.

"음… 그런 거였어?"

"하핫! 재밌는 녀석들이군. 아무튼 이번 일만큼은 내게도 잘못이 있으니까 너희들에게 기회를 주도록 하지. 예전의 행성… 아데스 초기의 모습으로 되돌리려고 하는데, 갑작스런 환경 변화는 아무래도 불상사를 불러일으키기 쉽지. 자네들이 내가 만들어놓은 봉인 가운데… 영혼의 봉인이 되어줘야겠어. 물론 싫다면 안 해도 되겠지만 만일 내 말에 따라준다면 지금의 그 모습 그대로 다시 태어날 수 있는 기회를 주겠네. 어떤가?"

"뭐… 나쁠 거 없죠. 단, 시에라님과 같은 시기에 태어나게 해주신다면 말입니다."

카디프의 넉살 좋은 말 덕분에 신은 리즈에 대해 생각해 냈는지 넌지시 애버딘에게 그녀에 대한 말을 꺼냈다.

"그러고 보니… 리즈는 너희와 같은 시간을 선택했기에 지금 봉인되어 있단다."

"봉인이라니요?"

애버딘의 놀란 표정에 신은 피식 미소를 지었다.

"후후, 그렇게 놀랄 것 없어. 너희들이 태어나서… 어느 정도 자란 뒤 그녀가 있는 곳으로 가면 저절로 봉인은 풀리는 거니까."

"그런 거라면 선택의 여지가 없죠. 아무래도 제가 사랑하는 사람이니까……."

"뭐, 시에라님의 문제만 보장된다면 못할 것도 없죠, 전."

신은 이제 모든 것이 해결되었다는 듯 님프의 강으로 애버딘과 카디프를 데려갔다.

"이곳에서 모든 것들이 제자리를 찾을 때까지 봉인으로서 있어주기만 하면 끝나. 얼마나 걸릴지는 약속할 수 없겠지만……."

"알겠습니다. 저희들을 다시 태어날 수 있게 해주시겠다는 약속만 반드시 지켜주십시오."

"알았으니까 그럼 오늘부터 잘해보라구."

신은 그 말만을 남기고는 다시 사라져 버렸다. 카디프와 애버딘은 서로를 바라보며 피식 미소를 지었다.

"이래서 친구는 잘 사귀어야 한다고 했는데… 다음 생에서도 골치깨나 아프게 생겼군."

"후훗, 누가 할 소릴 누가 하는 거야?"

하늘에서는 천천히 아주 미세한 빛들을 다크 쪽으로 몰아가기 시작했으며, 리절트에선 그날 밤 난생처음 밤하늘의 달빛이라는 것을 볼 수가 있었다. 그리고 님프의 강에선 여전히 애버딘과 카디프의 수다가 이어졌으며 리즈와 만날 그날을 꿈꾸고 있었다.

그리고 먼 훗날… 그들은 서로를 만나면 반드시 한눈에 알아볼 수 있으리라…….

〈 끝 〉

외전(外傳)
선택

선택

　　"그럼 리도스님께 사건의 진상에 대해 듣겠습니다. 리도스님, 자리에서 일어나 주십시오."

　　'무슨 말을 하는 거야?'

　　"수피아님께서는 전대 드래곤 로드이셨던 카시우스님께서 떼떼님의 생일에 드리라고 제게 맡긴 축복의 레이피어라는 검을 신에게 바치길 원했습니다. 그 와중에 그녀는 드래곤에게 있어 가장 소중한 존재인 해츨링을 직접 신에게 넘기는 짓을 저지르는가 하면, 저를 죽여 제 몸에 카시우스님의 영혼을 씌울 생각을 하기도 했습니다. 제가 아는 것은 여기까지입니다."

　　리도스의 말이 끝나자 수피아는 잠시 눈을 감았다. 그가 지금 무슨 말을 한 걸까… 아무리 생각하려 애를 써도 자신의 머리는 거미줄이라도 쳐진 것 마냥 아무런 생각도 떠오르지 않았다. 사실대로 말하자면 그녀는 아무런 생각도 떠올리지 않기 위해 애를 쓰고 있었다는 것이 정확할 것이다.

'난 아무것도 몰라. 아니, 사실은 그가 무슨 말을 하는지 처음부터 알고 있었어. 그는 지금 내가 저지른 죄라는 것을 하나하나 짚어 나가고 있는 거야. 그래… 내 죄… 내 죄라……?'

그녀가 무슨 생각을 하는지 드래곤들에겐 관심 밖의 일이었다. 그저 그들은 그녀의 행동을 비난하기에 바빴던 것이다.

"뭐?! 해츨링을 신에게 넘겨?!"

"일족을 신에게 팔아 치우려 했단 말씀인가요?!"

"평안한 안식을 얻은 카시우스님을 욕되게 하려 했단 말인가?!"

'시끄러워… 시끄러워! 그게 어쨌다는 거지? 도대체 너희 중 누가 나를 심판하겠다는 거야! 그래, 마음대로 지껄여 보시지. 말해 봐. 내가 유죄야, 무죄야? 너희의 그 알량한 잣대에 맞춰 마음대로 떠들어들 보란 말이다!'

귓가에서 시끄럽게 울려대는 자신을 비난하는 소리는 이미 그녀에게 있어 하나의 소음에 지나지 않았다. 그리고 영원히 끝나지 않을 것만 같던 그 소음이 리도스가 입을 열음으로써 잠시 멈춰지자 그녀는 감았던 눈을 뜨기는 했지만 여전히 고개를 숙이며 바닥을 바라보고 있었다. 리도스의 말 따윈 애초부터 관심이 없다는 듯 무심한 태도로…….

"그렇지만… 이것은 모두 수피아님께서 카시우스님을 사랑하셨기 때문에 일어났던 일이었다는 걸 염두에 두십시오."

"사랑? 그걸로 모든 게 용서될 수 있다고 생각하는가?"

'…사랑? …사랑… 그래, 날 이렇게 만들어 버린 그 사랑이라는 건… 말해 봐요. 날 유일하게 심판할 수 있는 자는 카시우스님, 당

신뿐입니다. 말씀해 보세요. 전 유죄입니까, 무죄입니까?'

그녀는 무표정한 얼굴로 다시 한 번 자신에게 쏟아져 내리는 비난의 말들을 묵묵히 듣기만 하면서 쓸쓸히 고개를 숙였다. 처음부터 그녀는 카시우스의 부활이 성공하리라는 것에 대해선 깊이 생각하지 않았는지도 모른다. 그것은 너무나도 현실감없고, 터무니없는 계획이었기에… 그러나 물에 빠진 사람이 지푸라기라도 잡게 되면 더 삶에 대한 욕구가 강렬해지는 것처럼, 그녀 역시 카시우스가 부활할 수 없다는 것을 뻔히 알고 있으면서도 '혹시…', '어쩌면…' 이라는 생각을 털어버릴 수가 없었다. 어차피 틀어져 버린 일, 그녀는 구차하게 살고 싶지 않았다. 살아가야 하는 이유라면 이미 오래전에 잃어버렸기에……

'후회 같은 건 하지 않아. 만일 내가 위선 떨며 드래곤들을 위한답시고 내 안의 소망을 저버렸다면 그게 더 후회됐을 테니까.'

"들었니? 카시우스님께 드디어 연인이 생겼다는 말."

"무슨… 소리야?"

"후후, 몰랐구나. 하긴 모르는 게 당연하지. 이건 방금 들은 따끈따끈한 뉴스니까 말이야. 왜 너와 같은 나이의 골드 드래곤 있잖아. 그녀가 고백받았다는 거야. 바로 오늘! 정말 부럽지 않아?"

카시우스님께 좋아한다고 고백하기 위해 단단히 마음을 먹고 그의 집무실에 찾아간 그날… 제일 처음 마주친 드래곤에게서 튀어나온 말이다.

'연인이라니! 연인이라니?!'

하필이면 일생일대의 고백을 하러, '당신을 좋아한다' 는 말을 하기 위해 힘들게 찾아온 바로 오늘… 그 역시 일생일대의 고백을 하러, 그녀가 아닌 다른 누군가에게 '당신을 좋아한다'는 말을 하기 위해 힘든 발걸음을 옮겼다는 것이다. 게다가… 그 '발걸음'은 어느새 그를 연인이 있는 자라는 이름으로 그의 처지를 바꾸어놓았다. 수피아는 고백도 못해보고 졸지에 차여 버린 탓인지 얼굴 표정 가득 허탈함을 담고서 그에게 가던 길을 멈출 수밖에 없었다.

드래곤 로드이기에 쉽게 다가설 수 없던 그는 그녀가 해츨링일 때부터 선망의 대상이었다. 해츨링은 하나의 강인한 드래곤이기보다 보호받는 나약한 존재에 불과했기에 드래곤들은 해츨링의 말이 하나의 의견이든 요구이든 알려고 들지 않았고, 굳이 귀담아듣는 편이 아니었다.

인간으로 비유하자면 드래곤은 성인이고 해츨링은 유아였기에, 해츨링의 말을 귀담아듣지 않는다 해서, 혹은 그들의 행동에 제약을 둔다고 해서 그것이 뭐가 잘못된 거냐고 묻는 사람도 있겠지만, 그것은 천만의 말씀! 드래곤은 태어날 때부터 '자아'가 형성되어 있고, 배우지 않아도 의사 소통이 가능할 정도로 영리하다. 힘에 있어서는 물론 드래곤들과 비교도 안 되지만, 덩칫값은 한다고 해츨링들도 웬만큼 강한 존재들이다.

만일 힘으로도 정 어쩔 수 없는 상대가 있다면 그 거대한 덩치로 가뿐하게 체조라도(?) 해준다면 어지간한 위기쯤은 극복할 수 있을지도 모른다. 그런데도 해츨링의 곁에는 언제나 보호자가 붙어 있기 마련으로 해츨링의 어린 시절 대부분은 조금 심하다 싶을 정도로 과보호를 받고 자란다.

덕분에 해츨링들 중에는 이기적이고, 어리광이 심한 녀석들이 대부분이다. 그러니 해츨링이 슬라임 젤리를 오우거로 만든다고 하든 슬라임으로 만든다고 하든 드래곤들이 귀담아들을 리가 만무한 것이다. 그러나 예외없는 법칙은 존재할 수 없는 법.

해츨링에게도 그의 말에 절대적인 복종을 맹세한 드래곤들이 있었고, 해츨링으로서 드래곤 로드의 지위에 앉아 있는 카시우스가 그 절대적인 복종을 약속받은 주인공이었다.

그랬기에 어엿한 드래곤으로 성장한 지금에도 그는 여전히 해츨링들의 우상으로 남을 수 있었다. 수피아 역시 그녀가 해츨링일 때부터—마치 하나의 신화같이—자신의 부모에게 그가 해츨링이었을 때부터 드래곤 로드로서의 일들을 훌륭하게 해낸 것에 관한 이야기를 접한 덕분인지 10대의 어린 소녀가 왕자를 동경하는 듯한 마음은 걷잡을 수 없이 커져만 갔다.

게다가 카시우스는 역대 드래곤 로드 중 가장 훌륭하다는 평까지 나 있으니, 수피아의 마음속에 카시우스란 이미 어린 시절 소녀들이 꿈꿔 온 전형적인 왕자의 이미지로 낙인찍힌 지 오래였으리라.

수피아와 카시우스가 처음 만난 날은 수피아가 해츨링에서 벗어나 드래곤의 당당한 일원으로서 인사를 하러 다니던 때였다. 드래곤 로드에게 무심코 처음 인사를 한다는 것이…….

"카시우스님! 저와 결혼해 주세요!"

…스스로가 내뱉은 말이지만 자기가 들어봐도 어처구니가 없는 말이다. 대뜸 처음 만나자마자 한다는 소리가 딱딱하게 굳은 얼굴로 '결혼하자'라니.

화끈거리는 얼굴로 어쩔 줄 몰라 하는 그녀에게 카시우스는 빙긋 미소를 지어 보였다.

"후훗, 이거 대단히 영광인데요. 그렇지만 지금의 선 당신에게 그다지 어울리지 않는군요. 그러니까… 제가 당신에게 어울릴 만한 멋진 드래곤이 된다면 그때 그 청혼을 받아들이기로 해도 괜찮겠죠? 수피아님. 그때 가서 물릴 생각 마십시오."

그녀는 발그레해진 얼굴로 그가 윙크하며 내미는 손을 잡아 악수를 나눴다. 첫눈에 반함이라는 것이 바로 이런 것일까?

지금 생각해 보면 그것은 누구에게나 친절했던 카시우스의 성격에 어린 숙녀에게 배려를 하느라 내뱉은 말이라는 것쯤 쉽게 알 수 있지만, 그 당시엔 그 역시 그녀가 그에게 그랬던 것처럼 자신에게 첫눈에 반한 것이라 생각했다.

그녀는 자신의 미모에 오만하다 싶을 정도로 자신감이 넘쳐 났다. 더군다나 외모뿐만 아니라 지적인 면과 기타 여러 가지 면에서도 그녀는 뛰어났다. 이제 갓 드래곤으로서 발을 내민 애송이에 불과하지만 객관적인 눈으로 보기에도 그녀는 매력적인 드래곤이었기에 뭐랄까… 그녀 정도의 조건이라면 충분히 프라이드가 높을 수밖에 없는 것이다.

게다가 드래곤 암수의 비율은 수컷이 절대적으로 많기에 암컷은 상대적으로 여러 가지 의미에서 존중받을 수 있었고, 좋아한다는 고백이라면 하는 쪽보단 받는 쪽이 절대적으로 많다. 간혹 자신의 자존심을 구겨가며 암컷이 먼저 고백을 하는 경우라도 대부분 굽히고 들어간 보람이 있을 정도로 성과가 좋았다. 그러니 수피아가 카시우스와의 장밋빛 미래를 꿈꾼다 해도 그다지 이상할 이유는 없었던 것이다. 카시우스가 학자풍의 드래곤만 아니었다면 말이다.

"뭐랄까… 카시우스님께선 상당히 부드러운 느낌이야. 그렇다고 응석을 마냥 받아줄 것 같은 그런 느낌이 아니라, 깔끔하게 선이 그어져 있달까… 절도가 있달까? 으음… 아무튼 난 뭐라고 설명할 수가 없어."

"그런 고지식한 분이 뭐가 좋다고 그러는지 난 알 수가 없어."

유일한 같은 나이의 골드 일족인 그녀는 수피아가 그를 좋아한다는 것을 도저히 이해할 수 없다는 듯 들뜬 표정의 수피아를 노골적으로 비웃었다.

"드래곤 로드라는 점은 매력적이지만, 솔직히 그거 빼면 뭐 내세울 것도 없는 분이잖아. 매일 같은 모습, 그것도 인간의 모습을 하고 있다니 악취미가 따로 없지. 게다가 안경을 쓰고 있다는 건 자신의 맨얼굴에 자신이 없다는 거 아니니? 그게 아니라면 그걸 멋이라고 생각하고 있는 거라는 말인데… 우우, 난 아무튼 카시우스 님에겐 관심없어."

"너, 말이 좀 심하다. 안경이 뭐가 어때서? 인간의 모습은 또 뭐가 어떤데? 오크나 트롤보다 훨씬 낫잖아. 난 그분 좋아해. 싫어한다면 모를까 좋아하는 분의 험담이라면 듣고 싶지 않아 하는 거… 이해할 수 있겠지? 우린 친구니까."

수피아의 말에 그녀는 살짝 양미간을 찌푸리며 고개를 끄덕거렸다.

옛일을 회상하던 수피아는 자신도 모르게 아랫입술을 질끈 깨물어 버렸다.

"거짓말쟁이!"

그녀는 언제나 카시우스에겐 관심없다는 말로 매번 수피아의 말문을 막아버렸다. 이상하다는 거 진작 눈치 챘어야 했다. 관심이 없다면 그에 대해 일일이 싫다는 토를 달지 않았을 거라는걸.

'어쩌면 그녀는 그분을 좋아하지 않기 위해 그런 식으로 자기 최면을 걸었는지도 모르지. 하지만… 그녀는 내가 그분에게 어떤 감정을 가졌는지 잘 알고 있었잖아. 왜 하필이면 오늘이야? 왜 하필이면……'

수피아의 눈가가 촉촉하게 젖어들었다. 뺨에 뭔가 간지러운 느낌과 함께 시원함이 느껴져 왔다. 소매 끝이 흥건하게 젖자 그녀는 소리 죽여 흐느끼기 시작했다. 주변에서 흘끔거리는 시선도 느껴지지 않았고, 느껴졌다 한들 그것에 신경 쓰느라 자신의 감정을 죽일 정도로 어리석지는 않았기에 그녀의 흐느낌은 쉽사리 멈춰지지 않았다.

"미안해… 난 카시우스님과 인연이 있는 것 같아."

"넌 첫눈에 반하는 건 있을 수 없다고 생각하잖아. 그런데 인연이라는 말로 교묘하게 빠져나가려는 거야?"

"수피아, 난 이미 네게 '미안하다'라고 사과를 했어. 그걸 받아들이느냐, 그렇지 않고 계속 날 비난하느냐 하는 건 순전히 네 몫이야. 그리고 난 아직도 첫눈에 반한다는 말 믿지 않아. 그건 어디까지나 외모가 네 취향이었던가 느낌이 좋았다는 거겠지. 호감이 가는 거라면… 나도 이해할 수 있지만. 게다가 인연이라는 건 첫눈에 반한다는 것과는 다른 이야기야. 이해가 가지 않는다면 할 수 없는 거고… 우린 카시우스님을 신화처럼, 우상처럼 생각하며 자라왔어. 잘 생각해 봐. 혹시 네가 생각한 사랑이라는 거… 동경이 아니었는지."

'짝' 하는 소리가 날카롭게 귓전을 울렸다.

"함부로 말하지 마. 적어도 난 너 같은 거짓말쟁이는 아니니까. 게다가 내 마음이 사랑이었는지 동경이었는지도 모를 정도로 바보도 아니고… 무엇보다 내 마음은 내 스스로가 판단할 일이야! 그리고 난 너의 잘난 궤변을 들으려고 찾아온 게 아니야!"

그녀는 이를 악물며 터져 나오려는 눈물을 참아냈다. 추하게 울고불고 난동 부릴 생각은 없었다. 다만 그녀가 진심으로 카시우스님을 사랑하는 건지 알고 싶었을 뿐이다.

그러나 적반하장도 유분수지! 자신의 마음이 동경이 아닌가 잘 생각해 보라니……

"화 내지 말라고 하면 무리겠지. 그런 말은 하지 않을게. 네가 날 더 이상 친구라고 생각하지 않아도 좋아. 하지만 난 카시우스님을 사랑해. 너와의 차이가 뭔지 아니?"

수피아는 어울리지도 않는 살벌한 눈으로 그녀를 노려보며 나오지도 않는 목소리를 억지로 쥐어짜 내야만 했다. 마지막 자존심이라도 지키기 위해.

"무슨 말을 하고 싶은 거야? 이겼다고 말하고 싶어? 그런 거야?"

"유치한 말 마. 이겼다느니 졌다느니… 그게 더 이상해. 내기하거나 한 것도 아니잖아. 너는 나를 비롯해 여러 드래곤에게 그분을 '좋아한다'고 했겠지만 난 그분에게 '사랑한다'라고 고백했어. 그 차이… 뭔지 알겠어?"

"실속의 문제?"

"…지금의 너에겐 아무 말도 이해될 수 없을 것 같구나. 미안해… 너와 나의 차이를 깨닫게 되면 왜 카시우스님이 날 선택했는지 알게 될 거야."

그 말을 끝으로 두 번 다시 그녀와 얼굴을 마주하지 않았다. 세월이 지나 그녀가 카시우스님의 신부가 되고, 카시우스님의 아기를 낳고… 그분과 함께 죽을 때까지도… 단 한 번도 그녀와 얼굴을 마주하지 않았다. 카시우스님은 골드 드래곤이었고, 실버 드래곤인 자신보다 단순히 같은 골드 일족의 그녀가 마음에 들었는지도 모른다. 그렇지만 수피아 자신이 편할 대로 생각하기에는 너무나 자신만만했던 그녀의 마지막 말이 마음에 걸렸다.

그녀와 자신의 차이는 뭐였을까.

머리 아플 정도로 고민해도 쉽사리 답이 나오지 않자 그녀는 수피아가 아닌, 골드 일족의 그녀가 되어 행동하기 시작했다. 드래곤일 때야 어쩔 수 없더라도 인간으로서 꿈을 꿀 때엔 은빛이 아닌 금빛으로, 가능한 그녀의 외모로, 그녀의 사고방식으로 마치 사라진 자가 수피아였다는 것처럼 생활해 왔다.

카시우스가 자신에게 떼떼가 클 때까지 드래곤 로드의 자리를 맡으라고만 적어놓지 않았어도 수피아라는 인격체는 사라져 버렸을지도 모른다(그녀는 자신을 드래곤 로드의 자리에 올려놓은 자는 카시우스가 아니라 그의 아내일 거라고 생각했다. 친구였던 만큼 수피아가 사라져 버리는 것은 원치 않았으리라).

이제까지 드래곤 로드로 지내왔던 시간은 그녀에게 있어 꿈보다도 짧은 의미없는 시간이었다. 모든 것을 철저하게 '조화'를 우선으로 행동해야 했으며, 더러 리도스 같은 골치 아픈 녀석의 뒤치다꺼리를 위해 신들과의 거래에도 얼굴을 내밀어야 했다. 그럴 때면 언제나 느끼게 되는 것은… 신들이 자신을 드래곤 로드라기보다 그저 귀찮은 잡상인쯤으로 여긴다는 것이다.

드래곤 로드… 어쩌면 처음부터 그녀에게 어울리지 않는 자리일지도 모른다. 카시우스와 그녀가 죽어버리고 골드 일족은 떼떼만을 남겨둔 채 그대로 증발해 버렸다. 실버 드래곤에겐, 따지고 보면 마치 정교한 천을 짜듯 드래곤 로드로서의 역할을 해낸다는 것은 커다란 짐일 수밖에 없다. 골드 일족이야 참견도 잘하고 고고한 척은 혼자서 다 하는 일족이니 적성에 맞는 일이겠지만, 소심한 실버 드래곤들은 남의 일에 참견하는 것을 극도로 싫어한다 (뭐… 실버가 아니더라고 웬만한 드래곤들이라면 다 그렇긴 하지만, 실버 드래곤은 정도가 더 심하달까).

게다가 결벽증에 가까울 정도로 완벽한 걸 좋아하다 보니 한 올이 엇나간 천도 견디지 못한다. 엇나가면 나가는 대로 그중의 조화를 찾아야 하는데 실버 드래곤의 경우엔 천 자체를 다시 짜기 시작하는 것이다. 그나마 수피아가 제대로 일들을 해낸 것은 그녀가 골드 일족의 사고로 생각하기 위해 애를 썼기 때문이다.

"하, 오늘도 업무의 산인가?"

수두룩하게 쌓여 있는 서류 더미를 바라보며 잠시 한숨을 내쉰 수피아는 이내 의자에 앉아 하나씩 서류를 읽어 내려가기 시작했다.

"화이트 드래곤의 수장 교체? 이런 건 그들끼리 알아서 할 거고, 블랙 드래곤 해츨링 탄생? 그거 축하할 만한 일이군."

빙긋 미소를 지으며 한쪽으로 서류를 밀어둔 그녀의 안색이 어두워졌다.

"해츨링… 해츨링이라……. 그러고 보니 그 아이를 본 적도 오래 된 것 같군. 그 아이… 떼떼에게라도 다녀와 볼까."

그 순간 그녀는 의자에서 천천히 일어나며 크게 한숨을 내쉬었다.

"하— 잠시도 시간을 주지 않는군요. 누구시죠?"

이윽고 아무것도 없던 벽면에 문이 생겨나고 그 문이 열리자 그녀의 눈이 동그랗게 커지며 입에선 신음 소리 같은 낮은 목소리가 터져 나왔다.

"카, 카시우스님?"

"영광이군요. 전대 드래곤 로드로 보였다면 저도 눈썰미가 있다는 소리니까."

약간 장난기가 섞인 듯한 목소리에 그녀는 정신을 차렸다. 그가 살아 있을 리는 없고, 드래곤 중 감히 카시우스의 모습으로 돌아다니는 정신 나간 녀석도 없었다. 자신을 농락할 정도로 두둑한 배짱을 지닌 자라면 뻔하지 않은가 라고 생각한 수피아는 정신을 가다듬으며 자신을 바라보고 미소 짓고 있는 그를 매섭게 노려보았다.

"누구시죠?"

"아! 실례. 우린 구면이죠?"

미적 센스가 의심스러울 정도로 촌스러운 커다란 꽃무늬의 망토를 펄럭이며—색깔 죽인다! 반짝거리는 주황색… 저건 필시 야광이다—자신의 실체를 드러내자 수피아는 살짝 양미간을 찌푸렸다. 자신의 생각이 현실로 맞아떨어지는 순간이니 기분이 좋을 리가 없는 것이다.

"혹시, 루시아님이십니까?"

"전대 드래곤 로드에 비해 당신은 손님 대접이 허술하군요. 차라도 한잔 주셨으면 하는데……."

그녀가 권하지 않았는데도 그가 마음대로 의자를 빼고는 그 자리에 털썩 앉으며 그녀의 질문 따윈 무시한다는 듯 엉뚱한 소리만 늘어놓자 그녀는 가벼운 한숨을 내쉬며 새로운 테이블과 의자를 만들어냈다. 그리고는 순식간에 그가 앉아 있는 의자를 새로 만들어낸 것으로 바꾸어 버렸다. '어라? 이것 봐라?' 하는 표정으로 불쾌하게 자신을 바라보는 그에게 그녀는 무표정한 얼굴로 입을 열었다.

"죄송하지만 그 의자는 아무나 앉는 의자가 아닙니다. 그리고 저는 아무에게나 차를 주지 않습니다. 당신 역시 반가운 손님은 아니니까요."

그녀가 그가 앉아 있던 의자의 방석을 소멸시켜 버리고는 새로운 방석을 꺼내 앉자 그는 무안한 표정을 지어 보이며 씩 미소를 지었다.

"결벽증이라도 있으신가요? 뭐… 그런 건 상관없겠죠. 제가 찾아온 이유는……"

"뭡니까? 리도스님께서 또 뭔가 사고라도 쳤나요? 아니면 드래곤들에게 조용히 있어달라는 부탁이라도 하러 오신 건가요?"

수피아는 골치가 아프다는 듯 그의 말문을 막아버리며 자신이 마실 차를 만들어내고는 자신의 잔을 입가에 가져갔다.

"흠… 실버 드래곤치고는 입이 무척 걸걸하군요. 게다가 경솔하기까지. 왠지 당신은 그 카시우스님의 아내같이 행동하는 것 같은데, 그런다고 당신이 골드 드래곤이 되진 않을 텐데요. 뭐… 그런게 아니시라면 상당히 악취미라고 말씀드리고 싶군요."

"용건만 말하고 가주세요. 제 신경을 긁어봤자 당신에게 득이 될 것이 없잖습니까?"

치밀어 오르는 화를 꾹꾹 눌러 참으며 그녀는 찻잔을 내려놓았다. 그는 그런 수피아의 반응이 재밌다는 듯한 표정으로 그녀의 차를 뺏어 마시며 불쾌한 표정을 짓고 있는 그녀에게 생긋 미소를 지어 보였다.

"흠… 향이 좋군요. 뭐, 당신 말대로 오늘은 아쉬운 소리를 하러 왔기 때문에 이 이상 긁진 않겠습니다."

"아쉬운 소리라니요?"

그는 가시 돋친 그녀의 목소리에 내키지 않는다는 듯한 표정을 지으며 한숨을 내쉬었다.

"하아~ 말 그대로 아쉬운 소리입니다만… 당신의 구미가 당길 만한 조건을 제시해 드리겠습니다."

"그런 것엔 관심없습니다. 애초에 남이 마시던 차를 빼앗아 마실 정도로… 취향이 좋지 않은 자에게 저 같은 드래곤이 혹할 만한 조건 따위가 있을 리 없으니 말입니다."

"하핫, 이거이거, 너무 단호한 거 아닙니까? 어차피 그 자리에 어울리지도 않는 분이 목에 힘주고 버텨봤자 새싹이 커버리면 부러지기밖에 더하나요?"

여전히 유들유들한 표정으로 자신의 신경을 긁고 있는 그를 더 이상 참을 수 없다는 듯 그녀는 자리를 박차고 일어나 버렸다.

"이곳은 드래곤 로드의 의지만으로 이루어진 곳입니다. 당신 따위… 쫓아버리는 것쯤은 일도 아니란 소리죠. 곱게 나가시겠습니까? 아니면 다소 거칠더라도 제가 보내드릴까요?"

"이런, 그렇게 말씀하시면 제가 무척 섭섭하죠. 뭐… 뜸 들이는 건 이 정도로 해두겠습니다. 당신 말처럼 당신을 화나게 해서 좋을 건 없으니까요. 단도직입적으로 저희가 당신에게 도움을 받는 대가로 내걸 조건은… 카시우스님을 부활시켜 드리겠다는 겁니다."

이제까지의 장난기를 찾아보기 힘들 정도로 진지한 그의 눈동자에 냉정함을 잃지 않으려는 듯한 수피아가 점점 허물어지는 것이 비치자 그는 망설임없이 자신의 말을 툭툭 내뱉었다.

"물론 그 조건이 저희가 들어주기에도 힘에 부치는 일들이라 대가가 큰 거죠. 까놓고 말해서 저같이 뻔뻔한 놈도 부탁드리기에 힘든 것들이란 건 아셔야 합니다."

"뜸 들이지 말고 빨리 말씀하십시오."

"집안싸움이랄 수도 있는 문제지만, 투희야를 기억하십니까?"

"물론 기억하고 있습니다만, 왜 그러십니까? 혹시 그녀가 무슨 일이라도……?"

"미꾸라지 한 마리가 맑은 물을 진흙탕으로 버려놓는다고 몇몇 아둔한 인간들이 벌인 전쟁을 신들 탓이라고 생각했는지 골치 아픈 패거리를 거들고 나서는군요."

그녀는 왜 신들이 인간을 신경 쓰는지 의아하다는 듯한 얼굴로 고개를 갸웃거렸다.

"그래서 투희야님을 방해라도 해달라는 겁니까?"

"그랬다가는 골치 아픈 일만 늘어날 뿐이죠. 당신에게 투희야와 견줄 만한 능력이 있다는 생각은 들지 않거든요. 더군다나 미꾸라지 한 마리 잡으려고 물을 퍼낼 필요는 없지 않습니까? 요는 미꾸라지만 잡으면 되는 겁니다. 그러니까 그 인간을 감시해 달라는 것이죠. 운명이라는 건… 어떻게 해도 흐르게 되어 있으니 어차피 그녀와의 분쟁은 피할 수 없습니다. 그러니 어차피 이쪽에선 시간만 벌어두자는 것이니까… 그 인간에겐 거짓된 기억이라도 심어주면 아무리 잘난 듯 떠들어봐야 결국 눈앞에 보이는 것만 진실이라고 믿어버리는 족속들이 인간이라는 족속들이니, 전혀 불가능한 일은 아니지 않습니까?"

"이해가 안 가지만 조건은 솔직하게 말해서 상당히 솔깃하군요."

"당연하죠. 이 정도가 아니라면 구태여 당신이 움직일 리가 없으니까요."

그의 말에 그녀는 긴 한숨을 내쉬며 원망스런 눈으로 그를 바라보았다.

"하아~ 절 아주 잘 아시는 듯한 말투인데… 도대체 뭘 믿고 제게 그런 부탁을 하시는 겁니까? 막말로 당신이 이런 조건으로 절 매수하려 들었다는 것이 알려진다면 드래곤과 신계의 전쟁으로 발전될 수도 있을 텐데……."

"그렇게 울어버릴 듯한 얼굴은 하지 말아주십시오. 사실 그런 표정은 남성을 유혹할 때나 쓰면 어울릴 테니까. 아무튼 선택은 당신 몫입니다. 그만하면 카시우스님의 아내라는 설정 충분히 즐기지 않으셨습니까?"

은근히 자신을 비꼬는 듯한 목소리에 그녀는 피식 미소를 지었다.

"충분히 즐겼다라… 훗, 그렇군요. 질문 하나 해도 괜찮겠습니까?"

"얼마든지."

"카시우스님이나 그녀라면 당신의 말에 뭐라고 대답했을까요?"

"'…꺼지시죠!' 라고 대답하셨겠죠."

"훗… 후후훗, 그래요. 하겠습니다. 당신들의 말에 무조건 따르죠. 설령 일족의 심장을 갖다 바치라고 해도……."

"좋습니다. 바로 그 말을 기다렸습니다. 뭐… 대가에 대해서라면 마음 놓으십시오. 제 이름을 걸고 그 조건을 들어드리죠."

"믿겠습니다. 그러나 제 말에 대답해 주셔야죠. 왜 제게 이런 제안을 하셨는지, 그리고 기억 조작은 투희야의 소관 아닙니까? 그 같은 일을 제게 부탁하시는 이유는 뭐죠? 어차피 한 배에 타기로 했으니 그 배의 정확한 진로는 알려주시는 게 도리 아니겠습니까?"

그는 수피아의 질문에 다소 짜증스러움이 섞인 목소리이긴 했으나 하나하나 차분하게 답하기 시작했다.

"우선 당신은 '카시우스님'이라는 강력한 시동어가 있으니 이 조건을 거부할 수 없는 거라는 게 제 생각이었습니다. 수피아라는 실버 드래곤의 마음이 한동안 대를 위한다는 명분으로 잠들어 있었으니 뭔가 구실이 생긴다면… 당신은 더 이상 참지 못할 테니까요. 뭐… 설마 그 정도의 뒷조사도 안 해보고 당신을 한 배에 태우리라 생각하시진 않으셨겠죠?"

"뭐, 당신들 얍삽한 거야 온 천하가 다 아는 사실이잖아요. 달면 마시고 쓰면 뱉는다는……."

루시아는 씁쓸한 표정으로 긍정의 말도 부정의 말도 하지 않았나. 나만 묵묵히 자신의 밀을 이을 뿐.

"투희야 쪽에서도 로잔만이 쓸 수 있도록 한 시간의 금기를 깨버렸으니 이쪽에서 그녀의 권한을 이용한다고 해도 그녀는 할 말이 없을 겁니다. 그러니 기억의 조작쯤이야 상관없는 일이지요. 또 뭐 궁금한 게 있다면 지금 다 물어보세요. 나중에 일일이 대답해야 하는 쪽이 훨씬 귀찮으니까 말이죠."

"그래요. 이쯤에서 그만두기로 하죠. 그나저나 그 호칭… 로잔님이나 투희야님을 무슨 동네 강아지 부르듯 하는군요."

"거슬리십니까? 후훗, 뭐 안 듣는 데서야 무슨 이야기인들 못하겠습니까?"

그는 장난스런 미소를 지어 보이며 자리에서 일어났다.

"거래도 끝났으니 이만 사라져 드리죠. 아! 이건 부탁드린 인간의 초상화입니다."

"인연이 있다면 또 뵙게 되겠지요. 배웅 따윈 하지 않겠습니다. 어차피 당신이 반갑지 않은 건 변함없으니 말입니다."

그녀의 말에 그는 피식 미소를 지으며 출구가 만들어진 벽을 향해 뚜벅뚜벅 걸어가는가 했더니 이내 조그만 흔적도 남기지 않고 사라져 버렸고, 수피아는 모든 긴장이 풀렸는지 자신이 있는 공간의 형체가 존재하는 모든 물건들을 없애 버리고는 잠시 죽은 듯 바닥에 풀썩 쓰러져 버렸다.

"죽어 있는 느낌이 어때? 슬슬 나오고 싶지 않아?"

자신에게 뜻 모를 소리를 중얼거리던 그녀는 그가 두고 간 초상화를 떠올리며 자신이 감시해야 할 자의 초상화를 나타나게 만들고는 눈 높이에 맞춰 공중에 띄워 버렸다. 금발 머리… 카시우스님과 같은 머리 색.

"동생을 끔찍하게 아끼는 헌신적인 누나로 설정… 잡아볼까?"

그녀는 자신의 말이 끝나기가 무섭게 자신의 공간에서 빠져나와 루시아가 맞춰놓은 각본대로 움직이기 시작했다.

애버딘의 누나 에르린… 얼마 동안은 자신의 역할에 푹 빠져 즐거웠다. 애버딘은 귀염성있는 동생이었고, 나름대로 누나를 위해 헌신적으로 움직였고, 무엇보다 그는 카시우스님과 같은 선명한 금발 머리로 보고 있노라면 눈이 즐거웠다(드래곤들이야 원래 미를 추구하는 데다 변태기가 있는지도 모른다. 너그러이 용서하고 넘어가자).

"투희야가 움직이기 시작했습니다. 적당히 움직입시다."

"그렇다면 제가 할 일은 이제 끝나지 않았습니까?"

"세상일이 어디 그렇게 쉽겠습니까? 특히 카시우스님의 일인데, 무슨 일이든 따르겠다고 말한 건 당신입니다. 말로써 내뱉었다 해도 계약은 계약이니까요."

"당했군요. 뭐, 좋습니다. 이번엔 뭐죠?"

"축복의 레이피어와 리도스님의 목숨입니다."

"리도스님의? 그렇다면 미끼가 필요할 텐데요?"

"그거야 당신의 일이지 않습니까? 리도스님이 사귀는 드래곤이라거나 이성을 잃고 달려들 만한 뭔가가 없습니까?"

그녀는 자신의 심장이 덜컥 내려앉는 것을 느꼈다. 그가 이성을 잃고 덤빈다면 그것은 자신의 목숨보다 애지중지하는 떼떼의 신변이 위험할 때이다. 해츨링은 드래곤에게 절대적인 우선 순위이며, 더군다나 카시우스님의 혈육이다. 세상에서 단 하나뿐인 골드 드래곤.

"나에게 드래곤을… 모두를 이 손으로 넘기라는 말입니까?"

"카시우스님을 살리고 싶지 않습니까? 그릇이 될 육체가 필요합니다. 제일 적합한 드래곤이 리도스님입니다. 누누이 말씀드렸지만 선택은 당신의 몫입니다."

"…좋아요. 난 죽더라도, 비난을 받더라도 내가 하고 싶은 걸 하고 받겠습니다. 시나리오는 준비되었겠죠?"

"자! 조용히 해주십시오. 확인하겠습니다. 증인들, 리도스님께서 말씀하신 것이 맞습니까?"

"그렇습니다."

엘프가 다시 확인을 거친다. 그녀에게 있어 카디프라는 엘프가 갖는 의미는 가장 순수한 것으로부터 찍히는 낙인이다.

'하! 유죄?'

그녀는 아예 자신의 일이 아닌 어디 먼 나라 이야기라도 되는 듯 속으로 몇 번을 되풀이하며 고개를 끄덕인다.

'난 유죄라고……?'

"인정하십니까?"

훼이나가 자신을 똑바로 바라보며 묻는다.

'될 대로 되라지. 난… 유죄야.'

"인정합니다."

한참 동안 수피아에 대한 비난이 터지기 시작했다. 이제 일일이 귀에 들어오지도 않았다. 참새 떼 모이 받아먹는 것 마냥 일어나서 '유죄! 유죄!'라고 외치는 것이 과히 보기 좋지 않지만, 그녀는 치밀어 오르는 화를 꾹꾹 눌러 삼킬 수밖에 없었다. 그러던 중 떼떼가 입을 열고, 신기하게도 그 꼬마의 목소리는 뚜렷하게 자신의 귓전을 울렸다.

"…포기하겠습니다."

죄 있음도 없음도 아닌, 판결 자체의 포기…….

그녀는 고개를 숙이며 한참 생각에 잠겨 실버 드래곤들의 배려 속에 서서히 그녀를 비난하는 소리에서 벗어날 수 있게 되었다.

'나는… 유죄인가요, 무죄인가요?'

〈 선택 끝 〉

아테스 설정집

드디어 아테스도 마지막 4권으로 접어들었습니다! 오랜만에 뵙겠습니다… 라고 해야 하겠죠?

안내인 성희입니다. 자! 그럼 아테스 속으로 들어가 볼까요?

1. 색깔론 자

샤아플린 인을 표준으로 삼아 무조건 인간을 세 가지(나라) 분류로 나누어 생각하는 겁니다. 리절트 인은 절대 선이며, 따라서 상징하는 색은 흰색. 주로 쾌활하고 온화한 사람이 많다고 여기죠. 샤아플린은 표준답게 중립적이며, 상징하는 색은 붉은색입니다. 주로 열정적이고 정치적 기질이 뛰어난 책략가가 많다고 생각합니다. 실상은 리절트가 그런 편이지만—일단 외교로 발단되었다는 것 자체가 책략가적 기질이 뛰어나다는 거 아닐까요?—색깔론 자들은 반대로 여겼다고 보면 됩니다. 다크 인은 절대 악이며 음흉한 사람이 많고, 히스테릭하다는 핑을 듣습니다. 누가 먼저 구분 지어 부르기 시작했는지는 알 수 없지만, 다크인을 비난하기 위해 만들어진 이론이라 전혀 근거없는 소리임에도 불구하고 색깔론을 운운하는 자들은 의외로 많다고 합니다. 국적 차별 주의자들이죠.

2. 다크에서 주술사의 위치란

샤아플린에서 마법사가 존경받는 것과는 달리 다크에서의 주술사란 공포와 멸시의 대상입니다. 주술사가 되기 위해선 마법사와 마찬가지로, 어쩌면 그보다 더 선천적 재능이 뒷받침돼야 하지만, 그것은 결코 축복

받은 선택이 아니죠. 주술사가 될 수 있는 조그만 징조나 재능이 보이기만 해도 그 즉시 부모와 강제로 떨어지게 되어 성에서 키워지게 되며, 그 와중에 반 이상의 아이들이 죽어 나갑니다. 만일 엄청나게 운이 좋아서 힘겹게 살아남는다 해도 그들은 더 이상 인간이 아닌 살인 병기로써의 삶을 벗어날 수 없게 되죠. 저주받은 위치, 그것이 바로 다크에서의 진정한 주술사의 위치인 셈이죠.

3. 드래곤의 피에 대해

자! 자! 단돈 10루비아만 제게 주신다면 아주 싱싱한, 그러니까 드래곤에게서 갓 추출해 낸 특제 드래곤 피를 가져다 드리죠. 물론 순수 원액 100%로 말입니다.

뭐… 피니까 비릿한 맛은 있겠지만 일단 마시고 나면 동·식물과 대화가 가능하죠.

거기다 그 안에 있을 마나를 생각한다면 마법에 대한 면역이—물론 100%는 아니겠지만—생긴다고들 하잖아요. 게다가—잘 아시겠지만—드래곤의 피는 쉽게 구할 수 있는 게 아니라구요. 구한다고 해도 그 신비한 마나 때문에 영악한 마법사나 무식한 전사나 주술사들에게 뺏기는 게 다반사랍니다. 이 정도면 충분히 마실 만하잖아요?

네? 가격이 너무 싸서 의심스럽다구요? 후훗, 마실 때의 기대치를 생각한다면 모험을 해볼 가치가 충분하지 않나요? OK! 분명 여기 10루비아 받았습니다. 여기 있습니다.

자, 가볍게 원샷!

4. 실프

4대 정령 중—불의 정령 사라만다, 땅의 정령 놈, 물의 정령 운디네—중 바람의 정령으로서 아름다운 여성의 모습을 하고 있으며 바람 계열의 마법을 사용하죠. 다른 3대 정령과 함께 일정 이상의 지능은 가지고 있으되, 영혼은 지니지 못했습니다. 일설에 의하면 인간과 진실한 사랑에 빠지게 되면 영혼이 생긴다고 전해지죠. 뭐, 또 다른 설에선 고귀하고 정숙한 여성이 죽으면 바람의 정령으로 태어난다는 소리도 있습니다만, 실제로 검증된 바는 없습니다.

이들 실프나 4대 정령들에 대한 인간과의 관계들도 보통은 정령사들의 노예라기보다 협력자라는 편이 적합하겠습니다.

5. 마니아

자신이 관심을 가지는 분야에서 전문가 수준, 또는 그 이상의 지식을 가지고 있는 사람, 또는 그것에 집착하여 거기에 관련된 모든 것들을 수집하는 사람 등을 일컫는 말입니다.

6. 바람 속성 차단 마법

인위적으로 만들어진 바람을 차단하는 마법입니다. 즉, 마법으로 만들어진 바람이라든지 드래곤의 날갯짓, 또는 실프의 힘을 빌려 만든 그 모든 것들을 차단해 주죠. 지속성은 한 시간이며, 이 마법을 쓰고 있는 동안은 대지에 관한 그 어떤 마법도 사용할 수 없습니다(물론 시전자에 한해서죠).

7. 일렉트릭 볼트

상대의 육체에 전기 쇼크를 가하는 마법입니다만, 실제 전압은 10V에 지나지 않습니다. 꽤 고통스럽기 때문에 보통은 고문할 때나 쓰는 마법이죠. 물론 직접 공격용 마법입니다.

8. 슬리핑

잠들게 하는 마법입니다. 보통 보초병이나 몬스터와의 전투를 피하기 위해서나 인명 피해 없이 처리하고 싶을 때 사용하는 마법입니다.

9. 스틸레트

오랜만에 새로운 무기의 등장이군요. 스틸레트는 가늘고 예리한 송곳 모양의 단검입니다. 찌르기 용도의 검으로 갑옷을 입고 있는 적들을 효과적으로 무찌를 수 있죠. 손잡이에 작은 공이나 솔방울 모양의 폼멜이 달린 경우도 많습니다. 기본적인 외형만으로 살펴본다면 지휘봉같이 생겼다고 보면 될 겁니다.

10. 이미지 스크롤

스크롤 속에 타인에게 보여주고 싶은 풍경을 담거나 영상 편지를 쓰고 싶을 때 사용하는 일종의 마법 스크롤인 셈입니다. 3D 실사로 보여지죠. 단, 보안성 유지를 위해 한 번 보고 나면 사라져 버립니다. 그러니까 타인이 몰래 훔쳐보거나 미리 본다는 것은 상상조차 할 수 없죠.

11. 클럽

무기입니다. 종류로 따지자면 일직선의 딱딱한 나무로 만든 곤봉이죠. 길이는 60~70㎝, 무게는 1.3~1.5㎏이 적당합니다. 거의 몽둥이라고—야구 방망이—생각하면 될 듯싶네요. 최초의 인류의 무기이기도 하고, 뼈로 만든—이라기보다 적당히 굴러다니는 뼈를 들고 다니면 그게 바로 초기의 클럽이죠—클럽도 있습니다. 오늘날까지도 많은 사랑을 받고 있습니다. 뭐, 사실은 사랑받는다기보단 지천에 널린 게 몽둥이지 않습니까?

저희 집에서도 한 마리 키우고 있습니다만… 쩝! 가끔씩 용도가 의심스럽지만 클럽은 타격을 주는 무기로 온 힘을 가해 약점을 노려야만 큰 타격을 줄 수 있습니다.

12. 글레이브

글레이브는 식칼같이 생긴 창류에 속하는 무기입니다. 최대 70㎝의 칼날이라 창치고는 날이 큰 편이죠. 자! 그럼 여기서 문제 하나 내드리도록 하죠. 글레이브는 양날일까요? 한쪽 날일까요? 네! 식칼과 같이 생겼다고 말씀드렸었죠? 한쪽 날입니다. 창 끝이 예리해서 찌르기에도 사용되었구요. 삼국지에 등장하는 그 유명한 언월도도 글레이브의 일종이라는군요.

13. 차크람

평범한 고리(원반) 모양의 금속으로 만들어진 무기로 고리 안, 바깥 모두 날카로운 날이 달려 있습니다. 폭이 약 2~4㎝인 고리의 직경은 10~30㎝의 링 모양이며, 무게는 0.15~0.5㎏으로 매우 가볍기 때문에 사용법만 잘 터득한다면 여성과 아이들의 무기로써 실로 이상적인 무기입니다. 인도에서 시크교도들이 사용했다는 베기 전용의 무기는 회전하면서 날아가는 사정 거리가 40~50m이며, 고리 안쪽에 둘째 손가락을 넣고 회전시켜 속도를 붙인 후 던지든지, 플라스틱 원반처럼 엄지손가락과 둘째 손가락을 끼워 던집니다. 실제로 전통적인 사용법이 계승되거나 하진 않았다는군요. 말이 간단해 보이는 거지 차크람을 다루기는 매우 어렵기 때문에 다크에서도 오로지 세 명밖엔 다룰 줄 모른답니다(물론 피스를 포함해서죠).

14. 볼라

끈에 추를 매달고 그 반대쪽 끝을 함께 묶어 만든 것으로, 손으로 던지는 무기의 용도와 포박하기 위한 용도 두 가지로 사용됩니다. 먼저 일반 볼라는 4~10개의 추가 달려 있으며 동물의 뼈나 작은 돌, 작은 나뭇조각으로 만드는데, 추의 크기는 대략 2.5~5cm입니다. 무게는 대부분 0.8kg 전후지만 사람이나 야생의 중형 동물용으로 사용하는 볼라는 거의 두 배입니다. 사정 거리는 30~40cm 가량이죠.

15. 마력 제어 팔찌

일종의 봉인과 같은 역할을 합니다. 이 팔찌를 채워두면 누군가가 이 팔찌를 벗겨주거나 부수지 않는 이상 팔찌를 착용한 자는 마법을 쓸 수 없습니다.

신인작가 모집

시작이 반이라고 했습니다.
작가의 길에 대한 보이지 않는 벽을 과감히 깨뜨리십시오!
청어람은 작가 지망생 여러분들의
멋진 방향타가 되어 드리겠습니다.

저희 도서출판 청어람에서는
판타지 소설 신인 작가분들을 모집합니다.
판타지 소설을 사랑하시는 분들의 많은 참여를 바랍니다.
소정의 원고(A4용지 150매)를 메일이나 우편으로 보내주시면
검토 후 출판 여부를 알려 드리겠습니다.

주소:경기도 부천시 원미구 심곡1동 350-1 남성B/D 3F · 우편번호420-011
TEL:032-656-4452 · FAX:032-656-4453
e-mail:eoram99@chollian.net

무예소설 신인 작가를 모집 합니다.

청어람이 함께 하겠습니다!!

저희 도서출판 청어람에서는 무예소설 작가
지망생 여러분을 모집합니다.
글에 소질이 있거나 작가의 꿈을 가지고 계신 분들.
주저하지 말고 저희 청어람의 문을 두드려 주십시오.
작가 지망생 여러분께서 멋진 환골탈태를 할 수
있도록 청어람은 충분한 자양분이 되겠습니다.
작가로의 꿈을 저희 도서출판 청어람에서
활짝 만개해 보십시오.

소정의 원고(A4 용지 150매)를 메일이나
우편으로 보내주시면 검토 후 출판 여부를
알려드리겠습니다.

보내실곳:경기도 부천시 원미구 심곡1동 350-1 남성빌딩3층 우편번호420-011
TEL:032-656-4452 FAX:032-656-4453
e-mail:eoram99@chollian.net

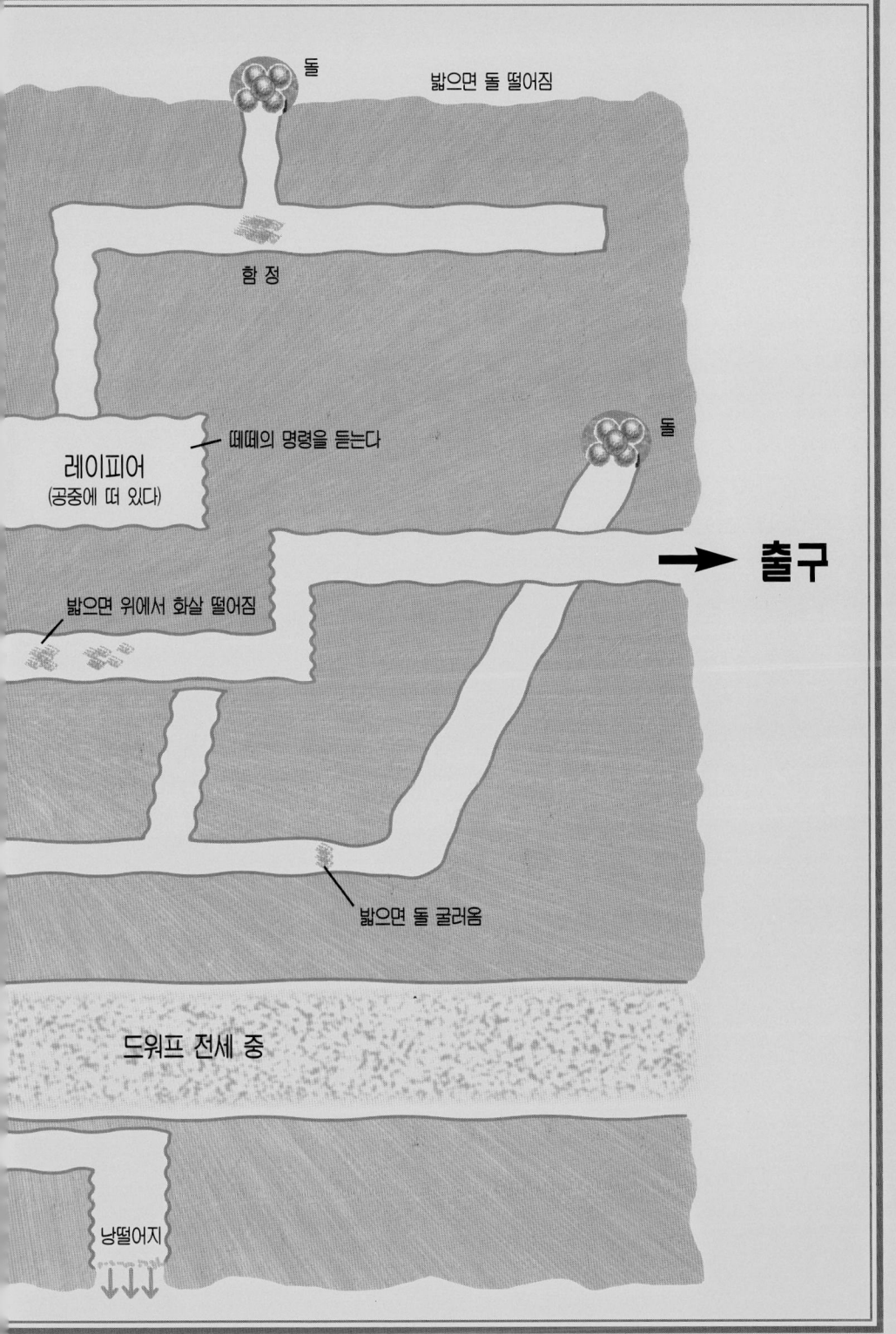

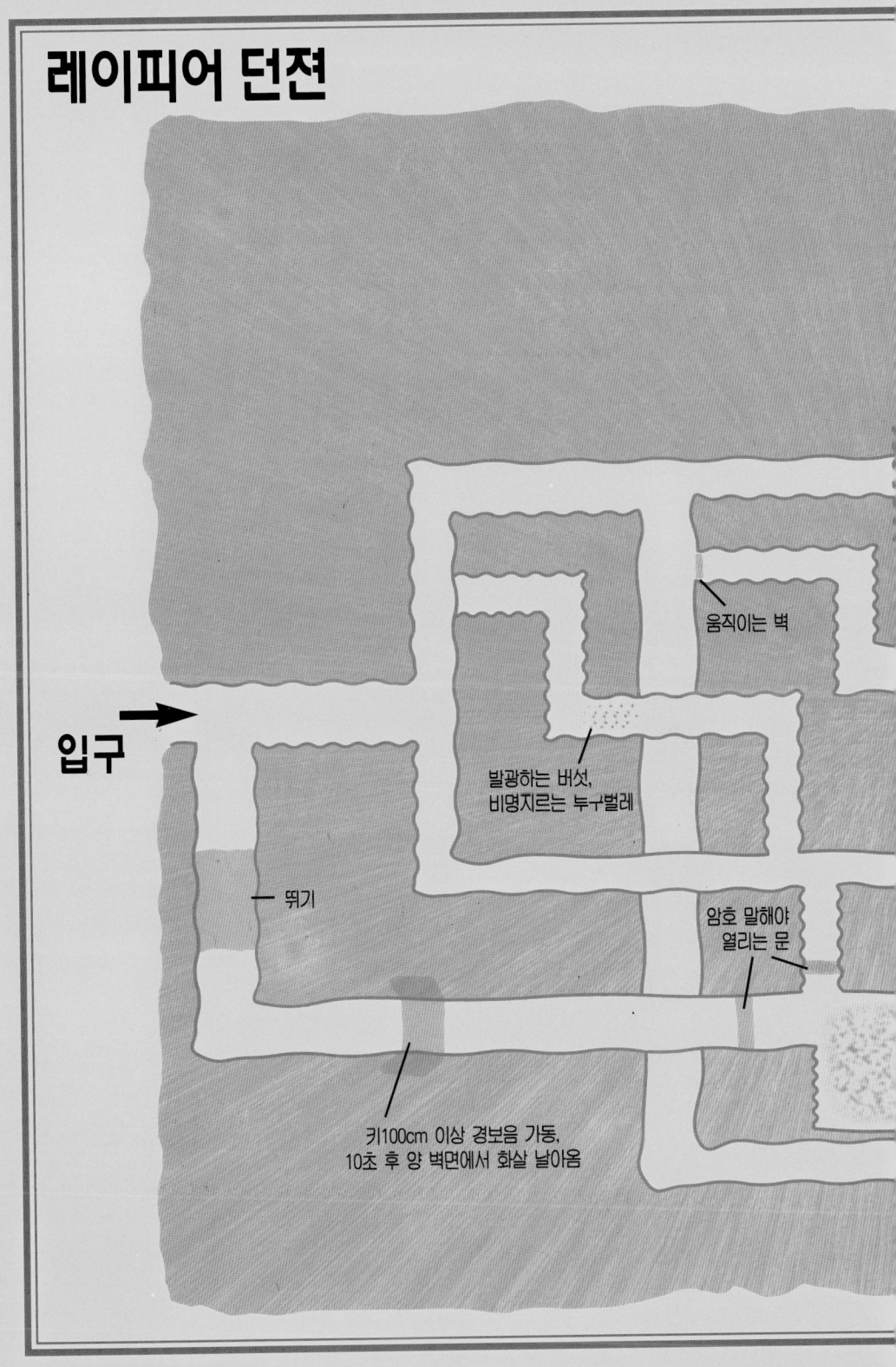

레이피어 던전

입구 →

움직이는 벽

발광하는 버섯,
비명지르는 누구벌레

뛰기

암호 말해야
열리는 문

키100cm 이상 경보음 가동,
10초 후 양 벽면에서 화살 날아옴